浙江省哲学社会科学规划重大项目“西方文学思潮发展史”（22YSXK03ZD）
2024年“商大精品文库”建设项目

西方文学思潮发展史论丛

蒋承勇 主编

唯美主义文学思潮导论

马 翔 蒋承勇 著

SINCE 1897 商务印书馆 The Commercial Press | 北京
浙江工商大学出版社 ZHEJIANG GONGSHANG UNIVERSITY PRESS | 杭州

图书在版编目（CIP）数据

唯美主义文学思潮导论 / 马翔，蒋承勇著. -- 杭州 ：浙江工商大学出版社 ；北京 ：商务印书馆，2024. 12.（西方文学思潮发展史论丛 / 蒋承勇主编）. -- ISBN 978-7-5178-6073-0

Ⅰ. I109. 9

中国国家版本馆 CIP 数据核字第 2024SY9564 号

唯美主义文学思潮导论

WEIMEI ZHUYI WENXUE SICHAO DAOLUN

马　翔　蒋承勇　著

出 品 人　郑英龙
策　　划　郑英龙　任晓燕
责任编辑　王　英
责任校对　韩新严
封面设计　观止堂_未氓
责任印制　祝希茜
出　　版　商务印书馆
　　　　　　浙江工商大学出版社
发　　行　浙江工商大学出版社
　　　　　　（杭州市教工路 198 号　邮政编码 310012）
　　　　　　（E-mail：zjgsupress@163. com）
　　　　　　（网址：http://www. zjgsupress. com）
　　　　　　电话：0571－88904980，88831806（传真）
排　　版　杭州朝曦图文设计有限公司
印　　刷　浙江全能工艺美术印刷有限公司
开　　本　710 mm×1000 mm　1/16
印　　张　17
字　　数　218 千
版 印 次　2024 年 12 月第 1 版　2024 年 12 月第 1 次印刷
书　　号　ISBN 978-7-5178-6073-0
定　　价　93. 00 元

总　序

蒋承勇

20 世纪八九十年代，我国学界曾经就“重写文学史”问题展开了十分热烈的讨论，唤起了众多学人对创新文学史研究的学术热情，不少人开始致力于新文学史著作的撰写。时过境迁，热烈的讨论已归于沉寂，文学史“重写”的实践无疑也取得了可喜的成果。但是，今天看来，当年的讨论主要聚焦于文学史撰写的观念更新，而不是着力于对文学史事实与现象及作家作品本身的深度研究——就当时的学术状况和语境而言，这种研究尚不具备深度展开的客观条件，——因而也不可能为文学史的“重写”提供丰富的学术“原材料”。观念更新固然很重要，但如果没有长期的对文学史事实与现象及作家作品研究的深厚积累，仅仅是观念和概念层面的花样翻新，那么，这种“重写”就缺乏学术新成果的有力支撑，从某种意义上说是“巧妇难为无米之炊”，那么，所“重写”的文学史难免有观念空泛与学术意蕴轻浅之嫌，很难取得实质性的学术突破，其历史局限不言而喻。

文学史的“重写”原本就不是一蹴而就的，有道是“一代人有一代人的文学史”，“重写”也总是处于一种开放和行进的状态。从当今时代倡导人类文明交流互鉴、重构文明史的理念来看，显然又到了需要对曾经的“重写文学史”进行回顾、总结、反思与超越的时候了。就近几十年来学术研究的积累而言，当下新一轮“重写文学史”的展开亦有了较为丰厚的学术资源，更何况，文学史构建的理念也需要与时俱进、不断更新——“重写文明史”①的呼声无疑是新时代在人类文明交流互鉴语境中昭示的一种崭新的历史观和价值观，文学史撰写的创新无疑又进入了一个新的历史周期。在这种意义上，“重写文学史”依然是当今摆在我们面前的十分紧迫的学术新任务。

就国内的外国文学史撰写而言，自当年开展“重写文学史”的讨论以来，各种集体或个人“编撰”出来的西方文学史、国别文学史著作或者外国文学史教材，无疑有其历史的超越性与学术贡献。但是也必须看到，它们大都呈现为作家列传和作品介绍，对文学历史，普遍缺乏生动、真实、系统而有深度的描述与阐释；此外，用失之狭隘的文明史观和文学史观所推演出来的思想观念去简单地对作家、作品做出定论，也是这种文学史著作或教材的常见做法。这种现状亟待改变。

文学思潮是指在特定历史时期一定社会—文化思潮影响下形成的具有某种共同美学倾向、艺术追求和广泛影响的文学思想潮流。由于文明与文化发展的差异性，与国内文学史的演进相比，西方文学史是以文学思潮的形态展开的，并由此彰显其显著的“革新”“革命”“运动”的特征。从文艺复兴开始的人文主义，17 世纪的古典主义，18 世纪以降的浪漫主义、现实主义、自然主义、唯美主义、象征主义、颓废主义，再到 20 世纪的现代主义、后现代主义等，这一系列的文学思潮和运动在交替或交叉中奔腾向前，勾勒出了西方文学史发展的大致轮廓。可以说，文学思潮是西方文学发展的基本脉络，有其深层的人文意蕴，把握住了这一脉络，就等于把握住了西方文学史发展的基本构架和总体风貌。“批评家和文学史家都确

① 曹顺庆、刘诗诗：《重写文明史》，《四川大学学报》（哲学社会科学版）2023 年第 1 期。

信，虽然古典主义、浪漫主义和现实主义这类宽泛的描述性术语含义多样，但它们都是有价值且不可或缺的。把作家、作品、主题或体裁描述为古典主义的、浪漫主义的或现实主义的，就是运用一个有效的参照标准并由此展开进一步的考察和讨论。”①也许正是基于此种原因，在西方学界，文学思潮研究历来是文学史研究的主战场，其研究成果亦可谓车载斗量、汗牛充栋。与之相比，国内学界在这方面的研究则显得十分薄弱，亟待拓展与深化，这对文学史和文明史的“重写”与互鉴都有重大意义。因为，就西方文学而言，文学思潮研究乃“重写”西方文学史所不可或缺的重要前提，其研究成果乃“重写”西方文学史不可或缺的重要学术资源。

在我国，西方文学思潮自五四前后被介绍到本土，百余年来学界展开过不少研究，出版过一些研究与介绍性的作品，如早年陈独秀的《现代欧洲文艺史谭》、茅盾的《西洋文学通论》，以及后来胡风的《论现实主义的路》，何其芳的《关于现实主义》，王秋荣、陈伯通主编的《西方文学思潮概观》，罗钢的《浪漫主义文艺思想研究》等，也出版过翻译引进的著作，如厨川白村的《西洋近代文艺思潮》、本间久雄的《欧洲近代文艺思潮论》、勃兰兑斯的《十九世纪文学主流》、罗杰·加洛蒂的《论无边的现实主义》等。20世纪八九十年代学界曾经编辑出版过系列的单个文学思潮的资料汇编，如朱雯等编选的《文学中的自然主义》等。此外，杨周翰等的《欧洲文学史》、李明滨的《二十世纪欧美文学史》、朱维之等的《外国文学史》和郑克鲁等的《外国文学史》等文学史（教材）类的出版物也涉及对西方文学思潮的介绍。所有这些出版物，都为我国的西方文学思潮研究打下了坚实基础。不过，总体上看，这些研究或介绍只能代表一定时期的学术水平，而且难免有历史局限性，尤其是没有对西方文学思潮演变的历史展开全

① Donald Pizer: *Realism and Naturalism in Nineteenth-Century American Literature*, Southern Illinois University Press, 1984, p. 1.

面系统的研究与阐释。迄今为止，国内学界未曾出版由本土学人撰写的系统研究与阐释西方文学思潮发展史的著作，这无疑是我国外国文学研究与出版的一大缺憾。

有鉴于此，"西方文学思潮发展史论丛"作为浙江省哲学社会科学规划重大项目"西方文学思潮发展史"的最终成果，致力于对西方文学史中最具代表性的十大文学思潮——人文主义、古典主义、浪漫主义、现实主义、自然主义、唯美主义、象征主义、颓废主义、现代主义、后现代主义——展开深入、全面的反思性研究①，以 10 卷(每卷 20 万字左右)的体量予以系统呈现，力图对西方文学思潮和西方文学的演进做正本清源的梳理与研究，为"重写文明史"背景下本土学界重写文学史，特别是重写西方文学史提供重要的学术资源和观念启迪。

作为国内首次系统推出的关于西方文学思潮发展史研究的学术性丛书，"西方文学思潮发展史论丛"立足反思性、超越性和建设性，把西方十大文学思潮置于西方文明史和文学史演变的历史长河中，既作为一个整体，又分别作为各自独立的单元，以跨文化、跨学科方法展开多角度分析，发掘和阐发其本原性特质、历史性地位与价值，努力在研究方法的创新性，研究内容的系统性，研究结论的前沿性、原创性等方面，都有显著的建树，从而把对西方文学思潮的研究推向新水平、新高度，为推进中国特色的外国文学学科建设，也为中国现当代文学和文艺理论研究提供借鉴与参考。

---

① 需要说明的是，国内不少外国文学史教材或西方文学史、欧洲文学史著作，把 18 世纪启蒙运动中出现的文学——启蒙文学——也视为一种文学思潮，而本丛书则没有将其列入西方文学思潮中。那是因为，我们认为，欧洲 18 世纪的启蒙运动主要发生在思想文化领域，而不是文学领域。这一思想文化运动背景下出现的启蒙文学，虽然也受启蒙思想的影响，而且也有一个宽泛的作家群体，但是他们的成就主要表现在哲学、政治和思想文化领域而非文学领域，尤其是他们并没有形成比较系统的文学理论和美学思想体系，因此启蒙文学总体上只是一种松散的文学现象，而不是一个系统的文学思潮。有鉴于此，本丛书未将其作为西方文学思潮之一予以研究与阐释。

本丛书虽然集中于研究西方文学思潮，但实际上学科和专业涉及面宽，体现了跨学科、跨文化的比较文学方法与视野。对读者而言，本丛书的写作定位是学术性与普及性相互兼顾，既"为学术而学术"，又面向文科专业的本科生、硕士和博士研究生以及文学专业工作者和爱好者。本丛书的宗旨是努力打造一套简洁而不简陋、通俗易懂又有学术性和持久影响力的西方文学思潮精品读本与学术参考书。为此，本丛书坚持以下基本写作原则：观照基本问题，把握思潮主线；追踪思潮渊源，阐释本原特质；内容简明扼要，语言简洁生动。希望本丛书不仅能成为外国文学教学与研究者、文学工作者和爱好者的重要读物，同时也能成为中国现当代文学、文学理论教学与研究者的重要参考书。

目 录

| 引　言 |

“唯美”的困惑

作为文艺观念的唯美主义伴随“为艺术而艺术”口号的提出浮出地表，马上成为19世纪众多文艺思潮中具有独特气质和魅力的一股“势力”。“为艺术而艺术”几乎是唯美主义的通俗表达。这也说明，艺术与美在唯美主义的语境中被视为一回事。当然从美学上说，两者本来也没有本质区别，不过是审美活动的不同侧面和表述。尽管唯美主义自诞生起就充满了争议和非议，却丝毫无法阻挡那些“高蹈”的理论家、艺术家的追捧，连有些拒不承认“为艺术而艺术”的创作者都“无可奈何”地被评论界贴上了唯美主义的“标签”，甚至有说法认为，19世纪后期直至20世纪的现代派艺术都是“为艺术而艺术”的产物。①

唯美主义和中国新文学在五四新文化运动中就产生了交集。随着鲁迅和周作人合译的《域外小说集》第一次收录王尔德的童话《快乐王子》，唯美主义与象征主义、颓废派以及其他西方现代文学流派一道被译介至中国，当时中国文学界统称它们为“新浪漫主义”。以《沉钟》《小说月报》《新月》《狮吼》《金屋月刊》《大公报 · 文艺副刊》《真善美》等杂志为阵地，

① 张敢：《欧洲19世纪美术：世纪末与现代艺术的兴起》，中国人民大学出版社2010年版，第212页。

一时形成了中国新文学界的“唯美-颓废”热。随着中国新文学自身的发展，唯美主义逐渐从一个完全舶来的观念融入自五四运动以来中国新文化和文学的肌理中，它浸润在中国现代文学的四组矛盾张力——为人生与为艺术、乡土与都市、旧形式与新形式、群体与个体中。当然，五四新文学对唯美主义的接受从一开始就带有功利目的，当时的人文环境也不具备咀嚼消化唯美主义思想的条件。随着革命运动日趋激烈，唯美主义很快被淹没，直到改革开放以后，文学界和学术界的禁区逐渐开放，唯美主义才重新进入国人的视野。

由于“为艺术而艺术”这个短语本身显得语焉不详，具备各种解读路径和阐释空间，所以它可以被理解为对康德美学的通俗化表达，也可以被理解为艺术家不入俗流的“姿态”，还可以被理解为关于艺术创作的美好心愿，甚至可以被理解为艺术作品中某些独特的美感。正因唯美主义思想的多层次性，且已经融入当代美学、诗学、大众文化的土壤中，所以以它为“驿站”生发出的其他领域的问题就变得更加“含混”。唯美主义在各个国家和地区的传播与接受也呈现出不完全相同的面貌。那么唯美主义是艺术创作的特征还是诗学理论，抑或是社会运动？似乎都可以成立。西方学界对唯美主义的界定游移在思想观念和社会运动之间。随着左翼思想和跨学科研究的盛行，近年来对唯美主义的研究往往与政治革命、社会改革、性别议题、艺术运动相互纠缠，唯美主义文学思想本身倒成了灯光下的“盲区”。在国内，由于一些传统观念的问题，学术界对唯美主义的相关研究一直以来都不够充分，评价也难免失之偏颇，甚至在很多时候唯美主义是作为陪衬的负面形象出现的。因此，正如“美是什么”的千古谜题一样，直到今天，“唯美主义的本质到底是什么”仍然是有待破解的“难题”，是一个“熟悉的陌生人”。

事实上，大多数没有经过学术训练的读者能够凭借阅读的感觉判断写实与想象的区别，也能或显或隐地意识到一部文学作品“真不真”，是偏重现实的还是偏重想象的。可以说，任何概念都能追溯其本质，哪怕是那些涉及精神现象的概念。但是，试图凭借“从个别到一般”的经验分析的方法显然无法直击问题的“要害”。我们不能简单地将各个国家唯美主义的传播状况叠加在一起，或将广义和狭义的唯美主义形态加以组合就组装出唯美主义的概念。作为一种精神现象，唯美主义具有自身的逻辑层次，各个层次之间也具有相互影响的有机结构，纷繁复杂的外延是其内在本质在不同层次上的反映。正因如此，本书将调整观照唯美主义的方式和角度，避免研究淹没在无边的外延之中，并尝试凭借某种现象学的方法破解“唯美”的困惑。

第一章

唯美主义产生的土壤

为破解“唯美”的困惑，我们需要尽可能多地获取“历史材料”，梳理唯美主义产生的历史语境，包括当时的生产力水平、社会意识形态、前沿哲学、科学思想等。我们还要意识到，唯美主义不仅是一种新的艺术眼光和创作技巧，还是指向艺术本体和创作本体的反思性的哲学思考。因此，我们要考察当时其他主要艺术门类与文学之间的“互文关系”，同时审视艺术家主体地位的变迁。

第一节 工业、城市与科学的兴起

“作为一场运动，唯美主义与维多利亚时代的社会现实紧密相连。”[①]唯美主义的产生有独特的社会土壤——工业化与城市化进程中的工商业环境。

自 18 世纪工业革命拉开序幕以来，工业化与城市化是先发资本主义

① Tim Barringer: “Aestheticism and the Victorian Present: Response”, *Victorian Studies*, Vol. 51, No. 3, 2009, pp. 451-456.

国家的两大“主题”。机器时代的来临不仅改变了社会生产方式，也改变了劳动分工的方式，带来人与自我、人与他人的关系的巨变。“英国开始了一种世界史上前所未有的生活方式。从来没有如此多的发明被转化为经济效益和物质财富。人们的生活也从来没有如此依赖机器。”①1851年，首届万国工业博览会（第一届世博会）在英国伦敦举办，展出了与农业、工业、交通运输业等领域相关的产品。此后，世博会成为先发资本主义国家展示国力的窗口，能够让大众一睹工业化的成就。对岸的法兰西也不甘落后，在19世纪开始了工业化和城市化的步伐，于1855年举办了世博会以展现国家力量。以世博会为标志的机械化浪潮很快传到欧洲其他国家和大洋彼岸的美国。美国南北战争之后，美国的工业化和城市化进程加快。到19世纪末，随着机器的制造和使用，尤其是标准化生产方式的推广，美国一跃成为发达的工业化国家，其标志性事件是1893年举行的芝加哥世博会。芝加哥世博会成为彼时美国最重要的精神建设标志，表明美国从一个农业国转变成工业大国，以工业化为主导的城市文明逐渐成为美国人生活的主体。

工业化与城市化进程相辅相成。1851年，英国成为世界上第一个城市人口超过总人口半数的国家，基本实现了城市化。法国在19世纪上半叶人口流动的规模不大，然而到了19世纪下半叶，乡镇人口开始大规模地向城市迁徙，并且在19世纪下半叶产生数次迁徙高峰。从19世纪中叶到20世纪初，美国乡村人口、工商业以及各种机构向各个城市聚集，城市人口占总人口的比重从1870年的25.0%提高到1920年的50.9%，非农业人口逐渐向城市集聚，并最终超过农业人口。

城市化进程带动了中产阶级的崛起。19世纪是西方发达国家内部中产阶级发展成型并走向成熟的时期。中产阶级倡导的自律、顾家、团

---

① William Gaunt: *The Aesthetic Adventure*, Jonathan Cap, 1945, p. 18.

结和勤劳致富等价值观念无疑与资本积累时期的时代精神十分契合。当时英法等国的中产阶级坚信自己是推动人类文明进步的关键力量，他们乐观地认为："在中产阶级的主持下，在中产阶级的道德和经济经验指导下，人类社会会取得最为迅速的进步。他们坚信持续不断的物质进步具有重要意义，坚信这种进步是必然的。"①可以说，中产阶级的意识形态已然成了时代的明信片。在英国，甚至连当时英国的象征者，英国的维多利亚女王本人，都被认为是中产阶级的代言人。大洋彼岸的美国，作为英国清教徒的"乌托邦"，其工业化和城市化发展几乎与西欧同步。自 19 世纪 30 年代起，美国逐渐形成了以中产阶级为主的文化形态。

伴随工业化和城市化进程的是追求效率、实用与财富的工业文明。工业文明与中产阶级的价值导向相辅相成，都注重伦理秩序，讲究有序井然，给人以严谨刻板甚至庸俗保守之感。到了 19 世纪末期，理性主义、讲究实际、注重实效的世界观"不仅开始控制了技术经济结构，也开始统治文化领域，特别是宗教秩序和向孩子灌输'适宜'动机的教育体系"②。这种意识形态使得社会精神在整体上变得功利、保守与平庸，压抑了人的生命活力与丰富的精神世界，"当时的英国社会极拘泥于传统，人们一言一行都必须与严格的社会行为与道德规范相符，稍微偏离常规就会被视为脱离正轨，连艺术与文学的原则都被弃之不顾，必须恪守社会规范"③。英国诗人、思想家威廉·莫里斯认为，机器可以做任何事情，但是做不出艺术品，现代文明使人失去了享受淳朴的愉悦的能力，尤其是享受原本应该由劳动带来的幸福感，使人因庸俗而失去了对艺术的感受力。英国诗

① 罗伯特·E. 勒纳、斯坦迪什·米查姆、爱德华·麦克纳尔·伯恩斯：《西方文明史》（Ⅱ），王觉非等译，中国青年出版社 2009 年版，第 823 页。

② 丹尼尔·贝尔：《资本主义文化矛盾》，严蓓雯译，人民出版社 2010 年版，第 54 页。

③ 维维安·贺兰：《王尔德》，李芬芳译，百家出版社 2001 年版，第 1 页。

人、教育家马修·阿诺德将中产阶级称为“非利士人”(Philistines),意为无文化品位、唯利是图的市侩,将跟风中产阶级、粗俗愚昧的劳工视为“群氓”(Populace)。画家惠斯勒认为,19世纪是商人趣味取代艺术家品位的时代,出现了许多庸俗、无聊、华而不实的艺术赝品。“艺术家的职业消失了,取而代之的是制造商和小贩。”①阿诺德、罗斯金、莫里斯、王尔德等人都表达了工业化对人的异化。在美国,反城市化思潮在19世纪70年代已经有了苗头。② 城市化和工业化导致否定人的自由意志的决定论观念兴起,人们普遍认为:“庞大的工业机器体系使得个体变得渺小,产生一种无力感。大都市将个人缩小为渺小的单元,经过量化的机器运转方式,丰富的个体差异被抹平。”③

工业化和城市化在创造丰富的物质财富的同时,导致社会贫富差距扩大。那些来自城市底层或农村的产业工人,多数成了严格甚至严酷的机器大工业的牺牲品,他们被牢牢地束缚在机器周围,成为流水线上的“熟练工人”。产业工人作为社会成员中数量庞大的一支,其教育资源的缺失进一步导致社会整体审美品位的下滑。19世纪,艺术创作成为社会分工的衍生品,加速了大众审美与艺术从业者审美的分化。经济上的窘迫、社会资源的匮乏以及劳动分工带来的精神的扁平化,使产业工人更加远离艺术和审美。上述现象一方面促使具有社会责任感的艺术精英萌发审美启蒙的思想,另一方面倒逼许多艺术精英排斥大众,逃避世俗,躲进艺术的象牙塔。

---

① J. A. M. Whistler: “The Ten O'Clock Lecture”, in Eric Warner, Graham Hough, eds.: *Strangeness and Beauty: An Anthology of Aesthetic Criticism, 1840–1910*, Vol. 2, Cambridge University Press, 1983, p. 80.

② Humphrey Carpenter: *Geniuses Together: American Writers in Paris in the 1920s*, Houghton Mifflin Company, 1988, p. 113.

③ V. L. Parrington: *The Beginnings of Critical Realism in America*, Transaction Publishers, 2013, p. 327.

工业文明的推动力，在很大程度上归功于自然科学的“狂飙突进”。19世纪又被称为“科学的世纪”，出现了一种天真和狂热的“科学崇拜”，科学家是那个时代自信的战士，“他们击溃神学论者，挫败神秘主义者，将他们的理论强加于哲学家头上，把新发明赐给资本家，将新发现引入医学界；同时，他们冷落艺术家、忽视诗人，甚至怀疑政治家的能力”①。人们普遍认为，世界是理性的、合逻辑的，且能够基于观察和实验被精确计算。“自然秩序的观念作为机体发展的场所和自然观念紧紧地结合起来了。”②

自然科学的兴盛带来大众思维方式的变化，实证主义和经验主义似乎成为颠扑不破的方法论，这导致哲学、美学、文学等人文学科的科学主义转向，由此促发了19世纪的科学主义思潮。科学主义一方面使人文学科的研究借鉴和采纳实验、观察、计算、检验等定量研究，试图从“量变”中找到“质变”的原因；另一方面，使学科分类越来越细，试图在各个艺术门类之间建立起知识谱系。自此，对具体艺术问题的“自下而上”的研究范式开始取代形而上的美、美感、理念、形式等“自上而下”的研究范式。

科学主义的思维方式极大地影响了艺术领域的世界观。19世纪形成了自然主义文学观念，它将人视为科学实验中的对象，对人进行手术刀式的解剖观察，否定了人的主观能动性，并将之本能化，认为人的意志是冲动，感情是情欲，人的主观能动性遵循自然生物规律。此外，19世纪的一些文艺作品比以往更注重人的心理活动和意识深处，展现当下的、个体的、经验的“人”，而有别于古典哲学观念中先验的、静态的“人”。

---

① Beatrice Webb: *My Apprenticeship*, Longmans, 1938, p. 113.

② A. N. 怀特海:《科学与近代世界》,何钦译,商务印书馆2009年版,第85页。

第二节　哲学的准备

一、德国古典哲学

一般认为,唯美主义文学与西方非理性哲学思潮同步,将文学艺术的重心置于意志冲动、感性欲望等非理性基础之上,从而开启了西方文学与文化的非理性主义转向。然而,正如18、19世纪西方非理性哲学、美学以及文艺思潮(浪漫主义)直接来源于理性主义哲学的巅峰——德国古典哲学,唯美主义同样在德国古典哲学中找到了重要的理论支撑与精神"养料"。当然,唯美主义对德国古典哲学存在着一定的"误读"。

唯美主义的理想是让艺术成为独立王国,不受世俗价值观念的侵扰,康德哲学成为打造"艺术独立王国"的"地基"。康德将审美视为鉴赏判断。在审美过程中,鉴赏判断在感性愉悦之前,还带有理性主义认识论的痕迹,但康德将审美判断力视为与认识能力、意志力并列的先天禀赋,指出主体在面对具体对象时所具有的反思性的判断力。这样一来,美学的研究视角就变为以人自身为出发点,而不是以外界的客观存在为出发点。康德将鉴赏判断的发生归于四个契机:无功利的愉悦感、无概念的主观普遍性、形式的合目的性、共通感。四个契机相当于《纯粹理性批判》中的四个先验范畴:质、量、关系、模态。在康德看来,纯粹的审美活动必然符合上述契机,总结起来就是,美感是无目的的合目的性形式、无功利并且可以达成普遍共识的愉悦。继康德以降,西方美学界对美的认识基本沿袭和发展了康德的审美"无功利"和"形式的合目的性"观点,将其视为解读美和艺术本质的钥匙,比如沿着"无功利"路径的"审美距离说""孤立说"等,沿着"形式的合目的性"路径的"实验心理学美学""格式塔美学""符号论美学”等。审美“无功利”和“形式的合目的性”观点的影响延续到英美新批评和俄国形式主义文论。唯美主义便是借着审美“无功利”和“形式的合目的性”观点在19世纪展翅飞翔。

康德将审美带来的愉悦归结为“情感”,并将其确立为美学的先天原则。审美判断力是指在人的共通情感的基础上形成的主观的普遍性。审美属于人的认识能力范畴,即感性认识,但感性认识并非为了认识客观对象,而是一种反思,即通过认识对象反思共通的人性,激发人的情感。在审美过程中,人的诸认识能力不约而同地协调一致,产生审美愉悦。“为了分辨某物是美的还是不美的,我们不是把表象通过知性联系着客体来认识,而是通过想象力(也许是与知性结合着的)而与主体及其愉快或不愉快的情感相联系。所以鉴赏判断并不是认识判断,因而不是逻辑上的,而是感性的(审美的)……”[①]由于知性的基础是认识,道德的基础是自由意志,审美判断属于“非认识的认识”(认识能力的活动)、“非道德的道德”(自由协调的活动)。认识与道德通过审美结合起来,知、意、情构成完整的人性。美成为能够独立于真与善的人性范畴。无论是将感性作为美学的形而上学领域,还是将情感作为美学的先天原则,二者都承认审美是人性中不可或缺的一部分,人的自由本质正是通过审美才得以全面展现。审美也不是不要目的,而是主观合目的。康德认为,人凭借理性拥有关于某个对象或结果的概念,并运用自身的意志去获得对象或结果,这个对象或结果就叫作目的。如果说自由以自身为目的,那么审美也能够不为某种外在的目的或利害关系而仅仅是为了自身,即审美自觉(或审美自由)。戈蒂耶用一句通俗的话语将其表述为“真正美的东西都是毫无用处的,所有有用的东西都是丑陋的,因为它是某几种需要的代名词”[②]。

---

① 康德:《康德三大批判合集》(下),邓晓芒译,人民出版社2009年版,第249页。

② 泰奥菲尔·戈蒂耶:《莫班小姐》,黄胜强、许铭原译,中国社会科学出版社2013年版,序言第20页。

我们往往将“艺术自律”理解为对形式的自觉——形式主义。对形式主义的追求同样受到康德哲学的影响。康德认为：“……有关一个客体的概念就其同时包含有该客体的现实性的根据而言，就叫作目的，而一物与诸物的那种只有按照目的才有可能的性状的协和一致，就叫作该物的形式的合目的性……”[①]形式主义者们将单纯形式的合目的性称为“纯粹美”，一旦涉及质料和概念就不可避免地带有功利成分，对形式的鉴赏判断最能体现“无目的的合目的性”，克莱夫·贝尔总结为“有意味的形式”[②]。事实上，在康德哲学中，“纯粹美”的确是由形式的合目的性引起的美感，是一种由思维活动建构的概念，在日常生活和大自然中极难找到，反倒是依靠概念和一定利害关系的不够纯粹的“依存美”才是主流。康德还认为“依存美”才可能承载美的理想。美的理想需要将具有客观目的性的概念作为基础，它是由人的理性主导的，只有“依存美”才能调动起想象力、知性、理性，而“纯粹美”只能调动前两者。此外，从康德哲学的内在逻辑看，他所谓的“形式”并非客观对象的某种属性，而是指人的诸认识能力看似趋向某种目的的和谐，一种主体认识能力相互协调的“完形”。[③]换言之，这里的“形式”是内在的，指向人类学意义上的个体心理机制。因为我们总是按照认识能力的某种合目的性原则去思考对象，所以，对象本身不是终极的认识目的，人本身（自由）才是目的。“但对由反思事物的（自然的和艺术的）形式而来的愉快的感受性不仅表明了主体身上按照自然概念在与反思判断力的关系中的诸客体的合目的性，而且反过来也表明了就诸对象而言根据其形式甚至无形式按照自由概念的主体的合目的性……”[④]

---

① 康德：《康德三大批判合集》（下），邓晓芒译，人民出版社2009年版，第230页。

② 克莱夫·贝尔：《艺术》，江苏教育出版社2005年版，第4页。

③ 曹俊峰、朱立元、张玉能：《德国古典美学》，北京师范大学出版社2013年版，第90—91页。

④ 康德：《康德三大批判合集》（下），邓晓芒译，人民出版社2009年版，第241页。

但是,这种极端的形式主义创作理念属于“乌托邦”式的追求,尤其是在文学研究中。单纯对形式的审美鉴赏被康德称为纯粹鉴赏判断,对任何一个具有日常审美经验的人来说,完全不涉及质料、不依赖感官的审美活动是不可想象的,审美经验大多混杂感官、概念甚至功利等因素。康德将只涉及形式的纯粹鉴赏判断“提纯”,是为了研究需要。人们即便在进行审美鉴赏的过程中可以达到这样的理想,在艺术创作过程中也很难做到,就连唯美主义作家在其创作实践中也是如此,因为创作不可避免地要渗透作者的某些理念与意图。因此,“审美自觉”与“艺术自律”之间并不能简单地画等号。对此,康德其实早有预料,在他的美学视野中,审美判断的最终目标是引导人获得自由感,实现的途径是通过审美调动全人类普遍的情感。因此,相较于艺术(人工创作),人们对大自然的欣赏更能单纯唤起一种直接的兴趣和优点,更能体现“无目的的合目的性”,从而体现审美的自由本质。更重要的是,康德认为:

> ……对一个作为自然目的之物首先要求的是,各部分(按其存有和形式)只有通过其与整体的关系才是可能的。因为该物本身是一个目的,因而是在某个概念或理念之下被把握的,这理念必须先天地规定应在该物中包含的一切东西。但如果一物只是以这种方式被设想为可能的,它就仅仅是一个艺术品(人工制品),也就是一个与它的质料(各部分)有别的理性原因的产品,这个理性原因的原因性(在获取和结合各部分时)是被一个关于由此而可能的整体的理念(因而不是被外在于该物的自然)所规定的。①

① 康德:《康德三大批判合集》(下),邓晓芒译,人民出版社 2009 年版,第 409 页。

因为鉴赏调动了理性能力，而理性正是道德的原则，所以审美中必然蕴含了潜在的道德诉求。但由于审美是形式判断，不涉及真正的道德原则和目的，因此，在康德看来，审美可以暗示人的道德本体，人的感受会更加细腻，在普遍的形式中"看出"道德，体会共通的人性，开启道德的自觉，能鉴赏自然美的人一定具有道德感。于是，美就成为德性（善）的象征，"并且也只有在这种考虑中……美才伴随着对每个别人都来赞同的要求而使人喜欢，这时内心同时意识到自己的某种高贵化和对感官印象的愉快的单纯感受性的超升，并对别人也按照他们判断力的类似准则来估量其价值"①。我们可以看出康德哲学带有近代人本主义气质，这与唯美主义诗学排斥一切道德干预，重"人工"而轻"自然"的价值理念，以及试图用某种近似科学（认识论）的形式主义思维取代自然情感的价值取向是有很大不同的。此外，康德从他带有机械主义和古典形式主义的思维方式出发谈论美的问题，可见他的艺术品位还带有古典主义的倾向。他重视古典诗歌、造型艺术，对音乐则不太重视，因为音乐太突出感性了，而音乐是唯美主义诗学最向往的艺术形式，音乐体现的形式美是唯美主义最看重的审美特质。这说明康德和唯美主义对"形式"的理解是不一致的。

康德哲学对"审美自觉"的论述为唯美主义诗学理论的建构提供了依据，而唯美主义文学对康德哲学的借鉴存在有意或无意的"误读"。但正是这样的"误读"为我们理解唯美主义文学的实质打开了缺口。康德的洞见与局限很大程度上在于他建构了"物自体"的概念。"物自体"不可认识，但可以用"反思的判断力"来衔接纯粹理性（认识）与实践理性（自由）。这种做法一方面将人的自我意识局限在"物自体"之外，限制了认识能力的边界；另一方面保护了意识的能动性，使意识可以在受保护的"领地"内运用十二范畴主动获得经验表象，建构认识对象。对文学领域而言，经过

① 康德：《康德三大批判合集》（下），邓晓芒译，人民出版社 2009 年版，第 391 页。

浪漫主义对古典美学原则的冲击，人们逐渐意识到，“美”并非来源于某种抽象的客观存在、形式或规律，艺术也并非要“认识”某种客观本质，而是要表现人的感性。事实上，近代美学研究视野的拓展同样呈现出这样的路径：从研究普遍的社会性的感觉转向研究个体的丰富的感性，从研究美的抽象概念转向关注切身的审美经验。康德哲学正处在这样的转型中，于是我们也可以在康德哲学中看到形式主义和主情主义的矛盾。这提醒我们，19 世纪唯美主义并非在寻找某种古典主义式的美的范式，而是紧紧抓住个性化的感性领域。

席勒在很大程度上继承了康德的逻辑框架并加以改造。康德哲学的总体逻辑是“自然向人生成”，他将鉴赏判断作为纯粹理性和实践理性的中间环节，把美学作为自然王国通向自由王国的中间环节，他关心的是人性的完善的问题、人类发展前途的问题。从康德哲学中我们可以看到西方资产阶级人道主义思想的底色，这一底色同样出现在席勒的思想中。在席勒看来，艺术和美就是实现人道主义理想的钥匙，审美是实现人性的完善的途径。

席勒认为古希腊人具有完整统一的人性，人的感性冲动和理性冲动协调发展。感性冲动的对象是一切物质存在，感性冲动要求绝对的现实性，将单纯的形式充实进内容，相当于在对象化中实现人的鲜活力量，它追求变化与流动；理性冲动在席勒看来是形式冲动，来源于人的理性，即将一切感性的、流变的对象抽象化为永恒、必然的形式，使千变万化的自然界显示出人的法则，相当于自然的人化。席勒认为，古希腊人的理性与感性是统一的，他们的艺术与自然也是统一的，所以古希腊人提出艺术要模仿自然。近代人则处在感性冲动和理性冲动的双向撕扯之中。于是，艺术与自然之间发生了对立。席勒认为，只有游戏冲动才能使感性冲动和理性冲动的相互冲突变成相互作用，这是因为在游戏中，人既释放着自然天性，又必须遵守游戏规则，返让人感到自在和自由、物质和精神、内容和形式之间的协调统一。游戏的思维就是艺术的思维，艺术是近代人的游戏。在游戏/艺术/美的作用下，自然王国向着自由王国发展，人恢复了完整的人性，游戏的对象就是完整的人性，就是美（活的形象）。“人同美只是游戏，人只是同美游戏；只有当人是完全意义上的人，他才游戏，只有当人游戏时，他才完全是人。”①

费希特在抛弃“物自体”概念的同时，提出了“全部知识学原理”的正、反、合三个命题：

第一，自我设定自我。自我的一切知识都是自我的综合，“我就是我”是一个能动性的过程，而非静止的状态。“自我存在着，而且凭借它的单纯存在，它设定它的存在。——它同时既是行动者，又是行动的产物；既是活动着的东西，又是由活动制造出来的东西……”②费希特的“自我”是绝对自我，是超越日常的个体意识的先验概念。这种“唯我论”式的原理经过施莱尔马赫的发展成为浪漫主义的“温床”。浪漫主义将个体意识发扬到极致。经由浪漫主义的过渡，绝对自我的理念在唯美主义文学中落脚，成为“茕茕孑立、形影相吊”的“颓废”形象。这些形象通过感官世界将敏感、孤独而高贵的个体保护在“紧闭的窗户”③中。一方面，窗户是紧闭的，它以脆弱、内向、自恋的姿态表现出对世俗社会功利、市侩的价值观的疏离，维持个体人格的高贵；另一方面，窗户是通透的，它并非隔绝个体与外界，而是以两者之间的感性关系取代实用关系。诸如佩特的理论和于斯曼等人的创作都具有鲜明的“唯我论”色彩：塑造“颓废”形象，聚焦感官世界，沉迷于超越世俗生活的怪异、反常的感觉体验。

---

① 弗里德里希·席勒：《审美教育书简》，冯至、范大灿译，上海人民出版社 2022 年版，第 125 页。

② 费希特：《全部知识学的基础》，《费希特文集》（第 1 卷），梁志学编译，商务印书馆 2014 年版，第 505 页。

③ Patrick McGuinness: *Poetry and Radical Politics in Fin de Siècle France: From Anarchism to Action Française*, Oxford University Press, 2015, pp. 9-12.

第二,自我设定非我。费希特的“自我”是能动的主体,它必须设定一个“非我”作为行动的对象。“非我”是与自身对立统一的,如果没有非我,自我的能动性便无从体现。非我既在自我之外,又在自我之内,对于自我的理解,必须通过非我,也就是通过对象化的方式才能返回自身。事实上,唯美主义诗学理论和文学创作都试图重塑主体/自我与对象/非我的感性关系。在唯美主义作品中,对感性关系的抒写落脚于对感觉印象的描写。一方面,感觉对象被统摄在感觉主体的感性之流中,对象成为确证感觉主体内在丰富性的一个环节,甚至往往“本末倒置”,为了凸显感觉的丰富性而刻意营造怪诞的感觉对象。另一方面,感觉的丰富性以永不满足的感觉欲望填充,主体为了满足自身而沉溺于对象带来的感觉之流中不能自拔。“对新感觉的不断渴望,没有它,自我就失去了它的动感。”①

第三,自我在自身中设定了非我和自我的对立。“自我设定自我”(正题)与“自我设定非我”(反题)产生了合题,即自我在和非我的对立中意识到对立本身也是自我设定的,于是便回到了自我的绝对性。一切经验对象,包括感觉、知觉、印象等都不是来源于某种“物自体”的刺激,而是通过自我与非我的内在相互作用产生的。“被感觉的东西,在现在的反思中,并且对于这个反思来说,也变成了自我。因为进行着感觉的东西,只当它是被自身所规定的时候,亦即感觉着自身时,才是自我。”②费希特揭示出自我意识与对象意识的对立统一结构,这一结构由“自恋情结”这一唯美主义文学重要主题形象地呈现出来:我爱上了另一个(对象化的)我,另一个我既不是我(否则我无法爱上),又是我(来源于我的意识)。对自恋情结的刻画正是唯美主义文学独特的标志之一,也是“遗世独立”的感觉主

---

① Leon Chai: *Aestheticism: The Religion of Art in Post-Romantic Literature*, Columbia University Press, 1990, p. 24.

② 费希特:《全部知识学的基础》,《费希特文集》(第1卷),梁志学编译,商务印书馆2014年版,第719页。

体的自我确证。

在谢林看来,自我意识就是将自己变成对象,又最终返回自身的对立统一活动。差异是从同一中分化出来的,在自我与非我的对立之上,还有一个绝对同一,一切对立的东西都是从最初的同一状态中分化而来的。谢林认为,认识绝对同一需要通过艺术(美感)直观,在艺术直观中,自由与自然、主观与客观、理性与感性、有限与无限、有意识与无意识等对立项都被统一起来。

谢林认为精神与自然是同一的。一开始精神还在萌芽状态,只能以可能的姿态潜伏在自然中,精神的发展过程就是世界从自然发展到人的过程,最终返回绝对同一。谢林关于精神发展过程的构想具有鲜明的目的论色彩——它最先启发了浪漫主义的"自然崇拜",但浪漫主义的宗旨并非寻求人与自然合一,而是张扬个体。"浪漫主义的'自然崇拜'其实是对自然的文明化,他们认为自然应该被纳入人类的领域并与文明等同。"①早期浪漫主义通过歌颂自然而张扬个体,自然的理性主义逐渐与人的自由意志合为一体。但在唯美主义的语境中,借"艺术高于自然/现实"的理念,"自然崇拜"被异化为"逆反自然"的审美趣味。唯美主义认为艺术高于自然/现实,实际上是将自由意志推动的自由创作极致化,表现个性化的美感体验。于是我们看到,不仅唯美主义诗学理论鼓吹艺术高于自然,而且唯美主义文学作品往往呈现出对自然造物、生命活力以及田园式审美趣味的排斥,转而迷恋"非/反自然"的事物与行为。

谢林论述了人的自由意识的发展。自由意识如何能够发展为绝对同一的自我意识呢?谢林认为要通过艺术直观。人间的艺术是上帝艺术的启示,在启示的神秘主义中绝对同一被展现出来,神性的绝对性可以被人

---

① David Weir: *Decadence and the Making of Modernism*, University of Massachusetts Press, 1995, p. 16.

直观到，艺术因此成为绝对同一的直观显现。在艺术中，意识与无意识、有限与无限、自然与自由、理性与感性实现了统一，艺术直观比哲学(理智)直观更深刻地展现出绝对同一。“艺术作品唯独向我反映出其他任何产物都反映不出来的东西，即那种在自我中就已经分离的绝对同一体；因此，哲学家在最初的意识活动中使之分离开的东西是通过艺术奇迹，从艺术作品中反映出来的，这是其他任何直观都办不到的。”①这一颇具神秘色彩的艺术观念开启了审美现代性的理论范式：用艺术崇拜代替上帝崇拜，将“美的崇拜”放置在“上帝死了”的空位上，以防被“恋物的商品崇拜”②抢占先机。

黑格尔对精神自觉的认识基于对自我意识结构的分析。自我意识本身就是矛盾的：意识将自己一分为二(反思的“我”与被反思的“我”)，同时自己又意识到两者是同一个意识。这就形成了建立在自我与对象辩证关系基础上的意识结构深度，它首先表现为欲望。自我意识将自己对象化，就是将自己放在了欲望客体的位置上，通过对欲望客体的追求，实现自身，欲望客体成为自我意识的一部分。“欲望，还有欲望的满足所带来的自身确定性，都是以对象为条件的，都需要扬弃这个他者才能成立。”③因此，欲望是维持自我意识的必然。通过对欲望客体的追求，意识主体显现出能动的生命力。自我意识的能动本质并不在于具体的欲望客体，而是将欲望客体不断吸收回意识主体的冲动与过程，即对欲望的欲望。自我意识也是类意识，“我即我们，我们即我”④。类意识使自我意识具有客观化的要求，自我意识要在外部客观世界中将自身显现出来，将客观世界的对象变成自己的一部分，反映在人与人之间就形成“主奴关系”。主奴关

① 谢林：《先验唯心论体系》，梁志学、石泉译，商务印书馆1976年版，第274页。

② 瓦尔特·本雅明：《巴黎，19世纪的首都》，刘北成译，商务印书馆2013年版，第15页。

③ 黑格尔：《精神现象学》，先刚译，人民出版社2013年版，第116页。

④ 黑格尔：《精神现象学》，先刚译，人民出版社2013年版，第117页。

系既发生在人与人之间——主人和奴隶，也发生在自我意识的两个环节之间——主人意识(主体的我)与奴隶意识(对象的我)。自我意识结构中潜在地包含主、奴意识两个方面。自我意识"通过扬弃他者使自己保存下来，也就是说，它通过扬弃它的他者而重新获得自身的一致性；其次，它也让另一个自我意识保存下来，因为它曾经在他者之内存在着"①。主奴关系是一对辩证关系，主奴的位置/意识可以发生转换。《马利乌斯——一个享乐主义者》《情迷维纳斯》《阿芙洛狄特》《秘密花园》《逆天》等具有浓郁唯美主义风格的作品在塑造感觉主体的过程中不约而同地呈现了诸种主奴关系。主奴关系在唯美主义文学中也成为人与物的新型关系的注脚：人的自我确证越来越依赖于他所占有的"物"。丹蒂(Dandy，又译"纨绔子")②、闲逛者(Flâneur，又译"游荡者")③等形象的出现与"19世纪末大都市对'物'的功能的特定重塑密切相关……物质在能指意义上的根本转变改变了人的身份认定与交互方式"④。

二、浪漫派的"铺垫"

唯美主义与浪漫主义思潮之间联系密切。浪漫主义思潮主要有两个理论基础：一是空想社会主义，二是德国古典哲学。空想社会主义批判资本主义原始积累的血腥，主张废除私有制，消灭剥削，消除阶级分化，建立

---

① 黑格尔：《精神现象学》，先刚译，人民出版社2013年版，第118页。

② 丹蒂是19世纪初在英国出现的一类"花花公子"，他们有钱有闲、注重仪表、谈吐不凡、自命清高，成为独特的审美形象。丹蒂形象传到法国后，受到波德莱尔等人的推崇，获得了在审美领域中的意义，成了体现高雅品位、追求完美形象和追求卓越智力的象征。

③ 闲逛者，最早是爱伦·坡、波德莱尔笔下的一种人物形象，他们是大都市的产物。闲逛者隐身于人群之中，而作者通过闲逛者的视角，以非实用、非理性的感性方式观察城市的内涵、人与城的关系。闲逛者是现代时空的观察者、体验者和抵抗现代性的英雄，代表一种文化态度，也是重要的都市文化意象。

④ J. O. Taylor："Kipling's Imperial Aestheticism：Epistemologies of Art and Empire in *Kim*"，*English Literature in Transition，1880–1920*，Vol. 52，No. 1，2009，pp. 49-69.

绝对平等的社会。空想社会主义思想家认为资本主义异化了人性，剥夺了人的全面发展。后来由莫里斯等人倡导的英国工艺美术运动主张用美的工艺拯救异化的工人劳动，这其实是空想社会主义乌托邦色彩之表现。如果说作为社会运动的唯美主义之美育主张与空想社会主义相关，那么唯美主义与浪漫主义之间的亲缘关系更直接地体现在德国哲学思想中，尤其是德国浪漫派的思想中。

第一，德国浪漫派追求精神的绝对自由，将个体精神与神性等同，表现自我即表现神性，自我就是神性的至美，美取得了与宗教相同的地位。荷尔德林与弗里德里希·施莱格尔都论述了诗与宗教的紧密联系，两者都是对人性/神性的表现。第二，德国浪漫派追求无限和扩张的精神境界。这注定无法在“自然”中找到，他们只能转向心灵深处去探索隐秘的感性心理，不寻求某种外在的一致性和普遍性，而是突出内心世界的差异性和独特性。浪漫主义艺术开始“从内而外”表现绝对的“内向性”，由此导致浪漫主义式的“忧郁”，比如表现“感伤”的主情主义。第三，由于追求绝对扩张的自我，所以产生了崇拜天才的心理，推动了以创造为内核的艺术家地位的上升。在 1800 年左右，“天才”一词指的不再是个人拥有的某种素质，而是指那些全面超越庸众的“超人”。① 从天才崇拜到艺术崇拜和审美崇拜仅一步之遥，天才主体的高蹈、忧郁、脆弱的心理趋势被唯美主义思想继承，成为作品中茕茕孑立的唯美主义者形象。“实际上，在其他任何地方人们都不会发现在‘为艺术而艺术的’信徒——福楼拜、勒孔特·德·李勒、戈蒂耶——身上发现的那种痛苦的声音，那种从心灵深处不知不觉流溢出的忧郁。”②第四，浪漫主义注重感性，注重表现感性的自我，理性的和谐规则已然失效，一切看似丑陋、怪异、荒诞、极端的对象都

---

① T. C. W. Blanning: *The Romantic Revolution: A History*, Modern Library, 2011, p. 30.

② 欧文·白璧德：《卢梭与浪漫主义》，孙宜学译，商务印书馆 2016 年版，第 321 页。

成为艺术表现的载体,像诺瓦利斯和霍夫曼等人的作品就具有超前的“颓废”特征,影响了后来的戈蒂耶、波德莱尔、于斯曼、兰波等人。第五,由于强调个性、自我、自由,浪漫主义对古典文学、美学的清规戒律进行了清算。美没有先天的标准,艺术不再对自然或古人亦步亦趋,德国浪漫派在模仿论之外开辟了表现论的领域。第六,经过对德国古典主义的辨析,知情意、真善美各自找到了依据。为艺术而艺术、艺术高于生活、对抗市侩主义的思想在浪漫主义思潮中逐渐浮现。以赛亚·伯林就认为,浪漫主义就是自由的观念,包括艺术自由的观念,“企图把一种美学模式强加于现实生活,使一切都遵循艺术的规律”①。这些因素都为唯美主义思潮的诞生做好了准备。

在创作领域,艾辛多夫、瓦肯罗德、蒂克、施莱格尔兄弟、诺瓦利斯等德国浪漫主义作家的作品中就出现了提倡艺术“无用”“无限”“无目的”等唯美主义思想的雏形;在创作特征和元素领域,则出现了孤独感伤的叙事主体、高蹈脱俗的艺术家形象以及描写感觉印象的倾向。只是由于国家发展的滞后,唯美主义在缺少社会土壤的德国本土并没有形成气候。

霍夫曼的《金罐——一篇新时代的童话》(1814)、《谢拉皮翁兄弟》(1819)、《雄猫穆尔的生活观暨乐队指挥克赖斯勒的传记片段》(简称《雄猫穆尔》,1820)等作品往往营造两个世界的冲突,传达出这样的价值观:现实世界是庸俗和有限的,在现实世界里生活的是庸众,艺术家要创造出“无限世界”,也就是诗和艺术的世界。“无限世界”既是艺术创造的可能世界,也是宗教神秘主义的一种彼岸世界,艺术与宗教在这里得以结合。比如在《雄猫穆尔》中,霍夫曼通过作为市侩主义代表的雄猫穆尔与作为艺术虔诚者的乐队指挥克赖斯勒的对比,表达对敌视艺术、乌烟瘴气的现

① 以赛亚·伯林:《浪漫主义的根源》,吕梁、洪丽娟、孙易译,译林出版社 2011 年版,第 144 页。

实社会的批判，以及对具有艺术献身精神又怀才不遇的艺术家的同情。通过小说人物之口，作者指出，诗（艺术）拥有战胜饥饿病痛、拯救人生的力量。美就在世界之中，就在每个人的内心之中，它是永恒的最明亮的光，但市侩的现实蒙蔽了世人的眼睛，使他们无法看见超越尘世的美。一旦人们以超越世俗的眼光发现美，“这本身不也是一种充满恩赐的奇迹吗？它是永恒力量为拯救您而允许发生的”①。

自幼接受良好艺术熏陶，一度想成为音乐家的瓦肯罗德在漫游中世纪名城纽伦堡、弗兰肯等地区后深刻体会到宗教艺术的深度与神性。他开始意识到，艺术的动人之处不在外部的形式，而在内心的艺术激情与虔诚。他明确提出艺术宗教化的主张，认为艺术和宗教应该统一，宗教的艺术价值就在于它的神秘、伟大、救世的宗教精神。他与蒂克合著的《一个热爱艺术的修士的内心倾诉》(1796)初步表达了艺术自律、艺术神圣、审美救赎等唯美主义理念。诺瓦利斯是宗教的鼓吹者，他的思想和创作充满了宗教神秘主义的呢喃，他对宗教的崇拜是为了批判和远离令人失望的此岸现实。在他看来，真理产生于诗中，换言之，真理是正在进行中的、动态的诗，越是诗的，越是真实。

诺瓦利斯的代表作《夜的颂歌》(1800)以黑色和死亡作为“无限”和“可能世界”的象征。他未完成的名篇《亨利希·冯·奥弗特丁根》以行吟诗人为主人公，该小说中的核心意象“蓝色花”表现内心的觉醒，暗示彼岸世界，同时也象征艺术理想，蕴含了艺术高于现实的思想萌芽。诺瓦利斯推崇音乐，他认为音乐能最有效地证明诗歌的本质，并且将音乐视为艺术的王冠。诺瓦利斯的思想对济慈和爱伦·坡都有过很大的影响。

---

① E. T. A. 霍夫曼：《雄猫穆尔的生活观暨乐队指挥克赖斯勒的传记片段》，陈恕林译，上海三联书店 2013 年版，第 326 页。

同样表露出艺术高于现实思想的是奥古斯特·施莱格尔，他提出“浪漫主义反讽”：诗人可以自由地幻想、尽情地渴望，但在最后要痛苦地粉碎自己所创造的幻想世界。这是诗人自嘲的方式，所以叫“浪漫主义反讽”。看似诗人在嘲讽自己的幻想世界，但随着高于现实的可能世界的毁灭，实则形成了对现实的嘲讽，表露出艺术家的高蹈姿态。与此类似的是艾辛多夫的《一个无用人的生涯》(1826)，该作品同样以艺术家为主人公，该主人公是一名音乐家，却因为社会的市侩习气和物质主义成为“无用人”，饱受孤独和排挤，只能活在幻想的世界中，以逃避世俗社会。

许多人认为英国的唯美主义文学创作起源于浪漫主义诗人济慈。王尔德就非常推崇济慈的作品，曾前往位于罗马的济慈墓凭吊，并赋诗《济慈之墓》，称济慈为英伦“最甜蜜的歌手”①。王尔德将济慈的诗歌《希腊古瓮颂》视为艺术精神的体现，并推崇济慈为拉斐尔前派(Pre-Raphaelite Brotherhood)的先驱。济慈的诗歌《伊莎贝拉》曾作为拉斐尔前派成员威廉·亨特和约翰·米莱斯的画作素材。美国学者福瑞斯特·派尔认为：“当我们追溯维多利亚时代唯美主义者的观点时就会发现，他们往往将唯美主义的诞生归因于济慈的诗歌。”②在我国 1995 年 10 月 30 日召开的“纪念济慈诞辰 200 周年座谈会”上，我国著名诗人、翻译家屠岸先生指出：“在以往对英国浪漫主义诗人的研究中，济慈一直被作为‘为艺术而艺术’的唯美主义诗人而受到冷落，这无论是从济慈诗歌的艺术价值还是思想意蕴来看，都是片面和不公平的。”③

---

① 奥斯卡·王尔德：《济慈之墓》，见《王尔德读书随笔》，张介明译，上海三联书店 1999 年版，第 42 页。

② Forest Pyle: *Art's Undoing: In the Wake of a Radical Aestheticism*, Fordham University Press, 2014, p. 5.

③ 爱农：《纪念济慈诞辰 200 周年座谈会召开》，《诗探索》1996 年第 1 期，第 158—159 页。

爱与美是济慈终生追求的艺术理想,他从古希腊艺术中汲取美的灵感。以长诗《恩底弥翁》为例,恩底弥翁是希腊神话中的美男子形象,作者借用恩底弥翁与月亮女神相恋的故事,表达对美的无尽向往。在长诗开篇,济慈就写道:“美是永恒的快乐。”济慈认为艺术对现实世界具有超越性,现实世界是丑陋的,只有艺术世界才是纯美的,呼吁人们摒弃现实的丑,追求艺术世界、理想世界的美。从古希腊时期开始,西方哲学、美学一般将真置于美之上,或者将真作为美的基础,让美向真靠拢,但济慈将这种关系反转,让真向美靠拢。济慈所说的“真”不是现实中的存在,而是想象力的产物和证明——不是现实的真实,而是艺术的真理。“济慈区分了事实和真理,他凭借具有创造力的想象将事实转换为真理”①,这便赋予“美即是真,真即是美”②新的内涵。济慈认为诗歌就是美的艺术,“对一个大诗人来说,对美的感觉压倒了一切其他的考虑,或者进一步说,取消了一切的考虑”③。他的诗歌创作就是这种思想的实践,他在诗歌形式上不断实验、不断创新,将诗歌的表现形式与内容完美融合。他的诗歌《希腊古瓮颂》将古瓮作为美的观照,通过古希腊田园美景来否定现实世界的丑陋,具有明显的雕塑美和绘画美。《夜莺颂》《赛吉颂》《忧郁颂》《秋颂》等诗歌都营造出饱满的感官体验,体现出鲜明的唯美主义特质。此外,济慈提出“消极感受力”(Negative Capability)的说法,认为诗人通过使自我进入一种“麻木倦怠”的意识状态,达到从容平和的创作心态。事实上,“麻木倦怠”不是针对诗人的共情能力和感性能力而言的(这样的诗人压根无法创作,也就谈不上是诗人),而是指诗人需在创作准备阶段进入主客交融、物我两忘的心境,摆脱功利性的、求知性的心态的干扰,从而打开

① William Walsh: *Introduction to Keats*, Methuen & Co. Ltd.,1981,p. 12.

② 济慈:《希腊古瓮颂》,《济慈诗选》,屠岸译,外语教学与研究出版社 2011 年版,第 27 页。

③ 济慈:《一八一七年十二月二十一、二十七日(?)致乔治与托姆·济慈》,《济慈书信集》,傅修延译,东方出版社 2002 年版,第 59 页。

审美的灵感之泉。

浪漫主义诗人阿尔弗雷德·丁尼生和罗伯特·勃朗宁在创作中已显露出“为艺术而艺术”的气质，他们赋予审美感受力以重要意义。

三、非理性哲学

唯意志主义从德国古典主义的废墟中发端，它撷取了德国古典哲学中的非理性主义、神秘主义和实践伦理学的火种发展而来，并马上影响了欧洲其他国家。由于科学主义和实证主义的兴起，传统的形而上学被迫做出应对，但不再祭出理性、逻各斯等大旗，而是在非理性中找到对抗科学主义和理性主义的法宝，形成了唯意志主义潮流。唯意志主义高扬“意志”“生命”“身体”的旗帜，确立生命本体论在哲学上的中心地位。唯意志论美学的出发点是唯心主义的意志论。唯意志论美学不是从某种客观的美的理念出发谈美，也不是将主体视为理性的产物，而是抓住主体的心理状态，从美感出发谈美，这个特征符合 18 世纪以降的美学发展趋势。唯意志论美学为艺术领域的变革提供了非理性元素的“燃料”。

叔本华将黑格尔的绝对精神改造成意志，并将柏拉图的理念世界降格，在理念之上再设置世界的本原——意志。与遵循自身逻辑的绝对精神不同，意志是不可遏制的盲目的生命冲动。在意志的主导下，人有无法摆脱的欲望，欲望永远无法真正得到满足，只能在暂时的满足（无聊）和不满足（痛苦）之间来回摇摆，这就是人生的悲苦现状。只有通过两种途径才可以摆脱意志带来的痛苦：一是通过宗教式的禁欲，彻底消除意志，达到类似东方哲学的无我状态；二是通过哲学或审美，进入暂时的忘我境界，从而解除欲望带来的痛苦。叔本华认为，审美的理想状态是纯粹的直观，即达到主客同一的“观审”状态。在这种状态中，人可以暂时脱离作为世界本原的意志的摆布，从而肯定人作为“认识”的纯粹主体地位。“这种主体已不再按根据律来推敲那些关系了，而是栖息于、沉浸于眼前对象的亲切观审中，超然于该对象和任何其他对象的关系之外。”①审美摆脱了世俗生活伦理、个体意志的束缚，直观无须求助概念、逻辑、推理等理性认识的条件，它就是自身的依据(审美自足)。审美排除了受意志控制的理性认识活动，只有这样才能打破主客之间的隔阂，在主客分离之前直接把握理念。审美中的沉醉状态“是认识理念所要求的状况，是纯粹的观审，是在直观中浸沉，是在客体中自失，是一切个体性的忘怀，是遵循根据律的和只把握关系的那种认识方式之取消”②。叔本华的论述颇有东方美学的特质，凸显了现代性审美的“顿悟”“当下”“刹那”的特质。这些特质几乎是所有生命本体论美学的路径，因为生命的存在和证明必然联系着瞬间性、刹那性。审美可以使人暂时摆脱无休止的意志控制，摆脱现世的痛苦，赋予艺术高于生活、“救赎人生”的地位。

尼采将世界的本原视为意志，即生命冲动。和叔本华相比，尼采的生命意志更具主动性、创造性。在尼采的逻辑中，个体的痛苦和毁灭正好印证生命意志追求扩张的强力，意志的扩张和冲突演化出整个世界历史的进程。从肯定生命意志出发，尼采高扬人的肉身和感官，认为感官比理性更加可靠，“借助我们的感官，我们拥有多么精细的观察工具啊！……我们今天拥有科学的程度，恰好让我们下了决心，接受感官的证明”③。肉体感官捕捉的正是变动不居的经验，比理性和一切外来的工具更贴合生命意志的本性。尼采认为人的肉身感官被现代文明和科学技术变得迟钝，表现出生命活力衰弱的征候。孱弱的生命感受不到美，反过来说，美正是强力意志和生命活力充盈的表现，艺术带来的美感享受是对人自身生命强力的确证。“艺术使我们想起运动活力的状态，它一方面是旺盛

① 叔本华：《作为意志和表象的世界》，石冲白译，商务印书馆1982年版，第249页。
② 叔本华：《作为意志和表象的世界》，石冲白译，商务印书馆1982年版，第274页。
③ 尼采：《偶像的黄昏》，卫茂平译，华东师范大学出版社2007年版，第56页。

的肉体活力向形象世界和意愿世界的涌流喷射，另一方面是借助崇高生活的形象和意愿对动物性机能的诱发；它是生命感的高涨，它是生命感的激发。"[①]正因如此，尼采反对生命的颓废，也反对以瓦格纳为代表的浪漫主义式的颓废艺术，认为它们是生命的虚无主义者。

克尔凯戈尔从个体切身的伦理存在出发，把握个体内心诸如畏惧、烦闷、绝望、痛苦、怀疑等各种情绪。他认为这些情绪是人的存在的最本真体验，它们驱使人采取行动，人只有通过对情绪的体验才能把握存在。在克尔凯戈尔看来，传统的理性主义形而上学在认识存在的本质面前都是隔靴搔痒、徒劳无益的，因为其远离个体存在的本真状态。对情绪的体验很自然地令人想到艺术，艺术是表达这些情绪的最好的载体。所以克尔凯戈尔的人本主义思想带有很强的感性色彩和诗化特征。狄尔泰从人的"生命本体论"出发解释世界，认为生命是世界的本原，生命是客观化的精神活动，要提升情感和意志在生命现象中的地位，把生命视为神秘的心灵体验。个体的心灵体验是生命本身的能动性和规定性，是生命的意义所在。那么哪些人的心灵体验最深刻、最能动、最丰富呢？无疑是艺术家、诗人。狄尔泰将诗人的体验作为样板来解释生命本体论，他认为诗人通过自身内在体验去捕捉和领悟生命的意义，能获得比常人更独特的理解，这就是他的体验诗学。

唯意志论美学强调生命本身在审美中的意义，从生命、生活、情绪、直觉即人的切身体验出发理解美，用生命价值本体论"重估一切价值"，启发了 19 世纪后期的伯格森、齐美尔等人。美学不再是形而上学，也不是艺术哲学，而是生存哲学，也就是生存/生命的艺术化，这为唯美主义思潮的壮大提供了理论支撑。

---

① 尼采：《悲剧的诞生：尼采美学文选》，周国平编译，北岳文艺出版社 2004 年版，第 342—343 页。

四、马克思主义和社会学美学

作为先发的资本主义工业化国家，18、19 世纪的英国由于中产阶级的发展与大众文化的兴起，掀起了一股追寻审美趣味的社会热潮。当然，中产阶级对审美趣味热衷的同时伴随着对社会阶层和文化合法性的指认。正如阿多诺所说，"审美趣味是历史经验中最精确的测震仪，与其他官能不同的是，它甚至能够记录自己的行为"①。不同的审美趣味之间难免发生龃龉和责难，对审美趣味的争辩反映出阶级分化带来的社会意识分化之现象。有些知识分子则扮演"文化引路人"的角色，试图弱化社会意识分化带来的负面效应，承担起"化大众"的精英角色。因此，英国作为 19 世纪上半叶资本主义最发达的国家，其美学具有浓厚的社会学、经济学色彩。这里要提到两位代表人物——约翰·罗斯金与威廉·莫里斯。

罗斯金的美学观点注重艺术与人性、艺术与社会环境之间的联系，他将艺术创造与当时的社会历史背景，尤其是与社会经济发展相结合，试图寻找某种艺术社会学规律。罗斯金推崇哥特式艺术，认为哥特式艺术具有一种野蛮生长的勃勃生机。相比之下，在资本主义工业化大生产中，社会分工使工人重复单调地做一件事，显得死气沉沉。罗斯金指出，在劳动分工中，一个人的才智甚至还不足以独立完成一件事，其只会在某个部分上耗尽自己的能量。"劳动分工不是劳动的分裂，而是人的分裂；人的生命被肢解成残缺的碎片。一个人身上仅存的那点聪明才智，还不足以做成一枚完整的别针或钉子。"②由于劳动的分裂，人的生命开始萎缩，灵性与创造力受损，导致艺术被异化。因此，罗斯金十分看重艺术蕴含的内在

---

① Theodor Adorno：*Minima Moralia：Reflections on a Damaged Life*，E. F. N. Jephcott，trans.，Verso，1974，p. 145.

② John Ruskin："The Stones of Venice"，in E. T. Cook，A. Wedderburn，eds.：*The Works of John Ruskin*，Vol. 10，George Allen，1904，p. 196.

生命力，认为美就是健全的生命力的感性表现。他主张艺术应该表现真实，真实就是观察到的自然，“凡不是从自然物体所提取者，必属丑陋。……‘效法模仿于自然’，这件事本身并不是造型之所以为美的‘肇因’，只不过人也没有能力，在不倚赖‘自然’之协助下，还能理解与构思‘美’”①。不过，罗斯金所谓的真实不是机械地模仿现实，他将拉斐尔前派艺术看作表现真实的典范，认为他们注重观察和描写细节，而这些细节又是艺术家自身的真实感受，而非来源于学院式的教条。罗斯金对当时英国社会中人的片面化和大众品位庸俗化的批判无不说明他对艺术的社会功能的重视。他认为艺术具有社会教育作用，通过艺术欣赏可以培养公民的道德品质。

莫里斯继承和发展了罗斯金的美学思想中的社会性元素，主张通过艺术美化生活，改良资本主义社会的弊端。莫里斯受到社会主义思潮的影响，歌颂工人运动。和罗斯金一样，莫里斯认为资本主义社会使艺术异化。他用社会主义理论对这一异化现象做了分析，认为美是劳动中人的愉悦感之表现，艺术异化的原因是劳动的异化，劳动异化使劳动者失去了积极性和创造性，劳动中本来含有的自由创造变成了功利的技术。机器大生产使劳动者终日困苦窘迫，劳动成了令人厌恶的负担，艺术也同技艺分离。他还指出，由于贫富差距和阶级分化，艺术越来越脱离普通劳动人民，成为有钱人的专属，劳动人民被剥夺了审美的权利，艺术成了与大众对立的奢侈品，整个社会的审美趣味被败坏殆尽。要改变这一状况，必须进行社会变革。他还提出用手工业代替机器生产，使艺术回归日常劳动，将艺术和技艺重新结合在一起，这样一来，艺术与劳动者就结合在一起了。此外，莫里斯还主张创造条件美化大众的生活环境，让艺术融入衣食住行方方面面，变成劳动和生活的必需品。他和英国拉斐尔前派画家伯

① 约翰·罗斯金：《建筑的七盏明灯》，谷意译，山东画报出版社2012年版，第158页。

恩-琼斯等人共同探索、发展装饰艺术，因为装饰艺术能更充分地体现出大众性与生活性。如果说罗斯金的社会艺术批评还带有人本主义色彩，侧重从生命力完善的角度分析艺术，那么莫里斯更侧重从生产关系和阶级分化角度探讨艺术。

总之，英国的社会学美学从批判资本主义的社会组织和人性异化入手，将艺术视为改善人性的希望，这实质上与德国古典哲学的复古主义世界观和艺术乌托邦幻想相通。他们认为伴随着机器大生产和劳动分工，劳动生产越来越碎片化，缺乏人的精神灵性与完整个性，因此产品也失去了人的主体性与创造性。这与艺术的本质是相反的，因为"艺术作品能成为作者心灵纯粹的反映和完整的表达"①。因此，他们非常重视艺术与社会的互动关系，认为社会形态决定艺术形态，艺术形态反过来服务于社会形态。他们反对艺术的娱乐功能和形式主义倾向，注重艺术对美德的熏陶。从表面上看，英国社会学美学好像和唯美主义的"为艺术而艺术"观点大相径庭，甚至呈现出反对"为艺术而艺术"的极端姿态，但细究起来，两者在出发点和诗学宗旨上有共通之处。应当说，英国社会学美学的一些观点启发了一些唯美主义者，并在不经意间道出了唯美主义者不愿承认但事实上存在的某些美学现象。此外，为了实现社会审美教育，由罗斯金和莫里斯等人推动并受他们影响的工艺美术运动也成为唯美主义大潮的组成部分。

社会学美学一反艺术与技术相分离这一近代以来的历史趋势，主张将艺术与劳动和技术相结合，进而改变劳动的形态，从中我们可以看到马克思主义的影响。马克思对主客体之间建立在实践基础上的辩证统一关系进行了分析。他认为，人的本质力量必须在劳动实践中得以实现，劳动对象就是人的本质力量的确证。在劳动实践关系中，客体是人化的对象，

---

① Georg Simmel: *Philosophy of Money*, Tom Bottomore, David Frisby, trans., Routledge, 2004, p. 459.

也是对象化了的人,客体是主体本质力量的全面反映。在劳动异化的情况下,人的本质力量无法在对象中得以确证,劳动对工人来说是外在的东西,不属于他们的本质。人在自己的劳动中不是肯定自己,而是否定自己;不是自由发挥自己的本质力量,而是使自己的身心遭受折磨,人也成了非人。因此,在非异化劳动中,人是"社会的人",社会是由众多的主客体关系构成的。在异化劳动中的人是"非社会的人",是异化、孤立和扁平的人。人的审美和审美能力只有在"社会的人"那里才能得到发展。"一方面为了使人之感觉变成人的感觉,而另一方面为了创造与人的本质和自然本质的全部丰富性相适应的人的感觉,无论从理论方面来说还是从实践方面来说,人的本质的对象化都是必要的。"①马克思认为,真正的劳动就是自由自觉的感性活动,这里的感性包含了知情意、真善美在内的自我意识的全部能动性,切中了美学问题的核心。

第三节　西方艺术的转型

唯美主义的一个重要特征和理想追求是打通各个艺术门类,将人类的审美能力放大到极致,达到融会贯通的效果,这种效果最直观的显现方式便是在文学作品中对"通感"的追求。通感不仅意味着人的不同感官之间的相互作用,还意味着基于不同感官的不同艺术门类之间的相互影响。在唯美主义思潮的发生和发展中,19 世纪的西方,以音乐、绘画和装饰艺术为代表的众多艺术形式都经历了根本性的变化。这些艺术门类和文学有着密切的互动、互文关系,具有相辅相成的互证关系。②

---

① 马克思:《1844 年经济学—哲学手稿》,刘丕坤译,研究出版社 2021 年版,第 113 页。

② Elizabeth Prettejohn: *Art for Art's Sake: Aestheticism in Victorian Painting*, Yale University Press, 2007, p. 3.

一、音乐

唯美主义文学追求音乐的效果，从某种程度上说，音乐是唯美主义诗学的艺术之王。这得益于音乐的重要特性——高度形式化。音乐不指向外部世界，而是单纯地指向自我，审美主客体之间的隔阂降至最小，正如黑格尔所言，"……音乐的基本任务不在于反映出客观事物而在于反映出最内在的自我，按照它的最深刻的主体性和观念性的灵魂进行自运动的性质和方式"①。19 世纪初，西方古典主义音乐达到了曲式结构的高峰，由若干乐章组成的对立统一的古典交响的套曲成为固定范式。西方古典主义时期音乐具有严谨匀称的比例，音符、调性、和声、乐章等音乐元素的编排像极了建筑艺术，透露出数学的美感。这些都是古典美学重理性、重规章的特征。从浪漫主义音乐开始，古典主义音乐结构的对称工整、乐章的稳定结构和顺序层次开始发生变化，调式更为复杂，音乐的主题开始多样化，强调个性高于共性，情感甚于规则。浪漫主义作曲家尝试各种音符的组合，不和谐音、半音和声、远关系转调的广泛使用，使调性音乐逐渐向多调性音乐转变，幻想曲、即兴曲、狂想曲等小型抒情音乐得以迅猛发展。同时，作曲家开始注重"音色"的审美力量，使之与旋律、和声、调式、节奏一样成为音乐表现的元素，各种乐器的功能和音质获得较大改进。在浪漫主义音乐后期出现了印象主义音乐，它是在象征主义文学和印象主义绘画的影响下发展起来的。与古典主义音乐追求共性、浪漫主义音乐追求个性化的音乐表达不同，印象主义音乐通过简短的音乐主题、色彩斑斓的和声、细腻透明的配器表现主观的瞬间感受和直觉印象，淡化音乐的戏剧性。印象主义音乐成为浪漫主义音乐和现代主义音乐的过渡。

从 19 世纪后期到 20 世纪，西方音乐的变化呈现出从严谨到灵活、从

① 黑格尔：《美学》(第三卷 上册)，朱光潜译，商务印书馆 1979 年版，第 332 页。

完整到片段、从单一到多元、从永恒到刹那、从和谐到怪异、从理性到感性的趋势。

二、绘画

19 世纪,绘画艺术及由其延伸的装饰艺术展现出风起云涌的变革态势,它们随着大型展览和商业活动充分介入社会公共领域,改变了传统绘画的形式和功能。传统绘画的新变对唯美主义思潮的发展产生了助推效应,甚至它本身就融入了唯美主义大潮之中。

1. 拉斐尔前派的出现

拉斐尔前派的出现预示着古典学院派教条的日渐式微,其对 19 世纪英国画坛的变革和唯美主义运动产生了根本性的影响。古典主义绘画建立在营造"仿真效果"(Verisimilitude)之上,追求逼真的视觉"假象"。"仿真"建立在古典的模仿论概念和近代"透视法"之上。根据文艺复兴时代的美术史家瓦萨里的说法,大约在 13 世纪末,意大利文艺复兴先驱、佛罗伦萨画派创始人乔托首次在作品中使用"近大远小"的透视法,以便在平面上形成一个错觉空间。线性透视体系,则是由意大利画家、雕塑家、建筑家布鲁克莱斯基在 15 世纪构建的。事实上,任何对现实的模仿都是一种世界观的建构,"仿真效果"也不例外,它代表了那一时代艺术家观察世界的方式。到了 19 世纪,一些艺术家开始质疑"仿真"是否能够表现出人们眼中真实的"自然",拉斐尔前派就是其中的代表。拉斐尔前派成立的目的即改变当时学院派日趋机械化、程式化的美术潮流。该派最初由不满以拉斐尔绘画为典范的古典绘画传统的三个年轻人组成,他们是威廉·亨特、约翰·米莱斯和但丁·罗塞蒂。后来,但丁·罗塞蒂的弟弟威廉·罗塞蒂,以及托马斯·伍尔纳、詹姆士·柯林森、弗雷德里克·乔治·史蒂芬等画家也加入进来,围绕罗塞蒂形成了一个松散的艺术圈。

这个圈子还包括画家以外的人，如但丁·罗塞蒂和威廉·罗塞蒂的妹妹克里斯蒂娜·罗塞蒂、画家兼诗人爱德华·伯恩-琼斯、英国工艺美术运动推动者威廉·莫里斯以及画家兼设计师福特·马多克斯·布朗等人。虽然作为一个团体的拉斐尔前派在1850年由于成员间意见不统一很快宣告解散，但是他们带来的新颖的艺术观念在英国影响深远，并受到罗斯金的赞赏和支持。可以说，拉斐尔前派作为英国先锋艺术的前哨站，直接影响了英国的唯美主义运动。

拉斐尔前派提倡“返回自然”，他们认为学院派古典主义绘画不够“自然”，即不够“真实”，因为古典主义绘画预设了一套关于“真实”的前提、标准和规范。然而，正是关于“真实”的“滤镜”将真实过滤和虚化了。拉斐尔前派认为“真实”是每个画家所观察到的“真实”。这种“真实”，就观察主体而言，意味着必须具有真挚的情感、对自然的喜爱和崇敬；就观察方式而言，意味着要认真研究自然的状态，捕捉直接的观察体验，呈现丰盛的细节。换句话说，拉斐尔前派倡导的“自然”是不规则、粗糙、不稳定的“自然”，是平滑、规则的反面，代表了自由精神，而古典艺术中的人为的“自然”正好相反，这就是罗斯金和拉斐尔前派提倡“模仿自然”的本意。也就是说，“自然”是“自由”的代表，而“人工”代表“不自由”的刻意。

罗斯金非常赞赏拉斐尔前派破旧立新的勇气，一个很重要的原因是罗斯金对“自然”的理解与拉斐尔前派相近，或者说他用美学的高度总结了这样的“真实”观：“对于年轻画家来说，除了对大自然的真实模仿外，他们所做其他一切都是不能容忍的。……他们的义务既不是选择，也不是构思、想象或实验，而是谦虚诚实地对大自然亦步亦趋，追随大自然之手。”①

---

① 约翰·罗斯金：《近代画家》(第一卷)，张璘、张杰、张明权等译，清华大学出版社2012年版，第285页。

画家应当研究自然，发现自然的美，并将它的可爱之处如实地展现出来，并且所有的画家都应接受"真实"的检验。那么，罗斯金认为什么才是"真实"呢？"真实"是对自然真理（本质）的忠实描述，"真理一词在用于艺术时，表示把大自然的某一事实如实陈述给大脑或感官。当我们感受到这样的陈述非常忠实时，我们就得到了真理的概念"①。结合前面的论述，我们可以推断罗斯金的"真实"并非对自然表象的机械模仿，而是画家感知到的自然美。自然美并非为了人类而创造，而是作为上帝之作的必须完美之品而存在。因此，未受训练的感官不易察觉大自然的真理。画家的感官必须异于常人，画家用完全不同的眼光观察自然，将那些最值得描绘的自然对象通过自己的印象呈现出来，使之在观众的大脑中产生概念，引导观众对自然物进行思考，体会画家在观察自然时的思想和情感。因此，画家的审美感知是以敏锐的感官感知为基础的。罗斯金强调对自然的精细描绘并非否认宗教神秘主义的情调。他将审美感知与感官享乐加以区别，认为希腊语中的"审美"一词是指后者，即低层次的感官享乐，这样的感官享乐他称为"唯美的"。更高层次的美具有道德属性，与爱（有宗教意味的）联系在一起。他认为与"唯美的"感官享乐相比，审美应该是"理论的"（Theoria）②，生成的是愉悦、崇拜、感激之情，就像对上帝的爱。

尽管罗斯金对于"真实"和美的论述带有道德主义和古典主义的痕迹，且极力回避审美中感性的力量，但他的"真实"观给道德主义"挖了墙脚"，留下了通往感觉主义的暗道。既然"真实"是敏感的艺术家体验到的并且通过作品传达出来的非程式化（个人化）的真实，那么最重要的

---

① 约翰·罗斯金：《近代画家》（第一卷），张璘、张杰、张明权等译，清华大学出版社2012年版，第16页。

② "理论"（Theory）一词，源自古希腊语"theoria"，是由"旁观"（Look on）引申出来的，具有看、观察、考虑之意。

媒介就是作家自己“看”的真实，也就是真实感，而这种真实感是个人化和个性化的，否则就会回到古典主义的成规。这样一来，画家就从画“典范的”自然走向画“个人的”自然。也就是说，当“真实”从一种必须遵守的“他律”变成了个体的“自律”时，“自律”的真实离“自律”的审美就一步之遥了。

1855 年前后，拉斐尔前派最早的成员分道扬镳。以罗塞蒂为核心重新聚集了莫里斯、伯恩-琼斯、弗雷德里克·桑迪斯、西蒙·所罗门等艺术家、诗人，他们形成了所谓的后期拉斐尔前派，但他们其实已经偏离了拉斐尔前派的初衷，进一步向主观神秘主义转化。与前期的米莱斯和亨特忠实于“现实”的风格不同，后期拉斐尔前派受到济慈诗歌的启发，转向追求灵肉一致的神秘主义、感官主义的颓废气息。虽然拉斐尔前派向往中世纪情调，但他们不像宗教禁欲主义那样蔑视肉体，在他们看来，“肉体美”是可贵的，是“灵魂美”的证明。后期拉斐尔前派更具唯美主义特征，他们探求各种艺术门类之间的关系，尤其是追求绘画、文学与音乐之间的“互文”关系。因此，他们也被保守的评论者批评：“‘为艺术而艺术’是这种新批评的肤浅谬论，它将艺术贬低为纯粹的感官装饰。”①这种批评实际上道出了拉斐尔前派重感官、重肉欲的艺术特色。

2. 英国工艺美术运动

1861 年，莫里斯、罗塞蒂、伯恩-琼斯与福特·布朗等设计师在红狮广场共同创建“莫里斯-马歇尔-福克纳(Morris, Marsha, Faulkner, MMF)公司”(后更名为“莫里斯公司”)，开始从事手工刺绣和染织设计工作，并联手打造了莫里斯新居“红房子”(Red House)的家具与内饰，后“莫里斯商会”把这些装饰工艺产业化，由此催生了倡导中世纪复古主义

① Anonym: “The Grosvenor Gallery”, Illustrated by *London News*, 8 May, 1880, p. 451.

和装饰艺术相结合的英国工艺美术运动。英国工艺美术运动的持续时间为 19 世纪 60 年代到 20 世纪初，该运动得名于 1888 年成立的“工艺美术展览协会”。工艺美术运动作为英国的设计改良运动，又被称为“艺术与手工艺运动”，标志着装饰艺术的成熟与发展。工艺美术运动的驱动因素有两个：一是艺术家普遍认为工业化流水线的艺术产品没有美感，外形粗糙简陋，而商家只注重销量，不注重设计；二是缺乏艺术修养的暴发户的涌现，使工艺风格显得矫揉造作，而艺术品位高的手工艺品又多为上层权贵垄断，导致艺术消费者的审美趣味遭到了严重败坏。英国工艺美术运动试图在工业化的土壤中重塑手工艺的价值，呼吁塑造“艺术家中的工匠”或者“工匠中的艺术家”；倡导返回中世纪，借鉴哥特式的审美主义风格，以唤起艺术上的灵性；强调艺术与生活相结合的实用主义，讲究简单、朴实、合理的设计。英国工艺美术运动迅速影响了欧美国家，成为打破艺术与生活壁垒的尝试和证明，催生了欧洲的新艺术运动。

由于艺术与生活的结合，工艺美术运动（以及后来的新艺术运动）推动了装饰艺术的发展和变革，20 世纪初流行的装饰艺术运动是两者的延续和发展①。装饰艺术历史悠久，甚至可以说是人类艺术的起源。装饰艺术起源于人类对劳动工具的开发。在制造和使用工具的不断实践中，那些源于秩序、协调、平衡等生理机能的感知经过无数次重复和演练，逐渐转变为心理和精神层面的活动，进而成为美感享受。于是，劳动工具成为体现人类原始审美意识的来源，装饰艺术成为人类寻求实用性和审美性交融的创造性心理产物。“装饰”（Ornament）一词源于拉丁语“orno”，在近代以前的西方修辞传统中，它带有“提供必需品”与“修饰”两层含义，前者意为“必要”，后者意为“过度”。18 世纪以降，“装饰”一词中“提供必

① 阿拉斯泰尔·邓肯：《装饰艺术》，何振纪、卢杨丽译，浙江人民美术出版社 2019 年版，第 1 页。

需品"的这个含义日渐消失——意大利建筑学家阿尔伯蒂早在15世纪完成的《建筑论》一书中就将"装饰"理解为"过度",到18世纪末,这个词更多地与浮夸、矫饰的"过度"含义相联系。

唯美主义在世俗生活领域推动艺术与生活的融合,因此装饰艺术的性质具有明显的两重性,即观赏性和功能性。为了与生活场景相区分,装饰艺术与传统艺术相比在总体上呈现夸张、矫饰的特征。它不以模仿自然为终极目的,而是运用形式美的法则,讲求比例均衡、对称反复,追求动态与静态、节奏与韵律的对立统一,具有很强的形式感。当从观赏性的角度看待装饰艺术时,人们可以将其理解为"艺术的生活化";反之,当从功能性的角度看待它时,人们可以将其理解为"生活的艺术化"。工艺美术运动和装饰艺术成为唯美主义运动,尤其是英国唯美主义运动不可分割的部分,甚至有人将MMF公司的成立视为英国唯美主义运动萌芽的标志性事件。[①] 并且,前、后期拉斐尔前派在技巧上的最大的差别正是"写实"理念与"装饰"理念的区别。写实偏重对客观的还原,色彩构成偏重理性分析;而装饰性的色彩更偏重主观,长于自由抒情,展现风格化的趣味,"主张用自由的想象力去反抗强烈的理性和现实需求"[②]。也就是说,绘画从观察、模仿、介入自然的认识功能逐渐转变为追求形式美的自我展示(自律、自足)功能。

3. 印象派的出现

19世纪60年代,法国印象主义画派出现。由于英法两国艺术家频繁交往,他们的艺术观念相互影响,所以可以将拉斐尔前派与印象派视为英吉利海峡两岸的美术"双生花"。与拉斐尔前派相似,印象派也追求"真

---

① Lionel Lambourne: *The Aesthetic Movement*, Phaidon Press Ltd., 1996, p. 18.

② 詹姆士·特里林:《装饰艺术的语言》,何曲译,浙江摄影出版社2016年版,第166页。

实”,继承了法国现实主义绘画传统,又在画面构图和空间安排方面受到摄影成像技术的启示,捕捉景象的即时、瞬间。后期印象派反对前期印象主义残留的自然主义式的写实倾向,但也极其重视艺术对现场感觉的表现。后期印象派认为拉斐尔等人都是感觉的先行者,人类的感官是思想的直接门户,感官越敏锐,思想就越深邃。

和拉斐尔前派相同,印象派也倡导“自然”的权威,即自然在人眼中本来的样子。对比起来,拉斐尔前派希望并且坚信画家主体能够表现出事物本来的样子,而印象派则更加主观化,他们只表现自己看到的印象。“这两派都声称他们只画自己看到的东西,但是当前拉斐尔派致力于表现事物的本来面貌时,印象派的目标则是表现事物表现出的样子;前者描绘物体,后者则描绘大气层中的事物在视网膜上留下的意象。”①印象派试图捕捉画家眼中瞬间出现的自然印象,这样的“真实”甚至比一般的“真实”还要真实,这是由于世界是运动的,对于运动表象的把握就是定格那一瞬间的印象。对瞬间印象的呈现反过来表现的是感觉本身,即人看到了自己的“看”。印象主义绘画表达了当时人们观察世界的视点和对世界之看法的转变,是写实主义的一种变体。它们表现艺术家亲眼看到的现实,尤其是刹那的现实。这种现实是个人的、刹那的,是他人不可替代的,因此,印象主义可以被视为一种极端的写实主义。既然是极端的,也就预示着它已经开始从表现客观转向表现主观了。

4. 浮世绘:来自东方的灵感

印象主义崛起的一个重要原因便是欧洲画坛对浮世绘的关注和接受。“浮世”一词在日语中与“忧世”同音,“忧世”是佛教用语,意为此岸或

---

① 转引自约翰·罗斯金:《前拉斐尔主义》,张翔译,上海人民出版社 2008 年版,前言第5页。

秽土，指虚无缥缈的俗世凡尘，隐含着对世态炎凉、玩世不恭的嘲讽，以及和光同尘的享乐心态。“浮世绘”的字面意思为“虚浮的世界绘画”，即描绘世间风情的画作。18 世纪，江户一带城市兴起，经济发达。随着城市经济和市民文化的繁荣，娱乐产业空前发达。在这样的背景下，社会上盛行“人生如梦、及时享乐”的价值观，浮世绘创作达到高峰。

浮世绘表现了江户社会都市化的审美眼光，重视感官享乐，追求刹那的快感。浮世绘采取散点透视、平面构图，喜好色彩平涂，注重线条的运用，因而呈现出纤细柔美、色彩亮丽、装饰意味浓郁的特色。装饰性是 19 世纪欧洲美术共同面临的课题，浮世绘的“装饰性”在 19 世纪西方装饰艺术的兴起中得到了广泛借鉴，这促使浮世绘被西方艺术界和消费者接受。

19 世纪中后期，欧洲发达国家热衷举办各类展览和博览会，博览会推动浮世绘走向欧洲。在 1862 年的伦敦世博会、1867 年和 1878 年的巴黎世博会、1873 年维也纳世博会和法国举办的装饰艺术展会上都出现了浮世绘的“倩影”。在 1878 年巴黎世博会举行之际，法国批评家感叹道：“日本主义！现代的魅惑。全面侵入甚至左右了我们的艺术、样式、趣味乃至理性，全面陷入混乱的无秩序的狂热……”[①] 浮世绘很快造就了 1860—1910 年间风靡欧洲的“日本主义”。日本艺术品的风靡在 19 世纪 70 年代末成为美国新艺术运动和工艺美术运动的一部分。

作为唯美主义的前驱，拉斐尔前派与浮世绘之间颇有渊源。1863 年，拉斐尔前派画家威廉·罗塞蒂发表了一篇评论《北斋漫画》的文章，文章洋溢着对浮世绘画家葛饰北斋作品的仰慕。惠斯勒在巴黎接触了印象主义画家，具有典型日本特征的和服、屏风、团扇等元素开始大量出现在他的作品里，他所采用的不均衡构图已经出现浮世绘风景画的痕迹。1885 年，惠斯勒在《十点钟演讲》中将日本美术与古希腊艺术相提并论：

---

① 潘力：《浮世绘》，湖南美术出版社 2020 年版，第 318 页。

“改写美术史的天才再也不会出现，跟美有关的故事也已完结——它被刻在了帕特农神庙的大理石上，也被绣在了以葛饰北斋的作品《相州梅泽左》为扇画的折扇中。”①比亚兹莱受到浮世绘的启发，其作品突出线条的简洁流畅与对比强烈的色块，营造出怪诞、夸张的装饰性效果。乔治·摩尔也指出，以浮世绘为代表的日本艺术的传入，改变了英国人的视觉感知习惯。②

以浮世绘为代表的日本美术与当时的西方画坛之间有内在的精神共鸣，否则我们无法想象，两个毫无联系的艺术类型会产生交集。基于原始神道的日本文化——“绳魂”文化和“物哀”情结注重以情绪化的直觉感悟进行审美活动，其在绘画领域体现为追求视觉美感和精致的工艺，借浓重的色彩、简洁的轮廓和夸张的造型强化绘画的装饰性，表现出对形式和感官享乐的极致追求。因此，浮世绘与唯美主义的美学主张不谋而合，或者说浮世绘本身就呈现出唯美的特质。日本唯美派作家永井荷风就对浮世绘赞不绝口，在他看来，浮世绘天然地表现出对感官、肉欲、恋物的亲近感，与其文学创作上的唯美主义诉求一脉相承，呈现出浓厚的享乐主义和感官主义情趣。

在东西方文化艺术的互动中，西方唯美主义受到了来自东方的浮世绘之启发，而日本的唯美主义又受到了西方唯美主义的直接影响。日本唯美派文学的一大重要特征是用欧洲的艺术形式发挥日本的趣味，是“异国情调与江户情调的融合”③。由于日本传统文化的关系，唯美主义在东渐过程中，其内在的感觉主义核心特质经过文化折射后表现得更加明显

---

① J. A. M. Whistler: “The Ten O'Clock Lecture”, in Eric Warner, Graham Hough, eds.: *Strangeness and Beauty: An Anthology of Aesthetic Criticism, 1840–1910*, Vol. 2, Cambridge University Press, 1983, p. 89.

② 乔治·摩尔：《十九世纪绘画艺术》，孙宜学译，中国人民大学出版社2003年版，第180页。

③ 叶渭渠、唐月梅：《日本现代文学思潮史》，中国华侨出版社1991年版，第93页。

了。浮世绘蕴含的东方文化所具有的装饰性、象征性、异域性、享乐性和丰富性等特质所表现出的某些前(非)现代性的特征,则非常自然和及时地被吸收进唯美主义理念和创作中,成为西方唯美主义对抗工业文明的话语资源。

第四节　艺术家的市场化

艺术家地位的上升,使他们开始有底气为自己的领域划定界限,筑起艺术的门槛。对艺术家社会地位的认可,也就是对创造性的精神劳动和审美价值的认可。在艺术家地位上升的过程中,呈现出不同的文化现象:在哲学层面表现为个体自由概念的出现,在美学层面表现为技术与艺术的分离,在诗学层面表现为从模仿论向表现论的转变,在文艺思潮层面表现为古典主义的衰弱和启蒙主义、浪漫主义的兴起,在政治层面表现为资产阶级势力的崛起,在经济层面表现为包括报刊出版业在内的文化产业市场的出现。

18 世纪以前,艺术家总是作为某种势力(多半是教权、王权、行会)的附庸,画家和雕塑家甚至要加入刀具、马具、裁缝、香料、杂货销售等行会中才能获得社会身份。到了 18 世纪,启蒙运动通过天赋人权和个体自由反对封建专制和思想禁锢,艺术家地位借由启蒙主义者的知识分子形象进一步得到提升。文化市场也随着市民社会的形成和资产阶级地位的上升得以发展,越来越多的作家和艺术家摆脱了宫廷、皇家、贵族和教会的资助,依靠艺术市场生存。

同样在 18 世纪,法国人夏尔·巴图将雕塑、舞蹈、绘画、诗歌、音乐等艺术形式命名为“beaux-arts”,英文译成“the fine arts”,即“美的艺术”。由此,艺术与技术有了初步的区分。经过狄德罗、康德、黑格尔、鲍姆嘉通等人的努力，现代艺术体制与美学观念才渐渐得到确立。美学作为独立学科的产生，是建立在“美的艺术”概念的基础上的。相对应地，在哲学领域，对个体精神自由和创造的重视也逐渐显现。德国近代哲学普遍欣赏“天才”，这在浪漫主义艺术对“天才的自我”的强调中体现了出来。浪漫主义艺术重“自我”表达，显然，“自我”首先指向的是天才的自我、创造的自我、艺术的自我。艺术开始成为创造者个人旨趣、禀赋、才智的体现。

19 世纪，另一个不能忽视的艺术现象是艺术市场的建立。1830 年以后，艺术家们开始反抗皇家科学院对艺术的垄断，艺术家们针对宫廷沙龙的反抗斗争一直持续到 19 世纪后期。1881 年，法国政府放弃了对艺术沙龙的控制权，转而承认艺术家协会的社会地位。这促使法国艺术从“科学院”体制走向市场体制。教育的普及、民众文化程度的提升、中产阶级群体的扩大、城市市民生活方式的成型等推动了艺术市场的形成和扩张。艺术市场依托传媒业发展。随着报纸胶印工艺、彩色印刷工艺和铁路交通网自 19 世纪中期以来的发展，纸质出版物迅速在城市普及。1855 年，英国取消印花税，使印刷成本大大降低；高速印刷机的引进使得英国报刊业迅速发展，图书报刊的井喷使读者数量激增。长篇小说这种文学体裁就是在出版传播媒介的发展中走向繁荣的。1870 年，法国巴黎每天能发行约 100 万份报纸，外省能发行约 30 万份；到 20 世纪初，巴黎每天的报刊发行量增加到 500 多万份，外省增加到 400 多万份。法国政府还在 1881 年颁布法令保障言论自由，推动报刊业的发展。在报刊业的推动下，创作者的受众意识（市场意识）开始形成，推动了艺术的通俗化和大众化，许多创作者被推向市场，接受大众的检验。由于艺术市场的发展，审美成为大众广泛需要的精神生活，艺术创作也能给予创作者商业利益和体面生活。到 19 世纪中后期，报刊已经成为市民文化生活的主要载体，大众通过这些报刊了解文学圈的最新动态和作品，以至于龚古尔兄弟在 1866 年发出这样的感慨:"报纸杀死了沙龙,公众取代了社交界。"①

这就出现了问题:艺术创作应为政治权力服务还是应考量市场效益?究竟哪一个更能体现艺术家的地位?就前者而言,艺术家的地位依附于他所服务的统治阶级。在封建时期,艺术作为王室、宫廷、贵族沙龙里的娱乐消遣,艺术创作时的情感和艺术欣赏时的情感之间存在断裂,创作者必须去体悟和揣测统治者的品位和政治权力的需要。当然,由于人类情感存在普适性的一面,统治阶级和被统治阶级之间也可以通过艺术产生情感共鸣,在宫廷沙龙的艺术作品中仍然可以容纳艺术家自己的情感,甚至被今天的大众欣赏。只是由于艺术资源的垄断,艺术的情感熏陶在当时只存在于权力掌控者内部。就后者而言,创作者要顾及艺术消费者的欣赏水准,有时难免会屈尊于媚俗、低俗的审美趣味。但是,艺术家考量市场效益是自己的选择,他有选择"说不"的权利。艺术家作为商品经济的市场要素为自己的选择负责,促进了艺术市场的完善。当大量的创作者进入艺术市场时,就会在无形中提升消费者的艺术品位,艺术家的审美趣味与艺术消费者的审美趣味之间会形成双向互动的良性循环。

"作为社会子系统的'艺术'进化为一个完全独立的实体是资产阶级社会发展逻辑的重要组成部分。随着劳动的分工变得更加普遍,艺术家也变成了专门家。"②文艺越来越普及化和市场化,催生了艺术消费者群体的分化,产生了一批脱离大众趣味的先锋艺术家,他们坚决捍卫艺术的神圣领地,带动了一批追随者。到 19 世纪下半叶,"为艺术而艺术"这个说法已成为美学家们最喜爱的口号,作家对创作个性、艺术风格、文学边界的自觉坚持及探索,成为推动文学变革的内在驱动力。

---

① 转引自让-皮埃尔·里乌、让-弗朗索瓦·西里内利主编:《法国文化史》(Ⅲ),朱静、许光华译,华东师范大学出版社 2012 年第 3 版,第 225 页。

② 彼得·比格尔:《先锋派理论》,高建平译,商务印书馆 2002 年版,第 100 页。

| 第二章 |

19世纪唯美主义在欧美的传播

在梳理19世纪唯美主义文学思潮传播轨迹之前，我们需要特别指出的是，虽然书中提到的理论者和作品都具有较为鲜明的唯美主义倾向，但文论家、艺术家的思想是多元和发展的，文学作品本身也是开放和复杂的。在学理上，我们不能武断地说那些提出唯美主义观点的人就是唯美主义者，也不能简单地把某部具有唯美主义风格特征的文学作品等同于唯美主义作品，从而封闭作品的其他解读路径。同样，我们不是为了粗暴地给这些人物、观点和作品贴上“唯美主义”的标签(在行文中有时为了表达的简洁需要不得已而为之)，而是为了便于我们梳理这些观点和作品中的共同之处，以便研究唯美主义的发展逻辑和内在肌理。

第一节　法国唯美主义

一、“为艺术而艺术”的缘起

“为艺术而艺术”的思想在法国文化界首次出现。1789年法国大革命以及后来的一系列政治运动风起云涌，导致许多法国知识分子流亡德国并试图取到德国哲学的"真经"。从19世纪开始,法国人心中就形成了令人着迷的德意志美好幻景——一个富有哲理和诗情画意的国度。普法战争也促使法国将德国作为本民族的榜样。法国知识界接受德国文化、学习德国思想、效仿德国艺术的局面一直延续到19世纪末,而海涅、康德、费希特、黑格尔、叔本华、瓦格纳等人成为法国思想界的"热门话题"。

"为艺术而艺术",其法文表述为"l'art pour l'art",英文表述为"art for art's sake",是法国人对康德思想的通俗化和口号化。关于这个短语的确切来源一直存在各种不同的说法。一种观点认为,它首次出现于1804年法国文学家、思想家本杰明·贡斯当的日记中。在日记中,贡斯当记录了与在德国旅居的英国文人亨利·罗宾逊的谈话,正是后者将康德美学介绍给了贡斯当。贡斯当写道:

> 席勒来访。他在艺术中是头脑敏锐的人,完全是一个诗人。诚然,日耳曼人的诗歌与我们的诗歌有着完全不同的类型和深度。我拜访谢林的学生罗宾逊,他关于康德美学有一些很有分量的观点。为艺术而艺术,无目的性,因为一切的目的都会伤害艺术。但是艺术具有无目的的合目的性。①

"为艺术而艺术"可能并非贡斯当的原创,而是他在德国旅居期间听到的对康德美学的讨论,这一短语当时被用于"无利害""无目的的合目的性"等对康德美学的通俗化表达中。

另一种观点被更为广泛地接受,主人公是法国哲学家维克多·库申。库申是19世纪法国最著名的哲学家之一,他曾到德国访学,深受德国哲

---

① John Wilcox:"The Beginnings of L'art pour L'art", *Journal of Aesthetics and Art Criticism*, Vol. 11, No. 4, 1953, pp. 360-377.

学的影响，回到法国后，他开始向法国知识界介绍康德的哲学思想。1818年，在索邦学院的系列讲座（讲稿《论真善美》直到1836年才刊发）中，库申首次明确使用"为艺术而艺术"这一短语。他提出："美是无用的，真正的艺术家除了激发纯粹的美感之外没有别的目的。""艺术不再服务于宗教和道德，正如它不服务于合意和实用一样。艺术不是手段，它本身就是自己的目的。""一定要为宗教而宗教，为道德而道德，为艺术而艺术。"① 需要指出的是，库申本人并非主张"为艺术而艺术"的唯美主义者，他深受18世纪法国道德主义哲学的影响，将道德和高尚的精神作为美的最高准则。库申区分了物质美（五官感觉）、智性美（艺术美）、道德美（类似崇高），认为道德美容纳前两种美，占据最高点。美感离不开感官，美几乎永远使感官得到愉悦，但愉悦不等于美，因为所有感官都能给人带来愉悦，而美感只来自视觉和听觉。应当说，库申的观点只是对康德等前人观点的归纳总结，并无太多创新之处，但是经过库申的数次演讲，"为艺术而艺术"的提法在法国逐渐传播开来。1828年，法国另一位哲学家泰奥多尔·儒富罗尔在一个非公开的美学讲座中也提到美与功用的区别。"为艺术而艺术"这一术语在法国的广泛使用是在19世纪30年代中期。有趣的是，这一术语的流行主要得益于德西雷·尼扎尔等法国古典主义批评家对它的攻击，而攻击引发了关于"为艺术而艺术"的争论。这场争论引出了被认为是唯美主义文学开创者之一的戈蒂耶。

二、泰奥菲尔·戈蒂耶

早在1832年的《〈阿贝杜斯〉序言》中，戈蒂耶就指出：诗歌的目的不是实用，而是美；诗歌不应表现现实。"'赋诗为何？'……目的何在？旨在

① John Wilcox："The Beginnings of L'art pour L'art"，*Journal of Aesthetics and Art Criticism*，Vol. 11，No. 4，1953，pp. 360-377.

求美。这还不够吗？……一般来说，一件东西一旦变得有用，就不再是美的了；一旦进入实际生活，诗歌就变成了散文，自由就变成了奴役。所有的艺术都是如此。”[①]这篇序言标志着戈蒂耶的唯美主义转向，但人们一般把戈蒂耶的小说《莫班小姐》(1835)的序言看作唯美主义文学的宣言。这篇序言以一种挑衅的口吻阐述了“审美无功利”的观念：“真正美的东西都是毫无用处的，所有有用的东西都是丑陋的……”[②]不过，序言除了强调“审美无功利”的观点外，并没有系统阐发“为艺术而艺术”的理论，也没有使用“为艺术而艺术”的口号，更多的是带有“愤世嫉俗”的嬉笑怒骂。其实，戈蒂耶只是对那种文学道德主义的要求嗤之以鼻，他认为文学诚然在一定程度上反映社会道德面貌，但文学左右不了社会道德水平，过分强调文学的道德意义是把文学和道德的关系搞反了。“书是社会道德的写照，而社会道德不是书的追随者。……文学和艺术能左右社会道德的价值取向。言此论者必定是个疯子。”[③] 1840 年，戈蒂耶在西班牙游历了半年之后，对西班牙建筑的造型美产生了极大的兴趣，更加坚定了“审美无功利”和“艺术无目的”的思想，但直到 1847 年他才在文章中开始使用“为艺术而艺术”这个短语。戈蒂耶表达了如下观点，这可以看作他对“为艺术而艺术”这一术语的理解：

> “为艺术而艺术”指的是那种除美本身之外与其他目的毫无关系的作品。……“为艺术而艺术”并非像反对者所说的那样是为形式而形式，而是摒弃所有艺术之外的观念，抛开一切

① 泰奥菲尔·戈蒂耶：《〈阿贝杜斯〉序言》，黄晋凯译，见赵澧、徐京安主编：《唯美主义》，中国人民大学出版社 1988 年版，第 16 页。

② 泰奥菲尔·戈蒂耶：《莫班小姐》，黄胜强、许铭原译，中国社会科学出版社 2013 年版，序言第 20 页。

③ 泰奥菲尔·戈蒂耶：《莫班小姐》，黄胜强、许铭原译，中国社会科学出版社 2013 年版，序言第 17 页。

> 教条、一切实用的目的……我们必须承认，美的概念并不像康德所说的那样是绝对主观的，它并不总是一种意见，而是一种印象。①

戈蒂耶还用诗歌表达了艺术之永恒高于现实之短暂的唯美主义理念：一切都过而不留，唯艺术独有千秋。

戈蒂耶早年崇拜雨果，是浪漫主义的鼓吹者。在“欧那尼之战”中，年仅19岁的戈蒂耶披着长发，身着红背心，率领名为“雨果铁军”的鼓动队为《欧那尼》喝彩。戈蒂耶还曾创作过浪漫主义诗歌作品，1830年发表的《诗歌集》就是其浪漫主义风格的作品。随着浪漫主义大潮在法国消退，戈蒂耶另辟蹊径，提出“艺术无目的”的主张。他以希腊美为正统，逐渐远离了浪漫主义的热情奔放。他在雕琢诗歌语言方面孜孜以求，甚至给人镂金错彩、弄刀操斧的刻意之感，与此相反的是他在情感流露中的“冷静”，这就与浪漫主义追求的“情感的自然流露”大相径庭。戈蒂耶甚至认为诗歌不应该表现情感。他曾和泰纳当面讨论“为艺术而艺术”是否恰当，泰纳认为诗歌应该表达情感，戈蒂耶回答：“泰纳，你似乎也变成资产阶级的白痴了，居然要求诗歌表达感情。光芒四射的字眼，加上节奏和音乐，这就是诗歌。”②诗集《珐琅和雕玉》(1852)引领了新的诗歌美学形式，标志着戈蒂耶诗歌创作的最高峰。该诗集中的18首(再版时增加到37首)诗歌集中体现了作者“为艺术而艺术”的美学观念，遣词造句精巧细致，以自然美、人体美和艺术美为题材，被认为是具有浓厚唯美主义色彩的作品。戈蒂耶在论及《珐琅和雕玉》时说：“这个题目……表示我，计划用非常谨严的形式，来处理微末的题材——如在黄金或黄铜的表

---

① John Wilcox: “The Beginnings of L'art pour L'art”, *Journal of Aesthetics and Art Criticism*, Vol. 11, No. 4, 1953, pp. 360-377.

② 转引自柳鸣九主编：《法国文学史》(第二卷)，人民文学出版社2007年版，第223页。

面，用色彩鲜艳的珐琅，描绘图画，或使用一个雕刻匠的轮盘，处理各种宝石。每一片都得精细琢磨，一似可以做宝石盒，或印章、戒指上的装饰……”①这部诗集在1875年再版，戈蒂耶增加了一首名为《艺术》的诗作为该诗集的总结。他在这首诗中提出，最美的作品出自最坚硬、最难对付的形式。也就是说，诗歌的最高追求是营造刻意、精巧的形式，使之呈现类似于雕塑的视觉和触觉（坚硬）之感受，就像与最坚硬的大理石搏斗一番。

戈蒂耶追求唯美，不仅体现在语言的雕饰（语言的形式）上，更体现在官能和肉体感觉的营造（语言的内容）上。小说《莫班小姐》通过至高、至美的两性或同性之爱表现妙至毫巅的细腻感觉，而同性之爱的主题正是唯美主义文学的一大偏好。

戈蒂耶创作的另一大特征是对通感的探索。通感在戈蒂耶那里表现为跨艺术门类之间的互通，即有意识地用语言模仿其他艺术给人带来的感受，用文字的表现力承载作者的想象，进而激发读者去想象其他艺术媒介给人的感官享受。除了前文提到的雕塑感，他也追求诗歌的画面感，强调对事物的细致描摹，力求还原审美对象微妙的细节。但戈蒂耶的诗歌并非以写意为主，而是用详尽的笔墨展现审美对象给人带来的感觉，重在描写而不是抒情，为读者勾勒审美对象的动人细节。极具画面感的描写与戈蒂耶早年学习绘画有关，因为他对构图、色彩有着天然的敏感性，同时他也受到当时盛行的写实主义手法的影响。诗歌中写实色彩的注入是戈蒂耶区别于早年追求的浪漫主义的显著标志，也是法国帕尔纳斯派（Parnassus，又译“巴纳斯派”或“高蹈派”）的主要特征之一。《珐琅和雕玉》被帕尔纳斯派诗人奉为艺术典范。由于戈蒂耶和帕尔纳斯派的出现，法国诗坛开始由浪漫主义的主观抒情转为客

① 卫姆塞特、布鲁克斯：《西洋文学批评史》，颜元叔译，志文出版社1982年版，第451页。

观描写，继而向自然主义过渡，表现出唯美主义和自然主义之间的复杂关系。

三、帕尔纳斯派

戈蒂耶的创作为帕尔纳斯派开辟了道路。帕尔纳斯（又译作“帕尔纳索斯”）是希腊中部的一座山峰，靠近科林斯湾以北，相传为诗神缪斯所居，因此被视为诗人获取灵感的圣地，后成为“诗坛”的别称。19 世纪六七十年代，一批年轻诗人在勒孔特·德·李勒的带领和号召下，不定期地发表了 3 册诗歌丛刊，定名为《当代帕尔纳斯》。这些诗人多是戈蒂耶的支持者，具有一些共同的创作倾向，故名“帕尔纳斯派”。这批诗人包括戈蒂耶、李勒、西奥多·庞维勒、弗朗索瓦·科佩、埃雷迪亚、苏利·普吕多姆等人，也包括后来转向象征主义的魏尔伦和马拉美。帕尔纳斯派是法国唯美主义文学创作的先锋，该派主要代表诗人庞维勒的《法国诗歌刍议》(1872)和李勒的《以诗人的名义》(1887)都提到了“为艺术而艺术”的思想。

戈蒂耶是帕尔纳斯派的先驱，李勒是帕尔纳斯派的领袖，他们的诗风也为帕尔纳斯派奠定了基调。帕尔纳斯派在诗歌创作理念上崇尚理性，试图把自然科学引入诗歌，使诗歌科学化、客观化；在表现方式上，追求写实、重视分析，反对直白的抒情，主张用心智代替情感，借象征分析情感；在诗歌形式上，提倡严格的诗律，追求完美的形式，标榜“为艺术而艺术”的形式主义。帕尔纳斯派是 19 世纪科学主义与实证主义在诗歌领域的反映。

需要指出的是，东方艺术对唯美主义思潮的发生和发展具有推动作用。东方元素的频繁出现是帕尔纳斯派诗人的共同特征，他们在创作中经常融入东方艺术的意象，营造东方情趣，尤其是中国和日本的艺术品，如刺绣、瓷器、茶杯、屏风、青龙等，使作品类似中国的咏物诗。事实上，咏物诗在中国魏晋南北朝时期兴起，彼时中国文坛首次出现了“审美自觉”观念，“咏物”与审美自觉在东西方的“不约而同”是一个有趣的现象。

从初衷上说，帕尔纳斯派是写实主义与浪漫主义的斗争在诗歌中的展现。他们青睐文学的真实性，试图通过客观描写表现美，事实上他们的真实已经偏离客观存在，他们的美感也不是简单地通过写实得以表现的。以普吕多姆和科佩为代表，后期的帕尔纳斯派诗歌呈现出明显的散文化倾向，这是他们重描写、重写实的诗风走向极端化的必然趋势，也正因如此，他们在艺术上走向了没落。法国唯美主义需要在一位更具理论素养、更离经叛道之人的推动下走向高潮，这个人便是波德莱尔。

四、夏尔·皮埃尔·波德莱尔

波德莱尔也受到戈蒂耶的启发和影响，《恶之花》便是他献给戈蒂耶的礼物，但波德莱尔并不能算是一名纯粹的唯美主义者，他不赞成“为艺术而艺术”的观点。不过，我们仍然承认波德莱尔对唯美主义文学思潮的引领地位，主要原因包括以下几点：

第一，波德莱尔发扬了戈蒂耶关于文学自律的观点。他在谈论戈蒂耶时说道，诗不等于科学和道德，否则诗会衰退和死亡。诗“不以真实为对象，它只以自身为目的”①。

第二，波德莱尔将唯美主义理念进一步拓展，发展出了“审丑”的现代美学观念。在《恶之花》和《巴黎的忧郁》中，审丑体现为对“恶”的极致描写。对“恶”的迷恋与其说是波德莱尔个人成长过程中的心路历程在创作中的反映，不如说是新的美学观念对他的直接影响。波德莱尔笔下的“恶”属于巴黎这一国际大都市，其实也属于任何一个正在急速扩张的西方都市。从美学史发展的视角来说，“恶”是都市化带来的现代审美范式转

① 波德莱尔：《浪漫派的艺术》，郭宏安译，上海译文出版社2009年版，第116页。

变的结果。古典式的和谐、典雅、整一的美经过浪漫主义的冲击后再也难觅昔日的荣光，夸张、怪诞、恐怖、忧郁、病态、痛苦等特质才是真正的“罗曼司”。事实上，“恶”并非伦理道德的范畴，而是审美范畴，指的是那些由现实中令人不快的事物构成的审美意象。对这些“恶”的审美日益被现代美学家、作家重视，成为他们拓展审美视野、探寻新的审美意象、展现艺术表现力的载体。从审美的角度看，对“恶”不应做伦理道德层面的理解，“恶”一旦进入文学表现的范畴就成为审美对象。因此，我们不能从写实主义和反映论的角度出发，认为审丑反映了丑恶的内在本质，而应当意识到这种审美范式的转变对作者艺术敏感度、文字表现力和审美共情力起到的提升作用，它为文学创作打开了新的天地。事实上，唯美主义文学作品最不缺少的就是对“丑恶”的审美，因此这些作家的作品往往被贴上“颓废”的标签。

第三，波德莱尔的唯美主义思想还体现在他的文字对感官体验的可能性的展现中。波德莱尔认为艺术就是对感官的训练，“享受是一门学问，五种感官的运用需要特殊的启蒙，……因此，你们需要艺术”①。人的感官之能动性在于突破单一感官的生理限制而上升为美感，继而形成通感。《感应》一诗被认为是诗学话语中的“通感说”的最好诠释，也被认为是波德莱尔诗学观念的重要实践。诗人是神秘的自然神殿的通灵者，诗人的感觉不同凡响，他能够感知自然万物的内在相通之处，并超越自然感官的媒介限制而生发出全新的感觉，达到精神和感官的通灵境界。波德莱尔在诗中经常表现“通感”。事实上，我们可以将《感应》中具有通灵能力的诗人看作现代艺术家的化身，而那些表现通感的诗歌犹如一次次具体的感官实验。在感官实验中，打开感官的边界(通感)，也即打开感性(审美体验)的边界，突破艺术媒介的壁垒，实现不同艺术门类之间的“互文”，这是由唯美主义思潮开启的现代艺术的重要特质。与帕尔纳斯派相

① 波德莱尔：《一八四六年的沙龙》，见《美学珍玩》，郭宏安译，译林出版社2013年版，第76页。

似，波德莱尔也追求诗歌与绘画、雕塑和音乐的互通，他说：“今天，每一种艺术都表现出侵犯邻居艺术的欲望，画家把音乐的声音变化引入绘画，雕塑家把色彩引入雕塑，文学家把造型的手段引入文学，而我们今天要谈的一些艺术家则把某种百科全书式的哲学引入造型艺术本身……”①

第四，波德莱尔明确提出“艺术高于自然”的观点。如前所述，“艺术高于自然”的观点经过漫长的历史准备，在德国古典哲学和浪漫主义思潮中加以酝酿。波德莱尔作为文学领域的代言人明确提出这一观点并加以阐释。在波德莱尔看来，自然是天定的，是一部事先“编排好”的词典，它不是由人创造的，因此缺乏想象力。波德莱尔认为，艺术是艺术家与自然之间的竞技场，艺术高于自然就在于其凭借想象力改变自然和现实的无趣，用自由对抗自然。“自然在这里被梦幻改造、修正、美化、再造。”②于是，波德莱尔在审美范式上排除了古典主义的田园牧歌和浪漫主义的自然颂歌，推出一种新质的“人工美”。“人工美”不仅体现在将那些远离自然的城市生活、工业文明的意象审美/审丑化，还体现为对非常态、超自然生理感觉的营造，更表现为一种价值取向——通过贬低自然，将人的灵性从自然中剥离，从而让艺术/人工绝对高于并统摄自然。显然，这已经超出了浪漫主义的思维方式，体现出“颓废”的特征。“颓废”是滥觞于古罗马帝国晚期的文艺现象，19 世纪中后期开始流行于法国，用来指称文化“腐朽”现象。法国自诩为拉丁文化传统的继承者和守护者，当时许多法国艺术家、作家借曾经高度文明却又日渐衰弱的罗马帝国之酒浇法兰西民族命运多舛之“块垒”，这种“衰落”的感觉是在法国经历了普法战争的失败、巴黎公社运动的爆发及其带来的社会震动之后形成的，以至于当时文艺中形成一股“颓废”的审美风潮。古典学者德西雷·尼扎尔在其作品

① 波德莱尔：《哲学的艺术》，郭宏安译，上海译文出版社 2012 年版，第 121—122 页。
② 波德莱尔：《邀游》，见《巴黎的忧郁》，郭宏安译，上海译文出版社 2013 年版，第 42 页。

《颓废的拉丁诗人研究》(1834)中指出，文学术语中的“颓废”特征是指用语言的独创性取代道德性，装饰性取代实用性。[①]

五、象征主义及其他

帕尔纳斯派和波德莱尔开启了法国文学的唯美主义转向，同时以浮世绘为代表的日本美学也影响了法国文学，这促成了法国象征主义诗歌的出现。马拉美、魏尔伦、兰波和雷尼埃在创作上都与帕尔纳斯派和波德莱尔有密切联系。受到德国作曲家瓦格纳的影响和启发，象征主义诗歌的典型特征之一便是强调诗歌的“音乐性”。诗人追求与自身缥缈的感觉和意念相互融通的诗歌韵律，他们将具有音乐性的诗歌称为“纯诗”。纯诗即纯粹(纯粹诗情)、形式自足(形式主义)、与现实生活无涉(反模仿论)的诗歌，它是唯美主义“为艺术而艺术”理念的一种表现形式。也就是说，纯诗不描述外部客观世界，也不直接表达诗人的主观想法，而是用隐晦的象征手法和音乐化的诗歌语言暗示迷离恍惚的微妙意识和朦胧隐晦的梦幻感觉。象征主义诗人试图在诗歌中找到理想的美，逃避生活的丑，这也是唯美主义“艺术高于生活”的写照。

纯诗之“纯”，既体现在依靠个性化的意象所提供的线索实现暗示和隐喻的目的上，又体现在依靠文字的读音带来的旋律感上。纯诗依靠音乐的高度形式化和感觉化，将音乐性作为诗歌的主要原则，使诗歌神秘的审美意蕴在悠扬的旋律中自然地流露出来。比如魏尔伦的《烦闷无边无际》《无词的浪漫曲》《被遗忘的小咏叹调》等诗歌的意蕴主要由诗行的音律造就，语言仿佛融化在音乐的旋律中。魏尔伦强调诗歌的音乐性[不单指诗歌的音响(声韵、节奏)，还包括文字、色彩等因素]，意在形成一种音乐隐喻手法，使人仿佛回到人类语言的原初状态——音乐性的声音和诗

① Joris-Karl Huysmans: *Against Nature*, Robert Baldick, trans., Penguin, 2003, p. xxx.

性的思维。兰波将音乐性延伸到“暗示”上来，他认为通过诗歌的音响能够唤起人的色彩感。马拉美则继续扩大“暗示”的功能，认为音乐性体现在激发联想、诱发想象上，使读者能够直抵事物的本质。他认为诗歌的目的是从音乐中“回收”它的美。由此可见，象征主义诗人认为诗的内在音乐性（音乐激发的微妙感觉和直觉）比外在音乐性（字音）更加重要，诗人根据自身情感所到之处选择诗行的长短，不在乎严格的押韵，只注重谐韵。而对所谓内在音乐性的追寻促使他们将生活化的语言排除在诗歌的王国之外，抛弃传统十四行诗和亚历山大诗体的韵脚，破坏文法规则，别出心裁地创造新词，复活古文，只为在字音和字义之间寻找一种微妙的平衡。

象征主义诗人立足描写主观神秘世界，试图通过文学修辞性和文字表现力通达纯粹的精神世界。诗歌只写纯粹的“我”，纯粹的“我的思想”。所谓纯粹的，便是高蹈的，这蕴含了一种反世俗化的审美姿态，因此，法国象征主义诗人与高蹈派有着千丝万缕的联系。高蹈的姿态又体现为诗人般的神秘、通灵的感性体验，它可以是无中生有、凌虚蹈空的，是一般世俗之辈无法体会到的。这一感性体验凝结在诗行中，自然就化为“通感”。比如兰波的《元音》一诗，每个元音字母都被诗人赋予了颜色、气味、音响、触觉等感官因素，从而在意象的王国中得以“重生”。象征主义诗歌通过语言的声音、字义、色彩与意象之间的相互交织，描绘出难以捕捉的瞬间印象。帕尔纳斯派的诗歌也表现“通感”。如果说帕尔纳斯派诗歌的雕塑感、坚硬感勾勒有形的外部世界，偏重自然主义、科学主义式的“感官实验”，那么象征主义的“纯诗”则是向上提升，塑造无形的意念世界，偏重神秘主义式的“感官魔法”。一个偏重感官体验的“真实”，一个偏重感官体验的“神秘”，两者的侧重点虽有很大差别，但殊途同归，本质上都是对人的感性边界的拓展。总而言之，“纯诗”在许多方面都体现了唯美主义特质。

作为一种诗学观念，唯美主义推动了文学创作现象的新变。即便是一些没有明确提出唯美主义诗学理论的作家，其作品也表现出了唯美主义倾向，比如居斯塔夫·福楼拜。福楼拜是现实主义、自然主义、颓废派、唯美主义都会提及的作家，他强调一种无动于衷的"零度写作"，即通过精准、琐屑甚至繁复的细节描写，给读者身临其境、眼见为实的阅读感受。与左拉相比，同样具有自然主义倾向的福楼拜并不执迷于遗传、医学、病理学等科学主义话语，他对自然主义的理解与表现是在创作论和方法论层面的。作为善于写实的作家，福楼拜在文字方面冷静、客观，在创作前会做好基础性的调查研究，参阅大量资料，甚至会亲临实地体验。然而，他又不像典型的批判现实主义作家那样喜欢表现浓厚的人道主义关怀，也不囿于展现现实生活和"当代题材"。福楼拜认为作家应该隐身在语言背后，这种对语言本身的信心和敬畏呈现出"无个人化"的风格，其"语言的自觉"已经是一种文学自觉和文学现代性的体现了。

六、若利斯-卡尔·于斯曼

法国作家若利斯-卡尔·于斯曼（又译作"乔里-卡尔·于斯曼"），原名夏尔-马利-乔治·于斯曼，1848年出生于巴黎。在于斯曼8岁那年，他的父亲去世，母亲很快改嫁，继父是一名新教徒。由于和继父关系不好，于斯曼在青少年时期并不快乐。大学毕业后，于斯曼进入法国内政部任职，但他并不喜爱这份工作，他的兴趣在文学创作和艺术评论上。他在业余时间坚持文学创作，是法国龚古尔学院的创始成员之一，也与法国艺术圈保持联系。为了纪念父亲家族的先祖，他在第一部正式出版的诗集《什锦糖果盒》（1874）中使用了"Joris-Karl Huysmans"这一笔名。这部诗集的创作受到波德莱尔的影响，可惜反响平平。1876年，于斯曼的小说处女作《玛特，一个妓女的故事》问世。该小说讲述了巴黎的一个年轻妓女的故事。由于惧怕国内审查，于斯曼的这部小说首先在比利时布鲁塞尔出版。小说的自然主义特征鲜明，这引起了左拉的注意。次年，于斯曼与左拉成为朋友，于斯曼还撰写文章公开支持左拉当时备受争议的作品

《小酒店》(1877),这篇文章标志着于斯曼正式向自然主义靠拢。1879年,他的第二部小说《瓦塔姐妹》出版,该小说描写了装订厂女工的生活。该小说的自然主义色彩更加浓厚,他将这部小说献给左拉。1880年,于斯曼、左拉等六位作家编撰出版了中篇小说集《梅塘夜话》,这标志着法国自然主义文学发展到了高潮。其中,于斯曼的作品《背上背包》,该文以反讽的笔调描写了他在普法战争中的行伍生活。同年,于斯曼的散文集《巴黎速写》出版,该散文集记录了他对巴黎都市世俗生活中各色人等、各类休闲场所的观察,既体现出写实主义的风格,又流露出休闲、猎奇的都市眼光和都市审美。《巴黎速写》里一些描写官能感受的篇章已经超出了自然主义的范畴而向着颓废唯美风格靠拢,预示了后来《逆天》(又译"《逆流》",1884)的出现。1881年,受神经衰弱困扰的于斯曼去巴黎市郊的丰特内疗养,他的创作理念开始发生变化,逐渐脱离自然主义,并向象征主义艺术和天主教艺术靠拢。总体上说,于斯曼的小说表达了对资本主义现代文明的厌恶,呈现出悲观性,他曾在叔本华的哲学中寻找答案,最终又回到天主教。

《逆天》的出版标志着于斯曼在创作上正式脱离自然主义。小说中对一个颓废者唯美生活的描写使于斯曼一下子成为法国颓废派的代表人物,这部小说也成为颓废主义的"圣经",同时影响了英国的唯美主义者王尔德。王尔德在《道林·格雷的画像》中将这部小说作为推动故事发展的重要意象和线索。甚至在英国对王尔德进行审判时,这部小说也作为王尔德"道德败坏"的证据之一。

《逆天》描写的是没落贵族让·德泽森特由于身体机能的衰弱和对世俗生活的厌倦,在隐居式的疗养生活中追求极致的审美体验。该小说极其详尽和细腻地展现了颓废者的生活态度与审美趣味。主人公流连于装饰、园艺、美酒、绘画、文学、宗教等事物,以审美家的苛刻要求和高蹈品位将这些事物的常见形态变成怪异、反常的人工形态,这些人工、怪异、非自然的事物在他看来才是美的享受。如果读者仔细思考他迷恋的这些审美对象，就可以发现它们的实用性和自然属性呈递减态势，而精神性和人工属性则呈递增态势。“德泽森特对美的追求从对外部物质世界的选择、加工过渡到对内部身体感官的模仿，继而向内拓展至精神世界，呈现了自然向人生成的过程。”①德泽森特对物质自然属性的排斥和对人工属性的依赖日益加剧，甚至表现为逆天而为的“反自然”心态，伴随这种心态，他的身体也逐渐“去自然化”。德泽森特患有神经官能症，且消化不良，疗养生活非但没有减轻他原本就沉重的身体负荷，反而变本加厉，将他的生理需求降至最低。更具有象征意味的是，他的性功能开始衰退，导致他与异性的欢爱也向“非自然”(非生殖性)状态发展。随之而来的是德泽森特开始迷恋性别错位，他会由于女伴在亲密时表现出的“女人味”而大失所望，觉得“她这样过分健康，与德泽森特在西罗丹糖果的香味发现的衰弱气息正好相反”②。伴随着身心的“去自然化”，德泽森特的感性能力日渐敏锐，他能够捕捉常人难以觉察的官能享受——于斯曼用大量的通感描写了这一点。唯美主义文学常将同性之爱这一主题与逆反自然、崇尚人工的颓废趣味紧密结合。德泽森特作为贵族后裔，是多种疾病的携带者，同时也是中产阶级市侩风气的鄙夷者和疏离者。于斯曼这样的设定显然颇有深意。福柯认为，贵族阶层为了突出和保持自己的特权地位，通常强调血统纯洁，具体表现为保持祖先遗留的痕迹或与其他贵族通婚，可以说是向前回溯的；而资产阶级正好相反，它更关注的是特定机体和后代的健康，是向后追溯的。③ 在德泽森特这里，一方面，他的基因已然“腐朽”，无法恢复贵族血统昔日的荣光；另一方面，他病态的机体无法维持自身的健康，

① 马翔、蒋承勇：《人的自我确证与困惑：作为颓废主义“精神标本”的〈逆天〉》，《浙江社会科学》2016 年第 2 期，第 114—119、159 页。

② 乔里-卡尔·于斯曼：《逆天》，尹伟、戴巧译，上海文艺出版社 2010 年版，第 97 页。

③ 米歇尔·福柯：《性史》，张廷琛等译，上海科学技术文献出版社 1989 年版，第 122 页。

他的性取向也让其无法延续后代。于斯曼将德泽森特置于进退维谷的境地中，将他塑造为典型的审美家和唯美主义者形象。

德泽森特一度想在天主教中得到解脱，这显然是于斯曼自身宗教情感的流露。德泽森特将居室打造成修道室，模仿修士的生活，这是为了逃避拜金、市侩的生活，在宗教中寻求心灵的解脱。事实上，正如德泽森特苦心孤诣追求的“人工生活”那样，他刻意模仿的宗教生活也具有高度的形式化(艺术化)特征。换句话说，他将宗教艺术化了，读者可以将其理解为宗教的艺术化或艺术化的宗教。用艺术化的宗教抵御世俗的市侩，亦是唯美主义的话语方式。

谈到自己对自然主义的偏离，于斯曼认为，自然主义机械式的写实无法观察人的心灵，“没有人比自然主义者更不明白心灵了，尽管他们自诩以观察心灵为己任。他们把人生看作铁板一块，他们看它老是受一些真实性因素的限制……”①。换句话说，他的创作要切中人的心灵，当然这是一颗唯美的颓废者的心灵。于斯曼所呈现的只是心灵世界的一个层面——官能世界，由于官能世界的感性、易变性、流动性，他显然无法承担记录外部世界原本面目的责任，而是任由感觉印象在思绪中飘荡。《逆天》的出版标志着于斯曼彻底脱离了自然主义，左拉责备于斯曼不该写这本书，因为它“给了自然主义可怕的一击，把它引入了歧途”②。左拉还在1884 年写给于斯曼的信中谈及《逆天》：“兴许是由于我建造者的气质作祟，但是，让我觉得很别扭的是，德泽森特从开头到结尾始终都那么疯疯癫癫，没有一种什么进展，所有的片段都是由作者内心中一种艰难的过渡所带来，总之，你是在为我们显示一种随心所欲的神奇的走马灯。”③左拉

① 乔里-卡尔·于斯曼：《逆流》，余中先译，上海译文出版社 2016 年版，作者序言第 20 页。

② 乔里-卡尔·于斯曼：《巴黎速写》，刘姣、田晶、郭欣译，中国青年出版社 2015 年版，第159 页。

③ 乔里-卡尔·于斯曼：《逆流》，朱中先译，上海译文出版社 2016 年版，第 296 页。

在信中站在实证主义、科学主义的角度询问于斯曼：德泽森特的颓废状态和他生活的外部世界有什么关系？究竟是生活的窘迫将德泽森特抛入怪异的官能世界，还是他自己的神经质让他对生活产生了这样的错觉？当然，于斯曼出道于自然主义阵营，他的许多病理性、官能性的描写仍然带有浓厚的自然主义的风格。但这些都不是于斯曼关注的重点，或者说只是他进行感官实验的"作料"而已。于斯曼只管详尽地描写德泽森特的感官世界，或者说是夸大（或还原）其自身的审美体验，否则我们无法想象毫无审美能力的人能写出这样的小说。换句话说，小说写的是艺术家/审美家式的、异于常人的感性经验，所谓"反常"（反自然）都是为了突出这一经验之高蹈脱俗的外在表征。"对于于斯曼来说，敏感的艺术家和感官刺激之间必须有一种至关重要的、动态的对应关系；缺其一，两者就没有意义。因此，唯美主义者为世界提供的多重体验的敏感性是绝对必要的。"①对此，莫泊桑评论说，人们可以称《逆天》为"一种神经官能症的历史"，但是，"这位神经官能症患者是唯一一个真正聪明、睿智、能干的人，真正的理想主义者和世界诗人，他当真存在吗"②。其实，德泽森特的感官体验是否存在于现实世界中并不重要，因为他展现的是一种唯美的诗意理想，是对缺乏美的现实世界的逆反。

七、奥克塔夫·米尔博

奥克塔夫·米尔博是法国小说家、剧作家、艺术评论家和新闻记者。他的创作在欧洲文坛，尤其是世纪之交的欧洲先锋文坛获得了很大的关

① Paul Fox："Dickens À La Carte：Aesthetic Victualism and the Invigoration of the Artist in Huysmans's Against Nature"，in Kelly Comfort，ed.：*Art and Life in Aestheticism De-Humanizing and Re-Humanizing Art，the Artist，and the Artistic Receptor*，Palgrave Macmillan，2008，p. 65.

② 于斯曼：《逆流》，余中先译，上海译文出版社2016年版，第304页。

注和成功,他的作品已被译成 30 多种语言出版发行。

米尔博出生于诺曼底的一个小村庄。普法战争后,他移居巴黎,通过写作和记者工作逐渐站稳脚跟。米尔博的创作之路是从替别人代笔开始的,在创作了 10 部代笔小说之后,他开始以自己的名字发表小说,在《受难记》(1886)中公开真实身份。1888 年,米尔博的《朱尔修士》出版,这部小说受到陀思妥耶夫斯基作品的影响,心理描写占据了很大比重。1892 年 9 月至 1893 年 5 月,米尔博在《巴黎回声报》上以连载形式出版了一部关于艺术家命运的小说《天空》,该小说呈现出片段式的印象主义风格,体现了米尔博对传统小说在形式上刻意统一的拒绝,这预示了他后来的创作方向。《天空》以画家的遭遇表现了艺术家在世俗社会中饱受误解、遭受孤立的悲剧。之后,他出版了两部自诩为"美德典范"的小说《秘密花园》(1899)和《女仆日记》(1900)。这两部作品实际的故事情节却和当时法国社会的"美德典范"南辕北辙,将法国社会伦理规范的虚伪面具彻底撕毁。一年后,米尔博发表了小说《一个神经衰弱者的二十一天》(1901),小说以极尽讽刺的口吻,描述了一个神经衰弱者在温泉城中见到的堕落、荒淫、愚蠢和丑陋等生活百态,影射了当时的法国社会。在这部作品中,米尔博并没有讲述一个完整的故事,而是采用片段式的拼贴的手法,呈现出夸张、变形且怪异的印象式直觉体验。米尔博也创作戏剧,悲剧《坏牧羊人》(1897)是他的戏剧处女作,喜剧《在商言商》(1903)让他在戏剧上大获成功,赢得了广泛好评。此外,他还创作了《情人》(1901)、《闹剧与道德》(1904)、《家》(1908)等具有讽刺性的戏剧作品。

《秘密花园》用印象式的手法描述了花样翻新、血腥残忍的酷刑及其带给人的感官体验。《秘密花园》中的叙述者"我"是个颓废的浪荡子,早年放荡不羁的生活摧残了"我"的健康,使"我"的身体机能开始衰退,"我"就像《逆天》中的德泽森特一样遭受着神经衰弱的折磨。直到"我"遇见有病态审美趣味的贵妇克莱拉，两人一拍即合。克莱拉热衷于欣赏各种残忍的酷刑，并将其艺术化（基于想象力的创造）和形式化（观赏艺术的仪式感），打造成花样翻新的酷刑仪式。克莱拉只有在欣赏酷刑时才能产生丰富的感性体验，仿佛欣赏一件件精美的艺术。“肉体上的眼泪……是软弱、疲惫和狂热的眼泪，是面对那些对我疲惫不堪的神经来说过于残酷的场景而流下的虚弱的眼泪，是面对那些对我来说过于强烈的气味而流下的软弱的眼泪，是面对自己的肉欲在无力与狂热之间徘徊不定而流下的懦弱的眼泪……”①

此外，《秘密花园》也延续了波德莱尔式的“以丑为美”。克莱拉将酷刑当作“艺术”来看待，能从鲜血淋漓、血肉模糊的“丑”中看出不同的“美”。“艺术化”酷刑的极致是使用钟声杀人，洪亮的钟声像具有穿透力的利器，它折磨肉体，成为悦耳的乐声。在克莱拉看来，这普通的刑具（钟声）更加美妙。钟声施刑的“迷人”之处在于钟声可以激发一个人所有的感觉器官与思想，将感官的感知能力提升到极致，令人想到唯美主义追求的文学“音乐化”的倾向。过于敏锐的感官体验造成了印象的“超负荷”，给人一种不堪重负却又欲罢不能的审美体验，超越了人类感官的生理极限。可以说，这种极致、敏锐以至病态的感官印象并不是对日常生活中感性经验的模仿或还原，而是为了表现艺术家式高蹈的感性能力。有学者指出，奥克塔夫·米尔博笔下的颓废形象已经穷尽了颓废者的所有可能性，它代表了颓废精神探索的顶峰。②

《秘密花园》的唯美主义特质还体现为“逆反自然”。叙事者“我”对植物的欣赏是以“人工”痕迹的多少为判断标准的。花园中的草木花卉，看似任性随意，好像只是遵循大自然的规律而非人工的设计，但在“我”看

---

① 奥克塔夫·米尔博：《秘密花园》，竹苏敏译，重庆出版社2005年版，第160—161页。

② Brian Stableford: *Dedalus Book of Decadence (Moral Ruins)*, Dedalus, 1900, pp. 48-49.

来，园艺之美的本质在于使每一株植物都经过悉心研究和精心选择，通过人工干预让不同的花色和花型相互补充，以增加视觉效果。总之，使"它们处在同一个完整的艺术作品中——由于看不出人工雕琢的痕迹，这一作品的效果也就更加强烈"①。

八、皮埃尔·路易斯

皮埃尔·路易斯是法国诗人和作家，原名皮埃尔·费利克斯·路易。1870年12月10日，路易斯出生于比利时，后移居法国，就读于上阿尔萨斯大学。从1890年起，他把自己的姓"路易"的拼写从"Louis"改成"Louys"，并使最后的字母"s"发音，以此来表达他对古典希腊文化的喜爱。② 19世纪90年代，路易斯与王尔德成为朋友。在王尔德用法文创作《莎乐美》时，路易斯在语言方面提出了修改意见。在《莎乐美》出版之际，王尔德将此书献给了路易斯。

1891年，路易斯参与创办了文学评论杂志《海螺》，并在杂志上发表了诗集《阿斯塔特》(1891)。这一诗集中的诗歌风格典雅，形式优美，从中可以看到帕尔纳斯派的深刻影响，为路易斯后来的创作定下了基调。1894年，路易斯的诗集《碧丽蒂斯之歌》出版，这部诗集收录了146首诗歌，主要以女同性恋为主题。诗集被分成3个部分：旁菲利牧歌、米蒂连哀歌、塞浦路斯岛的短诗。3个部分分别代表美少女碧丽蒂斯从少年到成年再到暮年的不同的生活阶段。这部诗集对女性之美的刻画，对女同性恋者心理和性行为的描写香艳而不失优雅。路易斯的创作往往将背景设定在古希腊时代，从中可以看出路易斯对古希腊文化的喜爱，更确切地说，他在歌颂古希腊文化的过程中展现了对"爱与美"的崇尚，体现了唯美

---

① 奥克塔夫·米尔博：《秘密花园》，竹苏敏译，重庆出版社2005年版，第139页。

② 法语字母"y"的读音为"igrec"，法语"grec"意为"希腊的、希腊人的"。

主义旨趣。

1896年，皮埃尔·路易斯的第一部小说《阿芙洛狄特》出版，这是他最具唯美主义特征的小说，也是他影响最大的作品。该小说围绕名妓克莉西丝与雕塑家德米特里奥斯的爱情故事展开：克莉西丝是女神阿芙洛狄特在人间的化身。德米特里奥斯为了追求克莉西丝，不惜放弃成为女王情人的机会。他从预言中得知爱上克莉西丝必然引起血光之灾，犯下伦理与律法的罪孽，但他认为以此为代价来换取"爱与美"是值得的，不仅能为这份"爱与美"增添血色的浪漫，还可以避免让生活沦为平庸的戏剧，因为生活的形式化/艺术化是唯美主义的理想。然而，当克莉西丝要委身于他时，却遭到了他的拒绝。他说两人已在他的梦中云雨，这便足够了。克莉西丝不遑多让，与其说她对德米特里奥斯是真爱，不如说她是为了实现对"爱与美"的占有而已。小说的最后，她以无比优雅和庄重的仪态接受法律的制裁，并没有绝望或哀伤，而是把自己当作一位高傲的女神，如阿芙洛狄特女神般接受人们的膜拜。

与其说克莉西丝和德米特里奥斯在追求爱，不如说他们在追求美，即一种形式化了的情爱，呈现为极端戏剧化、程式化的情爱模式，使情爱关系充分艺术化。小说还以唯美的笔调歌颂了不同女性之间唯美、纯情的同性之爱，同性之爱淡化了两性之间生理性的生殖行为，并将感官享乐上升到纯美、纯爱的感性范畴，这与两性之间情爱关系的戏剧化是相辅相成的。这种情爱模式不禁令人想起戈蒂耶的《莫班小姐》、王尔德的《道林·格雷的画像》《莎乐美》等经典唯美主义作品。路易斯的创作往往将背景设定在前基督教（或非基督教）文化空间，从而借助艳情的外衣展开大胆的感官探索，体现出浓厚的异教、异域情调。

法国人的浪漫激进的天性使他们总能在文学领域站在变革的潮头，他们将德国哲学对人的意识领域中的审美能力的划定灵活地运用到文学领域，炮制出"为艺术而艺术"的文学创作理念。由于哲学与文学的不同、创作者与欣赏者的错位、诗学理论与文学创作的错位,以及法国自然主义思潮的影响,唯美主义从法国文学的土壤中开出“以丑为美”“逆反自然”“印象主义”的花朵,这些花朵既是法国文学与文化的外在表现,也是唯美主义的美学基因在文学创作中生根发芽的必然结果。

第二节 英国、爱尔兰唯美主义

对于维多利亚时代的英国来说,“为艺术而艺术”的思想纯粹是舶来品。英国唯美主义思想受到以波德莱尔为首的法国文学家的影响,一些游学法国的文艺界人士打着具有法国色彩的“颓废”旗号,开启了英国的唯美主义运动。当然,英国唯美主义思潮的发展与演变不是简单地照搬法国模式,而是具有自身的逻辑。由于 19 世纪爱尔兰仍在英国治下,且两者的文化圈有诸多交集,因此本节将当时爱尔兰的文学人士的创作也视为当时英国文学的组成部分。

一、“为艺术而艺术”的英国传播

“为艺术而艺术”从法国到英国的传播是从理论话语的翻译开始的,后来它逐渐被应用于视觉艺术评论(绘画、装饰艺术领域),继而传播到文学领域。1833 年,法国《民族报》刊登了尼扎尔批判艺术独立观念的言论,引发了英吉利海峡两岸的一系列论战,促使“为艺术而艺术”观念被英国文坛关注。尼扎尔在 1837 年 1 月发表在《威斯敏斯特评论》上的一篇论述拉马丁的文章中,首次将法文“l'art pour l'art”翻译成英文“art for art's sake”。①

---

① 周小仪:《“为艺术而艺术”口号的起源、发展和演变》,《外国文学》2002 年第 2 期,第 52 页。

“为艺术而艺术”的观念通过当时在法国求学的诗人斯温伯恩和旅居欧洲的美国画家惠斯勒，开始真正以正面姿态影响英国的文艺创作。他们在法国接触到“为艺术而艺术”的观念，为日后在英国宣传唯美主义思想打下了基础。惠斯勒提出了“艺术独立”的说法，他认为艺术应该独立于一切哗众取宠的东西，并能让人在感官上获得享受，而不是把这种美感与奉献、怜悯、爱情等概念相混淆。19世纪60年代，英国艺术界对美学的兴趣与日俱增，对艺术市场具有敏锐嗅觉的批评家们的笔下出现了诸如“纯粹艺术”“绘画本身”“艺术本身”“为美着想”等提法。1865年，长期居住在法国的英国画家兼评论家哈默顿在一篇名叫《艺术精神》的文章中，使用“为艺术而艺术的原则”来翻译“l'art pour l'art”，不过他对这一原则的解释相当狭窄，只强调纯粹的创作上的技术问题。哲学家弗朗西斯·科布是一位康德主义者，她在1865年的《艺术的等级》一文中明确使用了“art for art's sake”这一英文短语，并将其变成一个理论术语。

爱尔兰评论家、诗人爱德华·道登在1866年的文章《法国美学》中论及维克多·库申的“为艺术而艺术”原则，不过他没有提供该短语的英文翻译。1867年，评论家西德尼·科尔文在《1867年英国画家与绘画》一文中首次提到当时英国画坛出现的“唯美”倾向及其涉及的两个主要的艺术圈子：一个是以罗塞蒂为中心的拉斐尔前派，另一个是以经常在小荷兰屋(Little Holland House)聚会的画家乔治·沃茨和英国皇家艺术院院长、画家弗雷德里克·莱顿为中心的圈子。小荷兰屋位于英格兰米德尔塞克斯郡肯辛顿教区，坐落于南丁格尔巷的尽头，是当时一群具有创新精神的艺术家的聚会场所。这些艺术家信奉“为艺术而艺术”的理念，其中部分成员与拉斐尔前派有交集，将这两个艺术圈子联系在一起的是对“审美至上”的美术宗旨的追求。

1868年7月，小荷兰屋的常客汤姆·泰勒在《绅士杂志》上发表了一篇评论。他在评论弗雷德里克·莱顿时写道:"'为艺术而艺术'是莱顿的座右铭。"①泰勒在1871年提到英国画家艾伯特·摩尔时,再次使用了这一说法。同样在1871年,佩特在《威斯敏斯特评论》上发表了对威廉·莫里斯诗歌的评论;同年3月,斯温伯恩发表了《威廉·布莱克》一书,其中都出现了"为艺术而艺术"的说法。

斯温伯恩早在1857年撰文评论波德莱尔《恶之花》时就初步形成了"为艺术而艺术"的思想,尽管他未曾与波德莱尔会面,但两人保持着通信往来。斯温伯恩的评论结集出版,成为他坚持唯美主义原则的宣言,其中一篇文章《诗人的事业》明确地宣告了"艺术自律"时代的来临:

> 大概是为了写好诗句,而不是为了挽回时代和重塑社会。没有任何其他形式的艺术会如此纠缠于这种对干涉无关紧要的事情无能为力的欲望;但广大读者似乎认为,一首诗更适合包含一堂道德课或有助于形成所谓内容上有血有肉的好作品。一个具备勇气和理智的人,在这样的时刻敢于宣称诗歌艺术与说教毫无关系,并以此为基础采取行动,这充分证明了他很可能以明智和严肃的方式处理他的艺术材料。②

斯温伯恩是最早将"为艺术而艺术"概念引进英国的艺术家之一。他曾谈道:"你不用试图从艺术上得到什么,艺术无论如何也成不了宗教的婢女、责任的导师、现实的仆人、道德的先驱。……首先是为艺术而艺术,

---

① Elizabeth Prettejohn: *Art for Art's Sake: Aestheticism in Victorian Painting*, Yale University Press, 2007, p. 33.

② Robert Archambeau: "The Aesthetic Anxiety: Avant-Garde Poetics, Autonomous Aesthetics, and the Idea of Politics", in Kelly Comfort, ed.: *Art and Life in Aestheticism De-Humanizing and Re-Humanizing Art, the Artist, and the Artistic Receptor*, Palgrave Macmillan, 2008, p. 141.

然后我们才可以谈其他的。”①斯温伯恩还提出了类似“为艺术而艺术”的另一种说法：为了美而爱美。当时的英国文艺界和评论界习惯上把法语“l'art pour l'art”视为源头，把英语“art for art's sake”视为舶来品，但斯温伯恩试图将这个短语本土化，寻找英国文艺“为艺术而艺术”的土壤。斯温伯恩维护艺术高蹈脱俗的地位，追求艺术形式的精美，他像阿诺德那样用“非利士人”来抨击庸俗的中产阶级，认为“非利士人巴不得立即粉碎艺术，绞死或烧死它”②。斯温伯恩将艺术、科学、道德视为截然不同的领域，既主张艺术应与道德分离，同时认为艺术与科学在本质上不相容：“这不是调和矛盾的问题。承认所有艺术隐含的自命不凡吧，它们对科学来说是微不足道的；接受科学的一切推论吧，它们对艺术毫无意义。”③

斯温伯恩对唯美主义观念的接受，部分源自康德的美学思想。爱伦·坡借鉴康德美学，在他的诗论《诗歌原理》中指出：“智力关心真理，鉴赏力让我们感知美，而道德感则关注责任心。”④波德莱尔译介了爱伦·坡的观点，斯温伯恩则译介了波德莱尔的译介，只是略微改变了表达方式：“对于艺术来说，越美越好；对科学来说，越准确越好；对道德而言，越高尚越好。”⑤

“为艺术而艺术”在 19 世纪 60 年代以前仅仅是文艺圈争论的前沿话题，而到了 19 世纪 70 年代，“为艺术而艺术”的观念在两起标志性事件的推动下逐渐进入大众视野：一是惠斯勒与罗斯金的官司。晚年的罗斯金和王尔德共同参观一个画展，罗斯金对惠斯勒所作的《泰晤士河上散落的

---

① A. C. Swinburne: *William Blake: A Critical Essay*, John Camden Hotten, 1868, pp. 90-91.

② A. C. Swinburne: *William Blake: A Critical Essay*, John Camden Hotten, 1868, p. 93.

③ A. C. Swinburne: *William Blake: A Critical Essay*, John Camden Hotten, 1868, p. 97.

④ E. A. Poe: “The Poetic Principle”, in G. R. Thompson, ed.: *Edgar Allan Poe: Essays and Reviews*, Liberary of America, 1984, p. 76.

⑤ A. C. Swinburne: *William Blake: A Critical Essay*, John Camden Hotten, 1868, p. 98.

烟火:黑和金的小夜曲》(1875)一画颇为不满。罗斯金认为,此画让他联想到颜料被随意泼洒到画布上,毫无艺术美感,竟然敢标价 200 吉尼(英国旧时金币),这对观众而言不啻一种欺骗。惠斯勒的这幅画正是践行“为艺术而艺术”宗旨的结果,它代表英国美术界的一场变革,即描绘主观印象取代模仿自然的时代的来临。

二是 1877 年起在格罗夫纳画廊的展览中频繁出现新派艺术家群体的身影。格罗夫纳画廊被视为英国唯美主义运动的公共论坛,甚至被誉为“唯美主义殿堂”①“唯美主义者的圣殿”②。一般认为,英国唯美主义运动随着 1895 年王尔德被审判而结束,但英国唯美主义不仅是一场文学艺术运动,也是一次文艺观念的变革,还是一场社会审美启蒙运动。拉斐尔前派、小荷兰屋艺术圈、《喷趣》和《黄面志》杂志、莫里斯公司等与当时的英国艺术圈、时尚界的潮流相联系,这些艺术形式和潮流都与唯美主义运动息息相关。由此产生的新艺术观念和时尚形态影响了后来风靡欧洲的装饰艺术的变革,艺术与生活实现了新的结合。

拉斐尔前派的出现对英国唯美主义运动起到了非常重要的奠基作用。该派提倡的“艺术超功利”“灵肉一致”“诗画一体”“装饰主义”等都体现出明显的唯美主义思想。拉斐尔前派不仅绘画,也写诗。他们的唯美主义特质既体现在美术观念上,也体现在诗学观念上。他们试图在诗歌中表现高蹈的唯灵主义意识和深邃的精神世界,刻意与世俗世界保持距离,追求诗歌形式的精美和语言韵律的动人之感。他们还表现感官印象的神秘和深刻,体现“灵肉一致”的思想。这一点在但丁·罗塞蒂、克里斯蒂娜·罗塞蒂的诗歌中表现得尤为明显。他们的作品在灵与肉、情与欲、

① Colleen Denney: *At the Temple of Art: The Grosvenor Gallery, 1877–1890*, Associated UP, 2000, p. 67.

② Michèle Mendelssohn: *Henry James, Oscar Wilde and Aesthetic Culture*, Edinburgh University Press Ltd., 2007, p. 3.

诗与画的边界游移，都体现出拉斐尔前派诗歌与绘画鲜明的唯美主义特征。

1. 沃尔特·佩特[①]

如果说拉斐尔前派为英国唯美主义艺术创作奠定了基础，那佩特就是英国唯美主义理论的开创者，也是最早进入中国文学视野的唯美主义作家和批评家之一。

佩特喜爱福楼拜、戈蒂耶、波德莱尔等作家。在牛津大学念书时，他对德国古典哲学产生了浓厚的兴趣，其后来的许多思想都可以追溯到德国古典哲学。19 世纪后期，黑格尔哲学在英国哲学界流行，当时一批美学家高举"复兴黑格尔"的旗号，用自己的理解和需要重新阐释黑格尔哲学，反对当时风靡英国的经验主义和实证主义思想。这股"黑格尔主义热"影响了佩特，佩特称自己是黑格尔历史观的忠实信徒，他早期的唯美主义思想以黑格尔的"美是理念的感性显现"为根基。1880 年至 1885 年，佩特为创作《马利乌斯：一个享乐主义者》而广泛阅读黑格尔的著作，两份未出版的读书笔记手稿从此流传下来。在其中一份关于"道德哲学"研究的手稿中，佩特明确阐述了他对黑格尔哲学的理解，这一手稿对佩特哲学思想的重要性早已得到研究者的承认。"黑格尔主义成为佩特思想的结构(形式)。"[②]

佩特与斯温伯恩等拉斐尔前派成员相互影响。与斯温伯恩相似，佩特也极为崇尚古希腊文化和意大利文艺复兴时期的文化，他的许多唯美主义思想就是在阐释古希腊文化和意大利文艺复兴时期的文化时提出的。他的一些评论文章后来收录到《文艺复兴》一书中。佩特认为古希腊

---

① 又译作"华特·佩特"，为便于叙述，本书正文中统一使用译名"沃尔特·佩特"。

② Giles Whiteley: *Aestheticism and the Philosophy of Death: Walter Pater and Post-Hegelianism*, Legenda, 2010, p. 4.

和意大利文艺复兴时期不仅是西方艺术发展的巅峰时期，更重要的是这两个时期的审美趣味与艺术形式代表了崇拜美、远离市侩风气的时代风尚。他在《柏拉图与柏拉图主义》一书中认为柏拉图预见了"为艺术而艺术"这一现代观念：艺术本身除了它自己的尽善尽美之外没有任何其他目的。佩特晚年的作品还有《想象的肖像》(1887)、《鉴赏集》(1889)和《希腊研究》(1895)。

与法国唯美主义思想具有二元对立的唯理和思辨气息不同，佩特的理论具有英国式经验主义气息，这反而更加直击本质，因为审美本就建立在具体的感性体验之上。佩特的唯美主义思想体现在以下几个方面：

第一，感性至上。哲学上的"感觉主义"(Sensationism，又译"感觉论")产生于18世纪，主张感觉是意识的唯一可靠来源，人的任何心理现象都是不同感觉的组合、变形之结果，由此形成了感觉主义心理学——试图用感性经验解释全部心理过程的理论。感觉主义一方面汲取了当时西方蓬勃发展的医学、生理学等自然科学思想，另一方面继承了英国经验论的思想传统，强调对人的知觉进行内省式考察。佩特在《文艺复兴》中多次使用"senses"(感官)、"consciousness"(感觉)、"perception"(感知)、"feeling"(感受)、"impression"(印象)等词，这些构成了他的"感觉论"观点。与哲学范畴的"感觉主义"不同，佩特的"感觉论"更像是"印象主义"，王尔德就称佩特是"印象主义者"[①]，但佩特的"印象主义"说剔除了法国印象派观念中的写实与科学成分，不是为了还原某种主观或客观存在的对象，而是为了找到具体的艺术形式背后蕴含的本质魅力。当然，这种魅力不是纯粹的理性，也不是纯粹的心智，而是通过感官传递的"充满想象力的理性"[②]，而它只能在"活生生"的美感中寻找，美就在人的真切的美感经验

① 奥斯卡·王尔德：《佩特先生的〈想象的肖像〉》，见《王尔德读书随笔》，张介明译，上海三联书店1999年版，第82页。

② 沃尔特·佩特：《文艺复兴》，李丽译，外语教学与研究出版社2010年版，第165页。

中。同样，美感因素是艺术的基本成分，好的艺术与再现那种感觉的真实程度是相称的，不同的艺术媒介载体激发不同的感觉印象，不同的美的形式对应不同的感官禀赋，艺术批评的要旨在于揪出这些混沌的感觉线条，使其明晰化。因此，我们可以认为，佩特的“感觉”指的是审美感觉，或者可以理解为感性能力。佩特的“感觉论”可以说是一种感性至上的“感性论”。佩特还通过阐释柏拉图来“六经注我”，他认为柏拉图具有敏锐的感官天赋，能够把握细微的美的暗示，这是柏拉图注重“ta erotika”的结果。佩特在《柏拉图与柏拉图主义》中将“ta erotika”翻译为“the discipline of sensuous love”（感官之爱的训练）[①]，凸显了爱欲的感性能力。既然是能力，那就是可以训练和提升的。事实上，这个翻译是为佩特的唯美主义理念服务的。

第二，形式主义。佩特极为看重艺术的形式，但佩特并非反对内容的纯粹形式主义者，更不是科学形式主义美学的拥趸。他并不认为艺术的美是由某种特定的材料组合达成的，也不认为美感纯粹源于形式的“刺激”，而是将内容融入形式之中，与“感性”相结合，形成“有意味的形式”。艺术家在创作时已将其理智和思想观念融入形式中去了。他以日本扇画为例：从日本扇画中，我们首先获得的只是花卉抽象的颜色；然后，花儿的诗意融进我们的感知；接着，是完美的花卉画时不时出现。这种描述符合人们的认知模式，人的认知能力并不是死板的容器，而是“触类旁通”的格式塔整体。形式经过认知的处理衍生出微妙的感觉，这就将形式主义与之前的感性主义连通了。佩特推崇音乐，认为所有艺术都坚持不懈地追求音乐的状态，艺术的音乐化是唯美主义理论者的共性，因为音乐的形式与内容是最难区分的，以至于音乐看起来是一种“纯形式”。诗歌是最接近音乐的艺术体裁。佩特认为诗歌同样是内容和形式的高度统一，那些

① 沃尔特·佩特：《柏拉图与柏拉图主义》，徐善伟译，大象出版社2012年版，第88页。

无法分割形式与内容的诗歌,其成就是最高的。可以说,佩特的形式主义是一种“媒介的自觉”,是对艺术形式的关注,也是对艺术媒介、载体的自觉。一门艺术如果没有自己的媒介,便不可能具有独立的形态。

第三,享乐主义。享乐主义在古希腊伊壁鸠鲁学派中初见端倪,在古罗马时代的贵族阶层中受到推崇,表现为对感官享乐和物质财富的崇尚。“唯美主义往往与享乐主义相结合。它们天然地具有内在的一致性。毕竟,美和快乐是紧密相连的。”①波德莱尔、于斯曼、米尔博等人的作品都流露出浓浓的感官享乐气息,但与法国文学呈现出的极端“反自然”的颓废姿态不同,佩特的享乐主义要平和得多。佩特的“感性主义”并非将艺术小众化,将审美的禀赋与美感经验视为艺术家或鉴赏家的“特权”,他认为这是每个人都有可能达到的理想,只有这样才能抵御功利主义和物质主义的侵蚀。同时,他为“伊壁鸠鲁式”的享乐主义正名,认为艺术能够让人排除世俗的干扰,尽情地享受当下的快乐。而古希腊人对于他们自己的看法以及对于他们与世界的关系的普遍看法,则永远是处于可以转化为感官对象的完全就绪的最佳状态。② 佩特认为今人应该学习古希腊人,永远追求感觉的充盈状态,保持对美的敏感、对艺术的热情、对美的极度喜悦,就像强烈的、宝石一样的火焰③。为此,他专门写了一部哲理性小说《马利乌斯——一个享乐主义者》,以丰富自己的理论。

第四,刹那主义。佩特宣扬文学的音乐性,音乐是时间性的艺术,它的美感在于刹那间的感受,感悟形式与内容相统一的完美瞬间。佩特在《文艺复兴》中提出“刹那主义”的美学观念,认为生命之流由无数个刹那构成,生命之美在于充实刹那的感性体验。饱满的感性体验犹如在生命之流上形成的颤抖的小水波,其中包含着感觉的强烈印象,但它们受到时

① Aatos Ojala: *Aestheticism and Oscar Wilde*, Folcroft Library, 1971, p. 14.
② 沃尔特·佩特:《文艺复兴》,李丽译,外语教学与研究出版社 2010 年版,第 259 页。
③ 沃尔特·佩特:《文艺复兴》,李丽译,外语教学与研究出版社 2010 年版,第 301 页。

间的制约倏忽而逝。佩特认为，时间是无限可分的，每一个瞬间和刹那也是无限可分的，如要保持热烈而旺盛的美感享受状态，就要尽力延长感觉的时间，“尽量在给定的时间里获得最多的脉动”①，在刹那加速体验生命的狂喜、伤恸和激情。这种“刹那主义”状态不仅与艺术审美时的心理状态相似，还应该成为生活的“指南”。只有在刹那主义的指导下，生活的戏剧性和斑斓色彩才能体现出来。在佩特看来，艺术和生活之间不是相互脱节而是相互“训练”的，他通过小说《马利乌斯——一个享乐主义者》形象地表达了“刹那主义”。佩特写道：“我们经历的所有真实的事物都不过是些飞逝而过的印象而已……这就足以使他考虑：怎样凭借智慧的力量最大限度地利用那些一闪即逝的真实时刻。”②

2. 奥斯卡・王尔德及其《道林・格雷的画像》

佩特的《文艺复兴》得到王尔德的高度赞赏，王尔德在晚年甚至随身携带这本书。他在一封给友人的信中谈道，佩特的《文艺复兴》“对他的生活产生了如此奇特的影响”③。王尔德是佩特的支持者，也是继佩特之后英国唯美主义的传承者，用王尔德的儿子维维安・贺兰的话说，“父亲真的对佩特着了迷”④。王尔德用自己的评论、随笔和文学创作将英国唯美主义推至高峰，并且在很多方面表现出法国式唯美主义的颓废特征。

王尔德出身于爱尔兰都柏林一个中产阶级家庭，原生家庭为王尔德提供了良好的教育环境，使他精通法语和德语。他先后在都柏林圣三一学院和牛津大学莫德林学院就读，由此打下了坚实的古典文学基础。在

① 沃尔特・佩特：《文艺复兴》，李丽译，外语教学与研究出版社 2010 年版，第 303 页。

② 华特・佩特：《马利乌斯——一个享乐主义者》，陆笑炎、殷金海、董莉译，哈尔滨出版社 1994 年版，第 87 页。

③ Oscar Wilde：*The Complete Letters of Oscar Wilde*，Fourth Estate，2000，p. 735.

④ Vyvyan Holland：*Son of Oscar Wilde*，Oxford University Press，1987，p. 27.

大学期间，王尔德受到了佩特和罗斯金思想的影响，接触了拉斐尔前派的作品。大学毕业后，王尔德移居伦敦，进入时尚文化和社交圈。伦敦的大都市氛围非常适合王尔德高调的个性。他参加各种文艺、时尚活动，以华丽的穿着、敏捷的才思、犀利机警的谈吐很快成为英国文化圈的知名人士，并到美国和加拿大讲学，引起了很大的轰动，客观上推动了美国唯美主义的发展。

1891 年，王尔德唯一的长篇小说《道林 · 格雷的画像》出版，这部小说是唯美主义文学的经典之作，也是王尔德思想和个性的浓缩。小说借助道林、亨利勋爵、画家巴西尔等形象刻画出恋物癖、丹蒂、艺术至上者的言行举止和心理图式，并用奇情异志挑战了主流社会伦理道德的圭臬，呈现出颓废的情趣和犀利的讥刺。王尔德承认，这部小说受到佩特的享乐主义和于斯曼的小说《逆天》的启发。比如，亨利勋爵就被刻画为一个典型的享乐主义者形象，并试图以此影响道林。亨利反对占据社会主流的清教徒式的理性、平淡、冷峻的生活，他预言了一种不同于清教徒生活的全新的享乐主义生活观念的出现。清教徒式的生活隐藏了注重效率、实用至上的潜在密码，适应并推动了资本主义原始积累阶段工商业的发展。作为唯美主义者的王尔德则高举反对清教主义的大旗，《逆天》甚至直接成为一个重要意象"黄皮书"参与该小说故事的发展。

细究起来，《道林 · 格雷的画像》表现的享乐主义与佩特的享乐主义并不相同。《道林 · 格雷的画像》中的亨利勋爵有意无意地曲解佩特在《文艺复兴》与《马利乌斯——一个享乐主义者》中提出的享乐主义思想。[①] 佩特试图调和肉体与精神、感性与理性之间的疏离，实现人性的和谐发展；而王尔德走的是世俗化、肉身化的路径，偏重感官层面的享受，更靠近法国式的颓废特征。佩特曾在 1891 年发表的一篇评论文章中批评

① Gerald Monsman: *Gaston de Latour: The Revised Text*, ELT Press, 1995, p. xi.

王尔德:"真正的享乐主义的目标是实现人类整体的完整和谐发展。王尔德先生笔下的'英雄人物'缺乏道德感、正义感和罪恶感,他们随心所欲……这就显得非常浅薄,将享乐主义庸俗化了。"①后来,王尔德也因为这部小说引起的争议受到牵连,陷入与媒体和评论者的口水战中。

王尔德的创作重心是戏剧和童话。1891年,他在巴黎开始用法语创作剧本《莎乐美》。一年后,该剧在法国舞台上首次彩排亮相,由于在英国舞台上禁止搬演圣经题材的剧作,因此该剧作没有拿到英国的演出执照。又过了一年,该剧作在法国正式出版,这部剧作的英译本加入了当时颇具争议的英国天才插画家比亚兹莱的插图,因此受到更多人的关注。王尔德的主要戏剧作品还有《温德米尔夫人的扇子》(1892)、《帕都瓦公爵夫人》(1893)、《认真的重要性》(1895)和《理想丈夫》(1895)等。他的戏剧在英国一度颇受欢迎,他是维多利亚晚期英国最成功的剧作家之一。《莎乐美》是最具唯美主义风格的戏剧,该戏剧通过先知约翰和莎乐美的冲突,表现了禁欲主义和审美至上者的冲突。莎乐美最终达到了目的,得到了约翰的吻,为此牺牲了数人的性命,她自己也殒命当场。整部剧由此带上了惊悚恐怖的气氛。这从另外一个角度说明,王尔德将"美"魅惑化,使其成为某种类似神秘主义崇拜的对象——艺术宗教化。人的性命成为崇拜和追寻美的祭品,从反面将"美"提高到至高无上的地位。事实上,"美的魅惑"也是《道林·格雷的画像》的主题之一。道林美貌的崇拜者最终都死于非命,包括他自己在内。该小说围绕"美"形成了一个权力场,彰显了某种权力关系,把对权力话语的觊觎与禁忌和死亡相联系。莎乐美不惜一切代价只为得到约翰的吻,即在刹那与永恒之间选择了前者,或者说是将刹那当作永恒,这显然是对佩特提炼出的刹那主义思想的延续。王尔德的一些童话故事中也表现出唯美主义特征,比如《渔夫和他的灵魂》

① Walter Pater:"A Novel by Mr Oscar Wilde", *The Bookman*, No. 4, 1891, pp. 59-60.

(1891)、《快乐王子》(1888)、《夜莺与玫瑰》(1888)等，突出“美拯救人生”的主题，以艺术至上的尺度批判了拜金主义、实用主义对美的践踏。

王尔德在许多评论与随笔中阐释了唯美主义理论，主要包括以下几个方面：

一是艺术自足。王尔德认为，“除了表现自身，艺术不表现任何东西”①，“唯一美的事物是那些与我们无关的事物”②。艺术不应去模仿任何东西。艺术的模仿性越强，就越不能向我们再现时代精神，一切坏的艺术都是由试图模仿生活和自然造成的，艺术的真正目的在于讲述“美而不真实”的故事。换句话说，艺术就是“撒谎”，讲述“美而不真实”的故事才是艺术的真正目的。这样一来，艺术就与外部世界切断了联系，也就与功利主义保持了距离。在艺术中真正具有价值的是艺术家的创造力。

二是艺术至上。王尔德支持艺术高于生活，这里的“生活”主要是指普罗大众的生活。受到罗斯金、莫里斯、阿诺德等当时英国文化批评者的影响，王尔德作为唯美主义者，在面对大众时往往持一种“化大众”的文化精英姿态。他认为生活(包括自然)模仿艺术远胜于艺术模仿生活。艺术家不必理睬大众，大众对艺术家而言并不存在。艺术应该起到引领大众、提升社会审美的作用。“艺术作品应该主宰观众，观众不应主宰艺术作品。”③此外，王尔德还说，艺术改变了我们看待自然的方式。通过艺术熏陶，人们具备了审美眼光，就能从自然中发现美。艺术家与大众的“看”是不一样的，艺术家将人的感官从自然主义式的生理功能上超脱出来，使之进入了美学的考察视野。

---

① Oscar Wilde: “Intentions”, in Josephine M. Guy, ed.: *Complete Works of Oscar Wilde*, Vol. 4, Oxford University Press, 2007, p. 96.

② Oscar Wilde: “Intentions”, in Josephine M. Guy, ed.: *Complete Works of Oscar Wilde*, Vol. 4, Oxford University Press, 2007, p. 102.

③ Oscar Wilde: “The Soul of Man”, in Josephine M. Guy, ed.: *Complete Works of Oscar Wilde*, Vol. 4, Oxford University Press, 2007, p. 258.

三是形式主义。王尔德否定艺术的模仿论,主张艺术不在于表现外部世界,艺术的美感就来源于形式媒介。对于诗歌而言,形式便是诗行的韵律。诗歌的音韵美实际上就是语言的形式美、文字的音乐美。和佩特相似,王尔德也认为音乐是艺术的本质和最高美感,纯粹的艺术应当取悦耳朵,艺术应遵循耳朵的愉快法则,“关于音乐的真理就是关于艺术的真理”①。事实上,形式主义是艺术自足、艺术至上逻辑之延续,艺术的形式就是艺术的媒介,是艺术家的领地,也是创造力的体现。

四是感官解放。王尔德提倡艺术家式的审美能力,认为在面对同样的对象时,只有艺术家式的感官才能捕捉微妙的美感,艺术家应该为锤炼人的感官而创作。他谈道:“服从自己的印象,这是艺术生命的奥秘——艺术与其说是感官专制下的逃避,还不如说是灵魂专制下的逃避。”②理性主义和宗教传统注重灵魂、忽视肉体,二者与工业文明“合谋”降低了人的感性能力,真正的艺术应当高扬这种能力,这就需要从感官的解放开始。也正是出于感官解放的考量,王尔德高度评价波德莱尔,认为他的作品“能使我们在一小时内经历的比在几十年的可耻生活里经历的更多”③。

五是生活的艺术化。王尔德提倡艺术高于生活,让生活向艺术提升,让生活模仿艺术。他认为活着就是要成为一件艺术品,他自己的言行举止和穿着打扮就呈现出高度艺术化(形式化)的特征。“王尔德的影响已涵盖了家具,以至于服装。而他就做了一个示范。”④作为一个明星式的人物,王尔德自身携带的文化意义早已溢出文学的范畴。他十分看重装

① Oscar Wilde: “Intentions”, in Josephine M. Guy, ed.: *Complete Works of Oscar Wilde*, Vol. 4, Oxford University Press, 2007, p. 158.

② 奥斯卡·王尔德:《英国的文艺复兴》,见《王尔德全集:评论随笔卷》,杨东霞、杨烈等译,中国文学出版社2000年版,第27页。

③ Oscar Wilde: “Intentions”, in Josephine M. Guy, ed.: *Complete Works of Oscar Wilde*, Vol. 4, Oxford University Press, 2007, p. 171.

④ 赫伯特·洛特曼:《王尔德在巴黎》,谢迎芳译,作家出版社2011年版,第34页。

饰艺术的效果，尤其是对墙纸的运用颇有见地。王尔德关于装饰艺术和家庭用品实用小窍门的讲座在英美两国吸引了大批观众。1882 年，王尔德前往美国，开始了他自我宣称的“传美之旅”巡回演讲，主题为“英国文艺复兴”。这个标题一方面表达了王尔德对佩特的崇敬及对其思想的应和，另一方面显示出王尔德试图将审美（艺术）与英国新时代的文艺精神捆绑在一起。他说：“艺术始于抽象的装饰，始于纯粹的想象和愉悦的作品，以表现非现实和不存在的事物。”①装饰性指的是艺术高度形式化和非模仿性的特征，并且装饰艺术也是最能“嵌入”生活的艺术，对艺术装饰性的看重正是唯美主义思潮的特征之一。

在当时较为保守的英国文化环境中，王尔德的许多言行招致以中产阶级为主体的主流社会的非议，他的丑闻官司引起社会的广泛关注和热议，他本人也遭受牢狱之灾。出狱后的王尔德已不复当年的风光，不久便因病郁郁而终。王尔德的入狱标志着英国唯美主义的高潮已经过去。

王尔德的长篇小说《道林·格雷的画像》对艺术与美的思索和表达极具风格化，也留下了广阔的阐释空间。该小说围绕一个艺术青年道林·格雷和他的自画像之间的奇妙关系展开。道林的心理动机与行为都受到画像变化的影响，他将画像当成确证自己的镜子，画像（艺术）成了主导人（现实）的力量。同时，工艺技术的发展为肖像画在大众生活中的普及提供了条件。肖像画既是一种生活用品，又是一种艺术品。在个人自我意识的发展过程中，肖像画起到了举足轻重的作用。“自画像中的一个凝视、几个标记构成了一部关于自己的小说。”②这里就蕴含了一个精神分析式的关于人与自我关系的隐喻，从而触发精神分析语境中的“凝视”行

① Oscar Wilde: “Intentions”, in Josephine M. Guy, ed.: *Complete Works of Oscar Wilde*, Vol. 4, Oxford University Press, 2007, p. 84.

② 菲利浦·阿利埃斯、乔治·杜比：《私人生活史》（Ⅱ），洪庆明等译，北方文艺出版社 2007 年版，第 492 页。

为,引出有关“自恋”的心理机制。

道林的命运的转折,是从他看到画家巴西尔为他画的肖像开始的。他顾影自怜,哀叹容颜易老,画像却青春永驻,并希望能够反转,将衰老转嫁于画像,将青春留给自己,为此他不惜出卖灵魂。西方绘画的透视法原则能够起到塑造“主体”的意识形态的作用,它所呈现的是一个稳定的和连续的整体,并建构起一种完整的视像,将观众塑造成一个先验的主体或想象中的统一体。这件惊人的艺术杰作成功地诱发了道林的凝视,使他意识到以前从没意识到的自己的美在逐渐显露。从拉康的精神分析理论来看,凝视是使观看变得可能/不可能的原因和机制。观众在凝视的时候,其实已经携带并投射了自己的欲望,进入了一种镜像关系——将自我想象为他者,将他者指认为理想自我,而对主体的建构就是从对想象中的自我的指认开始的。道林将画中像指认为自己,对画爱不释手,并坚持将画据为己有。他对画像的狂热让巴西尔感到惊异,巴西尔以为道林终于开始欣赏起自己创作的艺术作品了,而道林对此的回答是:这幅画已成为他自己的一部分。

道林因迷恋画中像而不能自拔并改变了自己的人生轨迹,这早在小说一开始就有暗示。靡菲斯特式的亨利勋爵从看到道林画像那一刻起就说:“他是一束水仙。”①画像仿佛具有魔力,这表现在:其一,随着道林不断伤害他人,画中的道林日益变得面目可憎,而他本人却青春感依旧;其二,道林每次作恶后都会受到蛊惑性力量的影响去一窥画像的变化,尽管他对此感到惶恐不已。道林在印证了这一变化后,虽然感到恐惧与厌恶,但仍然有一份欲罢不能的自足,仿佛他和画像之间的某种默契。根据文本的描述,发现画像变化的除画家之外始终只有道林,直到道林死后,第

① 奥斯卡·王尔德:《莎乐美 道林·格雷的画像》,孙法理译,译林出版社2000年版,第48页。

三人才真正看到画像,此时的画像又恢复了往昔般韶秀俊美。这提供了一种解读路径:我们可以将画像的变化理解为一种隐喻,是道林在对艺术品的凝视中产生的幻想,是他出卖自己灵魂的心路历程,是他的自我意识中自我形象的变化在画像中的投射——他看画,也被画看,囿于看与被看的结构中。“看着那画的变化倒真有趣,它能让他深入自己思想的底奥。这画会成为他一面最神奇的镜子。它已经向他揭示了他的外形,同样也能向他揭示他的灵魂。”①我们还要注意道林很快将画像搬进抚养他成人但与他关系紧张的祖父用过的书房,那是一处道林不愿触及的地方——联系着他独特的身世与凄惨的童年。幽闭的空间、昏暗的光线、童年的某种创伤情境,这些因素正是诱发凝视的催化剂,因为当凝视行为发生在一个幽暗的封闭的空间时,处于其中的凝视主体,无论他是否意识到,都容易被视像俘获与征服。

画家巴西尔是另一个能看到画像变化的人。在道林第一次对变化的画像感到惴惴不安时,巴西尔已经有所预感,他闯进道林的住处,一是质问道林对其恋人西比尔之死的看法,二是坚持要看一看自己的杰作。在苦苦哀求进而遭到道林的严词拒绝之后,巴西尔向道林袒露自己创作的秘密:“……我在画时每一笔色彩、每一层色彩都好像在揭示出我心里的秘密。我开始害怕,怕别人会知道我的崇拜。道林,我觉得我已经表现得太多,放进了太多的自己。”②那么画家的秘密是什么,崇拜的又是什么呢?他说道:“道林,从我见到你的那一刻起,你的美貌就对我具有了非常独特的影响。我的灵魂、头脑和力量都被你统治了。”③与其说是与人告

① 奥斯卡·王尔德:《莎乐美 道林·格雷的画像》,孙法理译,译林出版社 2000 年版,第 147 页。

② 奥斯卡·王尔德:《莎乐美 道林·格雷的画像》,孙法理译,译林出版社 2000 年版,第 156 页。

③ 奥斯卡·王尔德:《莎乐美 道林·格雷的画像》,孙法理译,译林出版社 2000 年版,第 155 页。

白，不如说是自我坦白，他已经成为道林之“美”的崇拜者，并借助艺术创作投射了理想自我。“每一幅带着感情作出的画都是画家的自画像……模特儿只是偶然的临时的东西。画家在色彩斑斓的画幅上揭示的与其说是模特儿，毋宁说是画家自己。”①道林的青春容颜如精美的艺术品诱惑着画家的凝视，画家在其中拓展想象空间，并投射自己的欲望。而在道林堕落之后(两人在精神意义上的割裂)，画家的艺术生命也宣告终止。崇拜，除虔诚之外也伴随着惶恐，那是一种理想自我破碎后的恐惧，打破了凝视与幻想的恐惧。

对道林的命运产生影响的另一件艺术品是亨利勋爵送给他的黄皮书。这本书搭建起道林幻想的舞台，维持着道林的欲望。道林顺着黄皮书中主人公的轨迹逐渐走向享乐与颓废，“他感受得越多，欲望也越多。他有疯狂的欲望，越满足越贪婪的欲望”②。在艺术与艺术品构成的“镜像”中，道林指认出了自己，他将自我一分为二，将自我当作客体来认识，这标志着他的自我意识开始觉醒并逐渐摆脱赤子(美少年)状态，进而产生了强烈的欲望。

艺术诱发凝视，使主体逃离象征界进入想象界，并投射出自己的欲望，获得了想象中的满足。但欲望总是指向不存在之物，指向永远的匮乏，它无法依靠现实中的对象得到满足，因此欲望因寻找自身而不断置换着各种对象，或者说欲望在寻找其对象的过程中得以维持。换句话说，主体不断寻找其欲望对象，而这种寻找行为本身印证了欲望之不可得。

占有表象成为寻找欲望对象的最好注解。道林在被画像和黄皮书诱发凝视后的人生轨迹就是不断占有美的表象的历程，他沉浸在唯美的艺

① 奥斯卡·王尔德：《莎乐美　道林·格雷的画像》，孙法理译，译林出版社2000年版，第51页。

② 奥斯卡·王尔德：《莎乐美　道林·格雷的画像》，孙法理译，译林出版社2000年版，第168页。

术/艺术品中不断追寻欲望、占有表象,他也作为表象化的符号被他者占有。王尔德曾说:“自恋是一生的浪漫故事的开端。”[①]道林正是“一树水仙”,一个那喀索斯式(Narcissos)的人物。他的主体塑造始于发现自己的“美”,终于跌入“美”的深渊:他一生徘徊于混淆的影子与现实之间。画像让他意识到自我之美,使他逐步开始对主体的建构,也使他以占有表象的方式来占有自我,当然那是一个虚幻的自我。他时常孩子气地模仿那喀索斯,曾整个早晨坐在画前,凝视着画。从此,道林与他者的联系,即对现实世界的把握也只剩下表象。

道林对演员西比尔的迷恋,始终不曾指向西比尔本人,而是她在台上的一颦一笑与一招一式、行头打扮与美妙声音。道林指称西比尔的,也是剧中角色的名字,以至于他会为有人想在演出结束后介绍自己认识西比尔而大发雷霆:“……朱丽叶已经死了几百年,尸体还躺在维洛那一个大理石坟墓里。”[②]他甚至将两人的约会过程搬演到剧本上:“罗瑟琳的双臂搂住了我,我亲吻了朱丽叶的嘴唇。”[③]道林已经将西比尔牢牢地钉死在舞台与戏剧中,她不再是她自己,“西比尔”只是一个能指的符号。当西比尔坠入爱河时,她选择演砸自己的角色以破坏舞台表演的规则——演得装模作样、矫揉造作。在她看来,这种令观众“出戏”的方式也能使她跳出道林所搬演的莎士比亚式的“爱情戏剧”,可这对道林来说却是戳破了他的爱情表象,以致他歇斯底里,认为对方杀死了他的爱情。西比尔因道林而死,道林为了弥补内心的愧疚,让巴西尔画一幅肖像作为纪念她的方式——他要把西比尔永远框在那镜像之中。道林所迷恋的只是爱情的表

① 奥斯卡·王尔德:《供年轻人使用的至理名言》,见《王尔德全集:评论随笔卷》,杨东霞、杨烈等译,中国文学出版社2000年版,第489页。

② 奥斯卡·王尔德:《莎乐美 道林·格雷的画像》,孙法理译,译林出版社2000年版,第96页。

③ 奥斯卡·王尔德:《莎乐美 道林·格雷的画像》,孙法理译,译林出版社2000年版,第118页。

象与倒影。一旦表象被戳破，爱情对他而言就不复存在，正如道林所言："我从诗歌里找到了爱情，从莎士比亚的戏剧里找到了妻子。"[①]后来，道林爱上了农村姑娘海蒂，因为她非常像西比尔，不过道林很快就抛弃了她。道林开心地和亨利勋爵谈论他和海蒂的爱情，倒不是因为爱情的愉悦，而是他把这次经历当作一种行善的举动——在海蒂没有完全陷入爱情的时候离开她，让她还像自己初见她时那样美丽如花。道林和海蒂之间的恋情又是一个"影恋"：首先，从相貌上说，海蒂不过是西比尔的替身与影子；其次，他和海蒂的恋情从某种程度上说是对初恋的搬演；最后，他把这次爱情的终结当作一种"骑士行为"，是自己"行善的仪式"。

在黄皮书的影响下，道林对表象的占有更加频繁。他一度对宗教产生好奇，却又不正式接受任何信仰；他也学习香料的制法，研究音乐与各式乐器并收集珠宝、手工艺品，但又很快把它们抛弃。占有表象本身并不能真正满足欲望，"并没有指向已被符号化的内容，而是阻止我们接近它，使之处于不可见的状态"[②]。最能体现道林对表象的占有欲的例证，莫过于占有艺术品的物质载体。道林专门请工匠把肖像装裱起来，仅供自己观赏；他还将黄皮书装饰成不同样式以配合多变的心情。这是一种典型的恋物癖的表现，而所恋之物本身正是被掏空了的真实的填充物，最终只能印证欲望对象的匮乏。

如果说道林是迷恋自己倒影的那喀索斯，那么画家巴西尔和演员西比尔则处在迷恋那喀索斯的厄科(Echo)之位，他们分享的是爱的影子的影子，是自恋之爱的回声。于是，围绕道林和画像之间的关系的故事也印证了另一个关于"欲望"的精神分析式解读：凝视所投射的欲望

① 奥斯卡·王尔德：《莎乐美　道林·格雷的画像》，孙法理译，译林出版社2000年版，第118页。

② 斯拉沃热·齐泽克：《实在界的面庞》，季广茂译，中央编译出版社2004年版，第109—110页。

永远是他者的欲望,即“我”欲望着他者的欲望。“在凝视存在的那一刻起,‘我’已经是某个他人,因为‘我’察觉到自己正在成为他人凝视的对象。”①凝视揭示了他人的存在给予“我”的结构性功能,“我觉得”有某个他人在凝视着“我”,“我”在他人的凝视中发现了自己。这是看/被看、自我/他者之间的微妙关系。从某种程度上说,欲望的“他者化”是对欲望之匮乏的另一种注脚。

道林不断在欲望能指之间游移、辗转,这是他追寻欲望所指的努力与象征。根据上文所述,欲望对象始终是一种缺位,作为一种能指,指向“无”,指向永远消失的东西。欲望的结构中隐含了“存在/在场/满足”与“匮乏/缺席”的关系,“欲望是一种存在与匮乏的关系。确切地说,这一匮乏是存在的匮乏……存在就是据此而存在着”②。从这个意义上说,主体对欲望对象之在场的渴求同时也印证着欲望对象之缺席,这个一体两面的结构既是凝视存在的依据,也是对艺术的精神分析式的注解:艺术占据了欲望对象的位置,却并非真正指向欲望,而是与欲望维持一种内在平衡的关系,并分享着欲望对象的匮乏。于是,艺术审美是对主体凝视行为的“规训”,它诱惑主体随时乘兴而来,又提醒主体适时尽兴而去,因为欲望永远在“别处”。

道林被艺术/艺术品所诱惑并产生凝视、投射欲望,他虽然对画像的变化感到无比惶恐,但仍不可遏制地甘愿被它捕获,直至最后完全落网,完全陷入艺术/艺术品的“审判”之中。可以说,艺术诱发凝视,令道林匍匐在艺术的“权杖”之下,将艺术指认为现实,混淆了缺席与在场之间的关

---

① Jacques Lacan: *The Seminar of Jacques Lacan, Book I: Freud's Papers on Technique, 1953–1954*, John Forrester, trans., Cambridge University Press, 1988, p. 215.

② Jacques Lacan: *The Seminar of Jacques Lacan, Book II: The Ego in Freud's Theory and in the Technique of Psychoanalysis, 1954–1955*, Sylranna Tomaselli, trans., Cambridge University Press, 1988, p. 223.

系，让道林陷入艺术与现实、表象与真实、肉体与灵魂的多重镜像中不能自拔，从而使道林建构了自恋/自卑的两位一体的主体意识。于是，道林的死亡轨迹得以呈现：他试图越过缺席抵达在场，但抵达的只是“存在的匮乏”的情境。道林以为杀死自己的画像就能杀死过去，获得彻底的解脱，却打破了欲望与艺术之间的契约和平衡，他在刺向画像的同时杀死了自己，而画像恢复了韶秀俊美。这构成了一个关于“谋杀/自杀”的隐喻——道林由于厌弃另一个“自我”的存在而杀死一个想象中的他者/自我，这是典型的镜像式心理征候、一次精神分析式的“死亡”。

画家巴西尔用自己的眼睛诱发了道林的凝视，并诱惑他越过缺席去抵达在场，这本是画家的“胜利”——他洞悉某种“天机”，并向他人泄露“天机”。可惜画家为此付出代价并死于非命，死于他自己捕获的欲望对象之手。巴西尔和道林的死亡轨迹从某种程度上说是相似的：道林是他的欲望对象，在道林身上，他维系着自己的欲望，分享着欲望与匮乏，这是他把道林视为他的理想与艺术生命的原因。当他去道林那儿强行窥视画像，追问道林的灵魂并努力加以感化，试图窥视表象后的真实时，他也成了艺术与欲望的俘虏。尽管此时巴西尔还怀有某种天真的幻想，以为可以挽救道林的灵魂，但在道林看来，酿成自己悲剧的元凶就是诱使自己凝视的画家和他的杰作。道林手起刀落，结束了画家的生命。画家是另一个试图越过缺席抵达在场的以身涉险者，却死在了自己的欲望对象手中。

西比尔也曾困兽犹斗，她认为真爱把她的灵魂从囚牢里解放了出来，可惜她占有的“真爱”不过是道林的自恋之爱。西比尔的可爱与可怜之处在于她曾经一度觉醒，试图通过戳破艺术的方式来穿透爱情的表象，却在逃脱中陷落。她试图越过搬演的爱情之虚假程式，打破艺术与现实之间的镜子，但换来的只是破碎的镜花水月，结束自己的生命似乎成了“最合理”的选择。在精神分析视野中，忘我的他恋与狂热的自恋是一体两面的关系，因为从恋人那里获得的正是某种想象中的理想自我。

在现代主义画家展现内心世界的所有方式中，自画像最能够拉近他们与观众之间的距离。“这些投向镜子的目光是主观想法的印记，虽然一般说来不至于病态到自恋症的程度，但是也足够自信到作为画家自我陶醉的证据。”①结合小说中的“那喀索斯”隐喻，小说中的“自恋”是艺术家式的自恋（艺术的宗教源于个人主义的崇拜），是艺术家通过艺术之力改变现实局面的“自满”，这是唯美主义者的普遍心态。

3.《黄面志》及其相关人物

提到王尔德就不得不提到比亚兹莱。比亚兹莱为王尔德的《莎乐美》创作过插画，也曾任《黄面志》杂志的美术编辑，共为杂志贡献了 17 幅插画，还设计过《黄面志》的封面。由于王尔德和比亚兹莱的关系，人们往往认为王尔德与《黄面志》杂志有密切联系。实际上王尔德并不喜欢《黄面志》。王尔德还批评过该杂志，认为它沉闷可厌，是失败的。王尔德也并不喜欢比亚兹莱，两人打过几次交道，均不欢而散。比亚兹莱曾为《黄面志》向王尔德约稿，但没有成功。比亚兹莱还为王尔德翻译过原本用法文写就的《莎乐美》，但未得到王尔德的欣赏，王尔德没有采用他的译文，这让比亚兹莱白忙一场。当《莎乐美》准备出版时，出版商委托比亚兹莱创作插画，结果大获成功。许多读者对插画情有独钟，反而忽略了王尔德的文字，这让王尔德非常恼火。他曾向别人抱怨过比亚兹莱的插画，对其持否定态度，认为那不是他想要的风格。经过这些事件，王尔德与比亚兹莱之间已经颇有嫌隙，但在主观印象上公众已经将两个人联系在一起。造化弄人的是，由于一起轰动的性丑闻，王尔德、《黄面志》杂志以及比亚兹莱都遭受了灾殃。1895 年 4 月，王尔德因同性恋罪名遭到逮捕，在他被

① 彼得·盖伊：《现代主义：从波德莱尔到贝克特之后》，骆守怡、杜冬译，译林出版社 2017 年版，第 63 页。

警察带离住所前，在得到警察的允许后，他顺手拿了一本黄色封面的书随身携带。结果在第二天，《朴次茅斯晚报》就戏剧性地描述了王尔德被捕时的情景，并将带走的书指认为《黄面志》杂志。这样一来，由于王尔德的名气和他同性恋事件的巨大社会影响，公众将愤怒的矛头指向了充满争议的《黄面志》，杂志社办公室的玻璃被人用石块砸碎。这场风波成为比亚兹莱被解雇的导火索。事实上，王尔德带走的是皮埃尔·路易斯的《阿芙洛狄特》。

《黄面志》杂志是由伦敦的约翰·莱茵书店出版发行的文艺季刊，由美国作家亨利·哈兰任主编，在 1894 年至 1897 年间共发行十三期。由于杂志封面为黄色，故名为"黄面志"。《黄面志》刊发的作品类型广泛，涵盖诗歌、小说、随笔、插画等。以《黄面志》杂志为阵地，一批具有颓废倾向的青年作家开始崭露头角，他们一改当时英国文坛盛行的道德主义风气。这些作家包括欧内斯特·道森、阿瑟·西蒙斯、乔治·吉辛、乔治·摩尔、叶芝、埃德蒙·戈斯等。此外，还包括长期旅欧的美国作家亨利·詹姆斯，《黄面志》第一期就收录了他的作品《狮子之死》。《黄面志》作家群的创作风格比较多元，有浪漫主义风格、自然主义风格等，但主导风格是颓废和唯美。《黄面志》和另一刊物《萨伏伊》[①]成为英国 19 世纪末唯美派文学的阵地。

西蒙斯作为英国颓废派的倡导者，于 1893 年发表了《文学中的颓废主义》一文，介绍法国颓废派和象征主义诗人。在这篇文章的基础上，他又发表了评论集《象征主义文学运动》(1899)，这部评论集成为 20 世纪初中国学界介绍欧洲唯美主义和颓废派运动的参考书。西蒙斯还提到"颓废"和"世纪末"的意象，他在诗中指出："一部分淫荡、一部分唯美，这就是'世纪末'的艺术追求。"[②]西蒙斯自己的诗歌也有浓郁的颓废倾向，表现

① 《萨伏伊》：文艺评论杂志，由作家伦纳德·史密斯、阿瑟·西蒙斯和比亚兹莱于 1896 年在伦敦创办，共八期。它的定位和《黄面志》类似，反对维多利亚时代的道德主义和物质主义。

② Lisa Rodensky: *Decadent Poetry from Wilde to Naidu*, Penguin Books, 2006, p. 52.

出新颖、怪异、瞬间的感觉经验和感官印象,尤其是对“人工美”的欣赏,具有浓郁的法国颓废派气息。比如他在诗集《轮廓》中采用了“广藿香”(Patchouli)意象,广藿香指一种原产于菲律宾、印度等地的唇形科植物,它是当时制作香料、香水的一种原料,传统的诗歌很少采用这种生僻、造作的(人工)意象,这不禁令人想起于斯曼和王尔德的那些具有挑衅性的颓废作品,为此,西蒙斯遭到一些英国评论家的批评。西蒙斯在他的诗集《轮廓》的再版序言中回应了这些批评,他说:

> 就我个人而言,我爱都市胜过爱乡村;我们在都市中尽力找出足以与自然田园之美相匹敌的都市美。在此,所谓的“人工美”便出现了;倘若有人在这些人工美中,在这些千变万化的都市风景中感受不到丝毫美感,那我只能怜悯他,并继续走自己的路。①

西蒙斯追随法国唯美主义的“反自然”价值取向,表现都市胜于表现乡村,表现人工美胜于表现自然美,与英国早期浪漫主义的“自然崇拜”情结形成了鲜明的对比。

二、“为艺术而艺术”的爱尔兰传播

叶芝是爱尔兰诗人、剧作家和散文家,是爱尔兰文艺复兴运动的领袖。叶芝出身于爱尔兰的一个艺术世家:他的父亲受拉斐尔前派的感召,放弃成为律师的机会,投身绘画艺术;叶芝的哥哥继承父业,成为画家;叶芝的两个姐妹则投身英国工艺美术运动。叶芝出生后不久便随父母搬到爱尔兰斯莱戈居住。父母经常给叶芝讲述斯莱戈一带的民间传说,这在叶

① Arthur Symons: *Silhouettes*, 2nd ed., Leonard Smithers, 1896, p. xiii.

芝的脑海中留下了烙印,家乡的神秘传说和英雄故事丰富了他的想象力。

叶芝的创作经历了浪漫主义、唯美主义、象征主义、现代主义等几个阶段。有研究指出,拉斐尔前派的作品是“叶芝在艺术观点成形初期借鉴最多的视觉艺术”[①]。受此影响,叶芝的诗歌追求画面美与音乐美,他在诗歌《快乐的牧人之歌》中说道:“所有一切变动的事物中/按克罗诺斯(Chronos,希腊语‘时间’——(笔者注))的陈腔滥调/令人厌倦地旋舞而去/唯有辞章真正美丽。”[②]同时,由于受到印度教神智信仰和当时流行的神秘主义观念的影响,叶芝的诗歌像拉斐尔前派的诗画那样将女性、情欲与艺术之美结合在一起,具有浓郁的唯灵、神秘主义色彩。叶芝的创作在19世纪末汇入了唯美主义大潮。在给友人的一封信中,他指出自己早期的诗歌“有一种夸大了的伤感,一种多愁善感的美”[③]。由于个人生活的遭际和对社会的不满,他的诗歌具有明显的避世、感伤与朦胧的唯美倾向。他的爱尔兰民间诗歌将爱尔兰塑造为脱离粗鄙的现实社会的“乌托邦”,那里是诗的世界,也是美的国度、自由心灵的天堂,是叶芝魂牵梦萦的地方。

乔治·摩尔是爱尔兰小说家、剧作家、诗人和艺术评论家。19世纪70年代,他前往巴黎学习美术,结识了许多法国文艺界人士。在法国游历期间,他与印象派的马奈、莫奈、德加等人都有交往。他的创作和很多艺术观点具有唯美主义的倾向,比如《现代情人》(1883)和《演员之妻》(1885)等小说。在传记作品《一个青年的自白》(1886)和《我的死了的生活的回忆》(1906)中,摩尔讲述了他在法国和英国游学期间与先锋艺术家的交往,并提出了自己的艺术观点,涉及戈蒂耶、波德莱尔、李勒、西奥

---

① Elizabeth Prettejohn: *After the Pre-Raphaelites: Art and Aestheticism in Victorian England*, Manchester University Press, 1999, p. 6.

② 叶芝:《茵纳斯弗利岛》,《叶芝诗选》(Ⅰ),袁可嘉译,湖南文艺出版社2012年版,第15—16页。

③ 叶芝:《叶芝诗选》(Ⅰ),袁可嘉译,湖南文艺出版社2012年版,译序第3页。

多·庞维勒、于斯曼、亨利·詹姆斯等作家的作品。摩尔为了捍卫艺术的神圣地位而抨击当时的工业文明，他认为，机械、实用、物质使人们日渐平庸，艺术也越来越平庸，“艺术的萎缩正使我们烦恼，我们正失去我们对美的精细感觉”①。因此，必须寻找新的艺术复兴的路径，以对抗工业化的世界。他曾谈道：“在我厌倦了精神激情时，我就读《莫班小姐》，显而易见的狂喜立刻征服了我，使我迷恋。”②他也高度赞扬于斯曼的《逆天》，将其视为非同寻常的杰作：“如同拜占庭工匠铺里打造出来的黄金饰品一样吸引了我：他的风格具有拱一样的迷人魅力，一种宗教仪式的感觉，具有哥特式的激情和雕花门窗的美。”③他对佩特不吝赞美之词，认为《马利乌斯——一个享乐主义者》是唯一一部以后的文学家仍会求助的英国作品。摩尔在他的评论文章中提出了具有唯美主义性质的观点，即世界正在机器中走向毁灭，当今的艺术受到物质主义的戕害，艺术家失去创造力，在文学中的反映就是低劣的自然主义。艺术的式微导致美感丧失，人们失去对美的感受力。摩尔也表达过艺术/艺术家自律的观点：“艺术家是不受教条主义约束的，或者说，如果你喜欢用另外的说法，可以说他就是他自己的教条……”④

第三节　美国唯美主义

19世纪后期，美国与欧洲在文化艺术上的交流进一步加深，欧洲文艺思潮开始涌入美国。美国逐渐摆脱维多利亚时代中产阶级所标榜的自

① 乔治·摩尔：《巴黎，巴黎》，孙宜学译，重庆大学出版社2010年版，第386页。
② 乔治·摩尔：《一个青年的自白》，孙宜学译，江苏教育出版社2005年版，第260页。
③ 乔治·摩尔：《一个青年的自白》，孙宜学译，江苏教育出版社2005年版，第340页。
④ 乔治·摩尔：《巴黎，巴黎》，孙宜学译，重庆大学出版社2010年版，第91页。

我克制的观念,开始接受来自欧洲的新文化潮流。人们开始对中产阶级的刻板文化不满,要求更多的个人自由,表现更多的个性,随之而来的是消费主义的兴起。英国唯美主义运动在这个时期对美国社会与文化产生了极大的影响,这种影响体现在两个不同的层面:一是罗斯金式的代表"精英阶层"的审美品位和美学理念,其影响主要在文艺领域,传播范围、接受群体以高等学府与文学杂志的从业者为主,这一群体试图捍卫自己在世俗化时代文化教养方面的领导者地位;二是王尔德式的美化生活(消费)观念,即代表都市生活的审美观念,冲击了传统的清教主义,得到了一批新兴中产阶级的支持。

此外,英国工艺美术运动产生的审美风尚为美国制造业、零售业与广告业提供了重要的资源,促使美国消费主义文化逐渐形成。随着贸易和旅行的频繁及其范围的扩大,许多英国设计师、手工艺者和艺术家来到大洋彼岸,而美国的一些制造商也纷纷跑到英国学习欧洲新潮的工艺美术理念,在欧洲盛行的日本装饰艺术也在19世纪70年代风靡美国。一股由西欧飘来的唯美主义气息在美国的一些都市上空飘荡。从19世纪70年代末到80年代初这段时间里,由于美国民众对英国唯美主义运动的关注,英国《喷趣》杂志中的关于唯美主义者的漫画形象在美国大受欢迎。随着美国都市文化和艺术市场的发展,以及以英国为首的欧洲唯美主义运动的影响加深,与艺术相关的美国本土出版物激增。美国也掀起了一股类似英国审美运动(Aesthetic Movement)的风潮,这股风潮从19世纪70年代开始一直持续至90年代,旨在提高大众的生活质量。19世纪80年代,莫里斯公司设计的地毯、壁纸和纺织品在美国大范围销售,"美国莫里斯的墙纸设计几乎可以等同于当时美国人的审美品位"①。以装饰艺

① Catherine Lynn: "Surface Ornament: Wallpapers, Carpets, Textiles, and Embroidery", in D. B. Burke, ed.: *In Pursuit of Beauty: American and the Aesthetic Movement*, Metropolitan Museum of Art, 1986, p. 74.

术为中心,美国开始了工艺美术运动,从专为精英阶层打造的独特艺术品到大量生产的流行商品都体现出高超的艺术成就。政府还通过学校、博物馆和艺术类印刷品等对大众进行审美教育。"唯美主义影响了美国的自然观、宗教观、意识形态和性别观,它提供了一种精神上、物质上和社会上的别样选择,以满足美国后内战时代的需要,并适应美国城市和工业的发展。"①

在文学领域,美国并没有出现大范围的唯美主义思潮,但在欧洲哲学和文学的滋养下,美国文学界出现了两位具有重要影响并和欧洲唯美主义有千丝万缕联系的人物——埃德加·爱伦·坡和亨利·詹姆斯,他们在很大程度上"反哺"了欧洲唯美主义运动。

一、埃德加·爱伦·坡

埃德加·爱伦·坡是19世纪美国文学商业化浪潮中的一朵"奇葩",由于其创作特色与美国主流文学"脱钩",很长时间以来坡并不被美国文学界重视,直到20世纪后期人们才发现他的超前性。坡曾在《伯顿绅士杂志》《格雷厄姆杂志》和《南方文学信使》等文学杂志上多次发表诗歌、小说和文学评论。

埃德加·爱伦·坡是美国最早提出文学自律观念的人,他在接受欧洲浪漫主义诗学的基础上提出了具有唯美主义色彩的理念,他的作品流露出的某些特征已经类似戈蒂耶和波德莱尔所表现的。相比于当时的其他美国人,坡凭借其法语优势很早就接触到由库辛、斯达尔夫人等法国学者转述的康德美学思想,借鉴了受康德影响颇深的柯勒律治的美学思想。这也解释了坡的创作和理论在欧洲,尤其是在法国具有较大影响的原因。

① Michèle Mendelssohn: *Henry James, Oscar Wilde and Aesthetic Culture*, Edinburgh University Press Ltd., 2007, p. 30.

波德莱尔就很欣赏坡。波德莱尔在 1846 年读到坡的一些短篇小说，并在 1852—1857 年翻译了最喜爱的部分。1852 年，波德莱尔致信圣伯夫时谈道："这将很有必要——至少我希望如此——爱伦·坡，一位不被美国所注意的作家，将会成为法国文学界的重要人物。"①当爱伦·坡的《诗歌原理》传入法国时，波德莱尔翻译了这篇文章，他十分认同其中关于"为诗而诗"的观点，他对"感官"的强调在坡那里找到了共鸣。在评论坡的文章中，波德莱尔写道："艺术家之为艺术家，全在于他对美的精微感觉，这种感觉给他带来醉人的快乐，但同时也意味着、包含着对一切畸形和不相称的同样精微的感觉。"②可以说，爱伦·坡在法国的走红与波德莱尔的影响力不无关系。正是通过波德莱尔的译介及评价，坡的重要思想得以在不被美国文学界重视的情况下成为法国象征主义的重要宝藏。在英国，坡也影响了拉斐尔前派的但丁·罗塞蒂。由此我们可以认为，坡是"早熟"的美国唯美主义先驱，他的唯美主义倾向表现在以下几个方面：

其一，艺术自律的诗学理念。爱伦·坡在《创作哲学》(1846)中提出诗歌只关乎审美："美是诗歌唯一合法的领域。"③在《诗歌原理》中，他也提出"为诗而诗"的观点："这是一首诗，仅此而已，只是为诗歌而诗歌。"④他批评文学的说教，认为智力、趣味鉴赏力和道德感是三种不同的东西，三者职责分明：趣味鉴赏力在智力和道德感的中间，沟通两者，"智力关心

---

① C. P. Baudelaire: "Edgar Allan Poe", in Eric Warner, Graham Hough, eds.: *Strangeness and Beauty: An Anthology of Aesthetic Criticism, 1840–1910*, Vol. 1, Cambridge University Press, 1983, p. 147.

② 波德莱尔：《再论埃德加·爱伦·坡》，见《浪漫派的艺术》，郭宏安译，上海译文出版社 2009 年版，第 304 页。

③ E. A. Poe: "The Philosophy of Composition", in G. R. Thompson, ed.: *Edgar Allan Poe: Essays and Reviews*, Liberary of America, 1984, p. 16.

④ E. A. Poe: "The Poetic Principle", in G. R. Thompson, ed.: *Edgar Allan Poe: Essays and Reviews*, Liberary of America, 1984, p. 76.

真理,鉴赏力让我们感知美,而道德感则关注责任心"[①]。当然有时候诗歌鉴赏难免与智力和道德感扯上关系,但从本质上说:"诗与智力和道德感只有间接的关系。除非出于偶然,否则诗既无关真理也无关责任。"[②]坡还指出:"一旦超越美的界限,诗的范围就不会扩大。诗歌的唯一仲裁者是鉴赏力。"[③]在坡看来,诗是真正的艺术家手里的"黏土",完全是诗人的专属领地,诗歌凭借艺术家的意志和技巧而随意赋形。从这种诗学表述中,我们可以看出康德哲学的痕迹。随着德语和德国文化的传播,美国在1830—1840年掀起了一股德国文学和哲学热。坡对施莱格尔兄弟、谢林、诺瓦利斯和席勒等人均表现出研读兴趣,施莱格尔等人对康德的热烈赞扬促使坡关注康德。爱伦·坡在他的幽默短篇小说《甭甭》(1835)中开始提到康德,并在评论文章《莫诺斯与乌纳的座谈会》(1841)中开始借用康德的思想。坡在1843年的一篇评论中提到,自己一直在阅读康德的作品,并赞成康德的"共通感"(Common Sense)的说法。[④] 因此,尽管爱伦·坡没有挑明他与康德美学思想之间明确的师承关系,但二者之间存在着若隐若现的纽带。

其二,诗歌的音乐化倾向。作为诗人,爱伦·坡十分强调诗歌的音乐性,他认为:"音乐以各种不同的格律、节奏和押韵形式存在于诗歌中,音乐是诗歌的重要助手,只有傻瓜才会拒绝承认这一点。"[⑤]坡还谈道:"音

---

① E. A. Poe: "The Poetic Principle", in G. R. Thompson, ed.: *Edgar Allan Poe: Essays and Reviews*, Liberary of America, 1984, p. 76.

② E. A. Poe: "The Poetic Principle", in G. R. Thompson, ed.: *Edgar Allan Poe: Essays and Reviews*, Liberary of America, 1984, p. 78.

③ See G. R. Thompson, ed.: *Edgar Allan Poe: Essays and Reviews*, Liberary of America, 1984, p. 688.

④ Glen A. Omans: "'Intellect, Taste, and the Moral Sense': Poe's Debt to Immanuel Kant", *Studies in the American Renaissance*, 1980, p. 126.

⑤ E. A. Poe: "The Poetic Principle", in G. R. Thompson, ed.: *Edgar Allan Poe: Essays and Reviews*, Liberary of America, 1984, pp. 77-78.

乐(在节奏和韵律的变化中)在诗歌中占有如此重要的地位。”[①]“也许正是在音乐中,灵魂最接近达到我们所说的创造超越自然之美的目的。……我们可以简单地把诗定义为‘美的韵律之创造’。”[②]他在以《钟》《乌鸦》为代表的诗歌中将语言的音乐美发挥得淋漓尽致,用巧妙的和声技巧与别出心裁的押韵方式营造出动态的韵律美和微妙的情感氛围。爱伦·坡的诗具有浓厚的梦幻美和象征色彩,远离现实生活,流露出忧郁、颓废的气息。

其三,“反自然”的审美取向。之所以说爱伦·坡类似于戈蒂耶和波德莱尔,不仅是因为坡的作品流露出颓废的气息,还因为坡在审美取向上具有超前性,他像法国唯美主义者那样在“自然美”与“人工美”的天平中倾向于“人工美”,或者说,他认为人工(自由)超越自然。坡曾谈道:

> 人性的第一要素是超越自然美的渴望,这是任何现存的自然美的组合都无法给予的灵魂之美,也许,这些自然形态的任何组合都不可能完整地产生这种美。它的第二要素是试图通过那些已经存在的美的形式之间的新组合来满足这种渴望,这些组合是我们的前辈在追逐同一个幻影时已经尝试过的。因此,我们可以清楚地推断出:新奇、独创、发明、想象,或创造才是美,而美是所有诗歌的本质。[③]

也就是说,美是诗歌的本质,而自由创造是美的本质。坡在对诗歌音

---

① See G. R. Thompson, ed.: *Edgar Allan Poe: Essays and Reviews*, Liberary of America, 1984, p. 699.

② See G. R. Thompson, ed.: *Edgar Allan Poe: Essays and Reviews*, Liberary of America, 1984, p. 688.

③ See G. R. Thompson, ed.: *Edgar Allan Poe: Essays and Reviews*, Liberary of America, 1984, pp. 686-687.

乐化(形式化)的推崇中就流露出“反自然”的价值取向,他将音乐艺术的高度形式化特征与艺术家自由创造之本性(自由超越自然)联系在一起,从而超越浪漫主义,进入唯美主义思维范式中。这种价值观也通过他的小说文本得以体现。在科幻题材的短篇小说《阿恩海姆乐园》中,坡表达了自己对人工美和自然美的褒贬态度:“……大自然并不存在天才的画家可以创造的那种风景组合,现实中绝对找不到闪耀在克洛德·洛兰画布上的那种理想的乐园。在最迷人的自然风景中总会发现一点儿不足或一点儿过分,或许多过分和许多不足。”①显然,自然美的不足只能由画家发现,“在一名画家的眼中,从这颗自然星球辽阔表面人迹可至的任何部分,都可以发现被称为风景画‘构图’中的刺眼之处”②。这简直就是戈蒂耶、于斯曼口吻的“翻版”。他继而指出,在人工的艺术中,“上帝的意志感被降低了一步,被融入了与人类艺术意识相和谐或相一致的某种东西,形成了一种居于二者之间的中介”③。于是,人类的意志得以保存,而这种合成的艺术则造就了既非上帝创造亦非从上帝的本质中分离出来的全新自然。既然如此,那么艺术家的巧夺天工便凌驾于自然物之上,从而接近了可以无限创造的造物主之位。

二、亨利·詹姆斯

亨利·詹姆斯是美国文学从现实主义转向现代主义的关键作家。他出生于纽约,富裕的家庭环境使詹姆斯有机会获得良好的教育。1855—1860年,詹姆斯随父母游历欧洲,这段时间的经历使詹姆斯第一次受到

---

① 爱伦·坡:《阿恩海姆乐园》,见《爱伦·坡短篇小说全集:科幻探险卷》,曹明伦译,当代中国出版社2014年版,第181页。

② 爱伦·坡:《阿恩海姆乐园》,见《爱伦·坡短篇小说全集:科幻探险卷》,曹明伦译,当代中国出版社,2014年版,第181页。

③ 爱伦·坡:《阿恩海姆乐园》,见《爱伦·坡短篇小说全集:科幻探险卷》,曹明伦译,当代中国出版社2014年版,第184页。

欧洲文化的洗礼，为他日后走上文学道路打下了基础。

1869—1870 年，詹姆斯进行了第二次欧洲之行。他在英国遇见了罗斯金、莫里斯、阿诺德等人，在欧洲文艺圈扎下了根基。1875—1876 年，他来到巴黎，接触了印象主义绘画。此后，詹姆斯在伦敦定居，在那里他结识了王尔德。1883 年，詹姆斯在为《世纪杂志》撰写的一篇文章中表达了自己对《喷趣》杂志的喜爱。1884 年，詹姆斯再次到访巴黎，遇见了左拉、龚古尔兄弟等作家。1906—1910 年，他的 24 卷本的“纽约版作品集”作为其一生创作的总结出版。1915 年，詹姆斯正式成为英国公民。1916 年，詹姆斯在伦敦去世。

詹姆斯作品卷帙浩繁，他一生创作了近 20 部长篇小说、20 多部中短篇小说集，还有不少散文、游记、剧作、自传与文学评论，其中具有鲜明个人特色的小说有：《黛西 · 米勒》(1878)、《一位女士的画像》(1881)、《波士顿人》(1886)、《阿斯彭文稿》(1888)、《螺丝在拧紧》(1898)等。詹姆斯的中后期(19 世纪 80 年代到 20 世纪初期)创作在艺术上更加圆熟，文风渐趋隐微复杂，日益体现出唯美的特征，具体表现在：

第一，语言的形式主义倾向。詹姆斯在小说中经常使用“掉尾句”(Periodic Sentence，又译“圆周句”)将句子的主次成分前后对调，让所讲述的高潮滞后，保留悬念以调动读者紧张的神经。他往往不直接陈述，而是频繁使用双重否定和复杂的描述性意象。比如：用一堆形容词包围的代词取代最初的名词，使其远离最初的指称；动词前面加上一系列副词，加以修饰；等等。复杂冗长的句式给读者设置了一定的门槛，詹姆斯用这些复杂的句式模仿敏感的观察者所体验到的充满不确定性、朦胧的感觉印象。

第二，印象主义。19 世纪七八十年代，詹姆斯的几次巴黎之行让他受到印象主义绘画技法的熏陶，也受到唯美主义运动的影响，使他的文学创作和文艺评论倾向于印象主义视觉风格。在 1894 年的一篇日记中，詹姆斯描述了一个最终被放弃的故事"概念",他写道:"这个故事只能像私人生活一样,是印象主义的:故事的叙述者是它的旁观者。"[①]在他回忆美国印象派画家萨金特对自己的影响时,他说:"用两万字来表达它的方法就是让它成为一个印象,就像萨金特的一幅画就是一个印象一样。也就是说,我必须从我自己的角度来写,将自己作为想象中的观察者、参与者、编年史者。我必须描绘它、总结它,给它留下印象,一句话,通过使它成为我所看到的图画来压缩和限制它。"[②]在詹姆斯的小说中,印象往往作为最重要的描写对象,作品不再聚焦事件本身,而是关注事件在人物心里的印象呈现,通过专注于不同人物视角、视点和意识中心的变化,变换叙事视角,改变传统文学的叙事方式。詹姆斯对"印象"的聚焦与呈现,显然不同于普罗大众的日常"印象",而是高蹈的、精英式的艺术审美感知力。通过这种方式,詹姆斯在一个效益至上、物质主义的工业时代唤起了个体感性的丰富性,这是难能可贵的。

第三,艺术至上的理念。詹姆斯将人的主观印象作为审美对象,这与英国唯美主义的影响不无关系,其中佩特对他的启发非常关键。19 世纪末,佩特在美国极受欢迎,当时哈佛大学的学生为了阅读佩特的《文艺复兴》,不惜争相手抄。佩特将"超凡的感知能力"作为构思《文艺复兴》艺术的关键,这启发了詹姆斯。所谓超凡的感知能力与高度敏感性,就是高于常人的艺术家、审美家式的感性体验能力,这也是唯美主义者所提倡和追求的能力。詹姆斯在《金碗》《螺丝在拧紧》等作品中体现出的风格就是建立在这一基础上的。小说《阿斯彭文稿》则通过世俗价值对艺术至上价值的毁灭描述了一个典型的唯美主义式的悲剧。该小说讲述了这样一个故事:一位美国作家为了获取虚构的伟大诗人阿斯彭的遗稿,专程跑到意大

① Henry James: *The Complete Notebooks of Henry James*, Oxford UP, 1987, p. 83.

② Daniel Hannah: *Henry James, Impressionism, and the Public*, Ashgate Publishing, 2013, p. 27.

利威尼斯，处心积虑地成为阿斯彭情妇波德罗小姐的房客，并取得了其侄女蒂娜小姐的好感，但是在面对蒂娜小姐的真情时，作家临阵退缩了，心灰意冷的蒂娜小姐将文稿付之一炬。在该作品中，这份文稿(艺术品)成为一面魔镜，所有人都被它魅惑，将个人幸福寄托其上。但大家在它面前都要直面内心最真实也最原始的东西，这又令人苦恼和恐惧。小说对艺术魅惑力的表现不禁令人想起了《道林·格雷的画像》和《阿芙洛狄特》的故事内核。

詹姆斯还是一位文学理论家。他在《小说的艺术》一文中提出了艺术至上的理念，他反对当时盛行的“小说是用来消遣的”观念，认为小说是一门审美艺术，应当像音乐、诗歌、绘画等领域那样保持自己的荣耀。小说家的创作必须具有艺术性，让人们觉得是艺术品。詹姆斯指出，小说创作的目的就是表现美和真。真和美是一体的，这里的“真”是印象主义的偏向主观的“真”，“一部小说是一种个人的、直接的对生活的印象，这印象首先构成了其大小根据印象的强烈程度而定的价值”①。在《科学的评论》一文中，詹姆斯将艺术批评家提高到和艺术家同等的位置，或者说，他将两者合而为一了，批评家必须和艺术家一样具备超凡的艺术感觉和审美能力。

第四节 德国、奥地利唯美主义

德国哲学是唯美主义思想的重要理论来源，而德国哲学在文学中的直接产物是德国浪漫主义，浪漫主义是唯美主义思想的滥觞。在艾辛多夫、瓦肯罗德、蒂克、施莱格尔兄弟、诺瓦利斯等德国浪漫派那里，就出现

① 亨利·詹姆斯：《小说的艺术：亨利·詹姆斯文选论》，朱雯、乔佖、朱乃长等译，上海译文出版社2000年版，第10—11页。

了提倡艺术“无用”“无限”“无目的”等唯美主义思想雏形;而在创作特征和元素方面,则出现了孤独感伤的叙事主体、高蹈脱俗的艺术家形象以及描写感觉印象的倾向。只是由于国家发展的滞后,唯美主义在缺少社会土壤的德国本土并没有形成气候。

19 世纪中期,随着工业革命的开始,德国社会经济结构发生了变化,农业人口向工业、商业和服务业流动。大批劳动力从农村转移到城市,加速了德国工业化和城市化发展的进程。1871 年,在普鲁士王国基础上建立起来的德意志帝国实现了统一,德国第一次成为民族国家,国家的统一对城市发展具有较大的推动力,使城市化水平迅速提高。德国文学的现代化随着德国城市的兴起与工业化的发展同步进行。到 19 世纪末,德语文学界展露出现代性的苗头,开始出现非写实、非启蒙的“为艺术而艺术”的文学创作。作家关注人的情绪、感官、梦幻等潜意识、非理性领域,游走于人的印象、感觉与现实世界的边缘。

一、斯蒂芬·格奥尔格

斯蒂芬·格奥尔格是 19 世纪最具唯美主义思想和创作特征的德国诗人。他先后两次游学,前往英国、法国、意大利等国,尤其是在法国的游学让他接触到法国唯美主义和“纯诗”的理念,这为他打开了艺术的大门。他于 1892 年创办并主编主张唯美主义思想的《艺术之页》杂志,该杂志的宗旨是反对当时流行于德语文坛的自然主义,认为诗歌应与现实世界保持距离,主张艺术无功利,倡导“为艺术而艺术”,反对艺术商品化,反对平庸的社会风气。围绕《艺术之页》聚集了一批新锐诗人,他们被称为“格奥尔格圈”(George-Kreis Circle)。格奥尔格受唯美主义思想、唯意志论哲学的影响,在他看来,现代工业文明片面追求物质,导致人的堕落和异化。同时,他也批判工业文明中保守、庸俗的市民阶层。当然,对于艺术家、诗人而言,他们无法直接改变世界,在鄙视世俗世界的同时只能选择与世俗世界保持距离，沉浸在艺术的“象牙塔”中，并将艺术宗教化、宗教精英化。格奥尔格在《艺术之页》第一期的导言中用德语“Kunstfür die Kunst”表述“为艺术而艺术”，他写道：“本刊物的名称已部分地表明了它的宗旨：为艺术尤其是诗歌及其他著作服务，对所有带有国家与社会色彩的东西则避而远之。它追求的是建立在新的感觉方式与技巧基础之上的精神艺术——为艺术而艺术，因此，它是与那种基于对现实的错误看法而产生的陈腐低劣的学派背道而驰的。”①格奥尔格认为当时的欧洲文学已经流露出“颓废”的风格，这样的风格与传统文学的不同之处在于“所追求的不是发明历史，而是再现情绪；不是观察，而是阐明；不是交谈，而是印象”②。

与德国浪漫派亲近自然的态度不同，格奥尔格在自然或社会面前保持冷静而克制的姿态，追求精致的形式和华丽的辞藻，流露出梦幻的情调和颓废的情绪，这显然是唯美主义者的高蹈姿态。像许多唯美主义者一样，格奥尔格欣赏古希腊文化中注重感性和美的一面，即日神精神，代表了梦幻、静观，对美丽形体的把握，对美好外观的形塑。格奥尔格曾说：“一切都取决于，人们是不是异教徒。为了把握神性之物，人们不该忽视感性的东西，要从感性的事物中看见神性。”③

格奥尔格的代表诗集有《颂歌》(1890)、《朝圣》(1891)、《生命之毯》(1900)、《第七个环》(1907)等。格奥尔格的创作是连接 19 世纪和 20 世纪德国文学的桥梁——既对 19 世纪末德国诗歌的复兴起到了重要的推动作用，又为 20 世纪德国表现主义文学和表现主义音乐做好了准备。

---

① 斯蒂芬・格奥尔格：《〈艺术之页〉导言》，赵勇译，见伍蠡甫、胡经之主编：《西方文艺理论名著选编》(下卷)，北京大学出版社 1987 年版，第 337 页。

② 斯蒂芬・格奥尔格：《〈艺术之页〉导言》，赵勇译，见伍蠡甫、胡经之主编：《西方文艺理论名著选编》(下卷)，北京大学出版社 1987 年版，第 338 页。

③ E. 克莱特：《论格奥尔格》，见格奥尔格：《词语破碎之处：格奥尔格诗选》，莫光华译，同济大学出版社 2010 年版，第 240 页。

二、维也纳现代派

自15世纪开始,以奥地利为核心的哈布斯堡家族长期占据神圣罗马帝国(德意志第一帝国)的王座,奥地利在数百年间成为德意志的核心地区。虽然德国与奥地利在19世纪“分家”,但是同属于日耳曼民族和德语文化圈的紧密关系使得两国仍然具有向心力。

利奥波德·冯·萨赫-马索克是19世纪奥地利作家中最早表现出鲜明的唯美主义特征的作家之一。他最著名的作品《情迷维纳斯》(1869)(又译为《穿裘皮大衣的维纳斯》),就具有该特征。这部小说围绕两性间的性虐关系,展示出独特的性幻想和性癖好(恋物癖),在对残酷的两性关系充满乐趣的描绘中体现了唯美主义的重要信息:“对表面的一种美丽的宣告,让价值和物同样变成对感官的刺激,对兴趣的装潢,对美妙演出的修饰。”①这部小说被奉为“受虐”主题文学的经典和范本,英文单词“masochism”(受虐倾向)、“masochist”(受虐狂)即来源于马索克的名字,书中的男女主人公塞弗林(Severin)和旺达(Wanda)也成为男性奴隶和女性主人之间关系的象征。马索克与法国作家萨德侯爵两人的名字被组合为“sadomasochism”一词,简称“SM”,指“虐恋”。

到19世纪末,奥地利文坛迎来了猛烈的唯美主义风暴。19世纪末的奥匈帝国已经日薄西山,但政治上的颓败孕育着一股思想文化上的冲击波。人们将艺术当作逃避失意的政治、社会生活的避难所,甚至将其当作一种宗教。“在欧洲其他地方,为艺术而艺术,就是要求艺术爱好者远离社会阶级;只有在维也纳,却要求几乎整个阶级都来尽忠艺术……”②从某种程度上说,维也纳实现了唯美主义的理想之一:艺术成为现实生活

---

① 彼得-安德雷·阿尔特:《恶的美学历程:一种浪漫主义解读》,宁瑛、王德峰、钟长盛译,中央编译出版社2014年版,第275页。

② 卡尔·休斯克:《世纪末的维也纳》,李锋译,江苏人民出版社2007年版,第6页。

的替代者。除此之外，奥地利秉承天主教传统，天主教崇尚仪式感(形式感)，它“不像德国北方文化那样是道德、哲学和科学的，它主要是审美的，其最大成就便在于对艺术的应用和演绎：建筑、戏剧、音乐”[①]。就像法国唯美主义文学总是借重天主教元素。在这些因素的综合作用下，以维也纳为中心的奥地利文化圈开始迸发出强大的精神活力，各种文化相互碰撞交流，涌现出一批人文领域的人才，同时吸引了欧洲众多的艺术家来到这里，使维也纳取代德国成为德语世界先锋艺术的文化重镇，其影响力甚至超越柏林，与巴黎相媲美。

这股冲击波催生了名为“维也纳现代派”(Young Vienna，也称“青年维也纳”)的文学团体，它由奥地利的一些新锐作家、评论家组成，这些青年作者定期在维也纳的格里恩斯坦咖啡馆以及附近的一些咖啡馆聚会，探讨文艺话题。1891年，作家兼文学评论家赫尔曼·巴尔在维也纳《现代评论》杂志上发表了著名的《论现代派》一文，这标志着维也纳现代派的问世。巴尔将“颓废”作为中心概念来称呼德语现代派文学(结合格奥尔格在《艺术之页》中的评论，可以看出“颓废”作为一种美学风格在“世纪末”的盛行)。他还发表了《克服自然主义》(1891)，宣告一种以“感觉印象”为描写对象的新文学的诞生。青年维也纳的主要成员除巴尔外，还包括阿图尔·施尼茨勒、贝尔·霍夫曼、彼得·阿尔滕伯格、费利克斯·萨尔滕、拉乌尔·奥恩海默、胡戈·冯·霍夫曼斯塔尔和卡尔·克劳斯等人。此外，维也纳现代派还与弗洛伊德、现代主义音乐先驱阿诺尔德·勋伯格等人有交集。维也纳现代派不仅代表了世纪之交奥地利德语文学发展的主流，给德语文学界带来了截然不同于当时盛行的自然主义美学的新风，还助推了西方文学的现代主义转向。

巴尔是维也纳现代派的核心人物，他的主要贡献不在于创作，而在于

① 卡尔·休斯克：《世纪末的维也纳》，李锋译，江苏人民出版社2007年版，第5页。

提出了具有前瞻性、纲领性的文学理论。《克服自然主义》是他的代表作，也是整个维也纳现代派的纲领性文章。巴尔在这篇文章中，将艺术的目的视为艺术家本质的表达，他认为艺术家应凭借发自内心的强大感染力去影响他人，从而奴役和支配他们。巴尔受到意志主义哲学的影响，将艺术作为"意志"的外显，认为艺术家是"意志"的代言人，在改变庸俗的世界。为了承载这一使命，巴尔认为必须改变自然主义式的写作。他断言，自然主义统领艺术潮流的时代已经过去，马上到来的是心理学时代，也就是说，文学要表现人的心理。新的文学如何表现人的心理呢？巴尔认为："当古典主义在谈人时，他们所说的是理性和情感；浪漫派谈人时，是讲激情和感官；而现代派谈人，则是讲神经。……我认为，将由一种神经的浪漫派来克服自然主义，或毋宁说一种神经的神秘性来克服自然主义。"① 可以说，巴尔倡导的"文学心理学"是自然主义(神经研究)与浪漫主义(感性激情)的融合。因此，在巴尔看来，自然主义并非一无是处，它是"文学心理学"的准备。"我们也可以把自然主义看作是神经的高等学校，在这里，艺术家的感觉得到崭新的提高和全新的训练，培养出极为精微和细腻的感受性，以及对超出常例的无意识的自我意识力。"②他把"文学心理学"(神经)称为"新唯心主义"，也称维也纳"心理艺术派"。根据巴尔的表述，我们可以认为，新唯心主义文学是浪漫主义经过自然主义"淬火"后的产物。

霍夫曼斯塔尔被称为"新浪漫主义神童"。他出身于维也纳上流社会贵族家庭，自幼过着雅致闲适的生活，生性早熟、纤弱、多愁善感，从小就开始创作诗歌和戏剧。17 岁时，他结识了斯蒂芬・格奥尔格。1891 年，

---

① 赫尔曼・巴尔：《克服自然主义》，徐菲译，见伍蠡甫、胡经之主编：《西方文艺理论名著选编》(下卷)，北京大学出版社 1987 年版，第 333 页。

② 赫尔曼・巴尔：《克服自然主义》，徐菲译，见伍蠡甫、胡经之主编：《西方文艺理论名著选编》(下卷)，北京大学出版社 1987 年版，第 334 页。

格奥尔格来到维也纳，试图与维也纳现代派结盟，但只得到了霍夫曼斯塔尔的回应。随后，作为佩特唯美主义思想的共同信徒，两人成为亲密伙伴。霍夫曼斯塔尔一度是格奥尔格艺术理念的追随者，他还在格奥尔格创办的《艺术之页》上发表了诗歌，但后来两人不欢而散。

霍夫曼斯塔尔的思想受到尼采、马赫、弗洛伊德等人的影响。他崇尚英国文化，认为英国是艺术家的理想环境。他认为艺术家、诗人应该成为国家的文化英雄，引领民族奋进，突破现实环境的阻碍，这和格奥尔格的思想有相通之处。霍夫曼斯塔尔不信任日益实用和平庸的现代日常语言，认为现代语言使人丧失连贯思考和表达的能力，因此，他认为追寻诗化的语言是对现代人的拯救。他说："现代性既是剖析一种情绪、一种叹息、一个疑虑，也是本能地、几乎梦游般地沉醉于一切美的显示，沉醉于一组和谐的色彩、一个璀璨的比喻、一篇奇妙的寓言。"①显然，霍夫曼斯塔尔是从唯美主义出发理解现代性问题的。在诗剧《提香之死》(1892)中，霍夫曼斯塔尔表露了将艺术当作生命源泉的价值观。

霍夫曼斯塔尔的创作体裁主要是诗歌、散文和戏剧。他的诗歌和散文追求形式工整，语言具有极强的音乐性，饱含内在的韵律美。他将音乐视为意味无穷的形式，认为从音乐中可以触摸合一的神性与人性，以音乐作为高级的美。他的诗歌富有优美感伤的情调，充满梦幻和象征，他被称为"诗人中的莫扎特"。霍夫曼斯塔尔的戏剧语言华美，台词多采用典雅的诗句，情节与人物形象都带有寓意性和象征性，擅于营造含蓄的梦境，围绕生命、梦幻与死亡的主题，以呈现出强烈的诗化的特征。霍夫曼斯塔尔的创作不仅营造了包括视觉、听觉、嗅觉、味觉在内的"感官世界"，而且通过文字实验展现和"模拟"了音乐、绘画、幻灯片甚至摄影图像的特征，

---

① 詹・麦克法兰：《现代主义思想》，见马・布雷德伯里、詹・麦克法兰编：《现代主义》，胡家峦、高逾、沈弘等译，上海外语教育出版社 1992 年版，第 53 页。

不断突破文学的媒介壁垒，在文字中呈现其他艺术门类的感官特质，十分鲜明地传达出唯美主义“感官实验”的气质，还应和了世纪之交各艺术发展相互交融和启发的趋势。霍夫曼斯塔尔的创作反映出世纪末文化转型过程中人的感官体验之新变，正如他在诗剧《昨日》中写道：“换套新的感官去体验新的乐趣，当旧的性质已经失去了魅力，用自由的力量让昨日脱离我，不再称颂忠诚，那只是脆弱！”①

第五节　意大利、瑞典唯美主义

意大利的唯美主义文学意识虽然出现在 19 世纪后期，但在 20 世纪初才形成潮流并达到高峰。不过，由于意大利文学受 19 世纪西欧文学思潮的影响较大，意大利唯美主义文学的重要代表作家乔万尼·帕斯科里、加布里埃尔·邓南遮（又译作“加布里埃莱·邓南遮”）等人在 19 世纪末就创作了几部典型的唯美主义作品。鉴于此，我们将意大利列入 19 世纪西方唯美主义的发展谱系中加以介绍。

19 世纪末，意大利经济发展陷入停滞状态，政治上缺乏强有力的领导，社会问题丛生，和英、法、德等国家的差距不断扩大。同时，工业化大生产和科学技术的迅猛发展，使艺术家开始反思自己的生存境遇。在这种局面下，有些作家怀着对现实极度失望、苦闷、彷徨的心态，接受了西欧传来的非理性主义哲学思想和“为艺术而艺术”的文艺思想，形成了具有鲜明唯美主义倾向的意大利颓废派，乔万尼·帕斯科里、加布里埃尔·邓南遮就是其中的代表。

---

① 胡戈·冯·霍夫曼斯塔尔：《风景中的少年：霍夫曼斯塔尔诗文选》，李双志译，译林出版社 2018 年版，第 152 页。

诗人帕斯科里出身于意大利圣莫罗一个富裕的农场主家庭。1882年大学毕业后，他一边在中学教书，一边与《新生活》杂志合作，开始诗歌创作，逐渐在文坛崭露头角。1894年，帕斯科里应召到罗马为公共教育部门工作，在那里发表了他的诗集《飨宴》(1904)。后来，他辗转于博洛尼亚、佛罗伦萨、墨西拿、比萨等地。1912年，因患肝癌，帕斯科里死于博洛尼亚。他的代表诗集有《卡斯忒维丘之歌》(1903)、《处女作》(1904)等，他还创作了诗论《童心》(1897)。

帕斯科里对社会变革和科学进步不抱希望，对现代文明和城市感到恐惧，抱有排斥的态度。他认为"无数正在兴起的繁荣的大城市将成为奴役人们的工具和场所"，"科学技术的高度发展只能使人的信仰模糊和淡漠"①。他早期的诗歌关注家庭生活和自然风光。他认为自然生命是一个谜，只有对自然事物展开象征性的联想，才能窥见自然表象背后的真理。他后期的诗歌涉及许多古典主义的题材和典故，在诗风上具有实验性质。帕斯科里擅用象征和比喻，他通过诗歌语言表现出一种感官享乐主义。他认为童年是诗人的象征，是最富有诗意的时光，因为童年具有无尽的想象力和敏锐的直觉，真正的诗歌诞生于对童年的追忆之中。实际上，童年/远古与其说代表了一种时间观念，不如说代表了一种艺术至上的诗性观念。帕斯科里认为现代工业文明破坏了诗意。他在论述诗人与资产阶级社会的关系时说："诗人总是生活在梦境与幻想、往昔与未来之间……他逃离小资产阶级的世界，犹如苍鹰一样，展翅飞往夕阳照耀下的一望无垠的神秘原野。"②这表达了艺术高于生活、(本真的)生活就是诗歌的思想。他还认为诗人无须介入社会现实，因为艺术不是认识现实的工具，诗意存在于事物内部，人们要用敏锐的(审美的、非功利的)目

① 转引自沈萼梅、刘锡荣编著：《意大利当代文学史》，外语教学与研究出版社1996年版，第27页。

② 转引自张世华：《意大利文学史》，上海外语教育出版社2003年版，第353页。

光去发现它。

邓南遮是意大利颓废派最有影响力的作家，也是世纪之交意大利最有才华、最有成就和最具话题性的作家。他的创作涵盖诗歌、小说和戏剧。邓南遮的作品在“五四”时期就被译介到中国，徐志摩将他的名字音译为“丹农雪乌”。

邓南遮出生于意大利中部海滨城市佩斯卡拉，家境显赫。他自幼就显露出创作方面的天赋，在 16 岁时发表了第一部诗集《早春》(1879)。1881 年，他读完中学后迁居罗马，开始同当地文学界和新闻界的名流人士频繁交往。1882 年，他因另一部自然主义风格的诗集《新歌》(1882)获得文坛的普遍赞誉。成名以后的邓南遮凭借其才情、风度，马上成为罗马上流社会沙龙的宠儿，他热衷于逢场作戏、寻欢作乐的生活，在他的《欢乐》(1889)、《火》(1900)等作品中都能看到这种生活的痕迹。这些小说以上流人士奢侈的生活和高超的艺术鉴赏力为表现对象，展现他们放荡不羁、奢靡享乐的生活状态。《欢乐》、《无辜者》(1892)和《死的胜利》(1895)构成他的“玫瑰三部曲”，为他赢得了国际声誉，也表明他告别之前的自然主义，转向颓废的唯美主义。邓南遮的代表作品还有小说《岩间圣母》(1895)、剧本《死城》(1899)和《琪娥康陶》(1899)、诗集《天国的诗》(1893)等，这些作品都或多或少地表现出唯美主义倾向。

长篇小说《火》被视为邓南遮作品中最具唯美主义特质的一部。邓南遮原想以这部小说作为“石榴三部曲”的第一部，可惜另外两部没有完成。《火》以诗人眼中的威尼斯的梦幻风光为背景，通过描写诗人斯泰利奥与女演员福斯卡里娜之间炽烈的爱情，表现出艺术永恒、艺术高于生活、艺术拯救世俗人生的“超人”意志和高蹈姿态。比如，小说中多次使用怪兽意象象征人群。作者描写了斯泰利奥在大厅中寻找福斯卡里娜的场景：“人群鸦雀无声，而他则在等着一头具有眼状斑痕的庞大怪兽形象出现，那全身长着光怪陆离的鳞片的怪物，以它那夺目的光彩，使像嵌满珍宝布满繁星的夜空似的天花穹顶也黯然失色了。”[①]在古希腊神话中，怪兽是神马珀伽索斯的劲敌，神马珀伽索斯是诗人灵感的象征，谁跨上珀伽索斯，谁就能成为诗人。邓南遮用诗人与怪兽的对峙，象征艺术家的“超人”意志及其面对庸众时的“一种挑战精神、一种搏斗的意识，显示一种力量的需要”[②]。

邓南遮不信任科学话语，他曾说：“科学已无法充实那已被摒弃的天地，平静安宁的灵魂已被科学所毁灭，科学也无法使那饱受创伤的灵魂重新得到安慰……我们不想要什么真理了，给我们梦幻吧。唯有在未知世界的阴影中生活，我们才能得以安宁。”[③]他不仅是意大利颓废派文学的扛鼎之人，也是整个欧洲“世纪末”时代的代表作家。邓南遮将“美”作为人生的全部价值所在，他的作品总是充满昂扬、丰富的情感状态，追求感官的刺激和美的享受。其作品语言高雅，雕琢精致，大量使用“虚化”的形容词、副词，减少实指的名词，充满音乐感。曾有人这样评论邓南遮的创作：“我在青少年时期就拜读过邓南遮的作品，读后给我的第一个印象就是，它们像是一部奇妙的装置，大大地增强了人的听觉、嗅觉、视觉和触觉：芳香、光线、声音和触感一齐向你涌来，我小小的知觉犹如一根发疯的指南针似的胡乱地做着反应。”[④]这个评价不仅抓住了邓南遮的创作风格，也在某种程度上捕捉到了唯美主义的某些本质特征。

19世纪末，除意大利外，瑞典文学界出现了一股强烈的反对基督教禁欲主义、抵制现实主义的文艺思潮。随着英法等国新兴文艺思想的传入和意志主义哲学的兴起，一批年轻的瑞典作家纷纷打破当时统治文坛的现实主义和自然主义的桎梏，寻找个性化的表达方式，他们用艺

---

① 邓南遮：《火》，沈萼梅、刘锡荣译，花城出版社2005年版，第40页。

② 邓南遮：《火》，沈萼梅、刘锡荣译，花城出版社2005年版，第40页。

③ 转引自沈萼梅、刘锡荣编著：《意大利当代文学史》，外语教学与研究出版社1996年版，第2页。

④ 转引自沈萼梅、刘锡荣编著：《意大利当代文学史》，外语教学与研究出版社1996年版，第11页。

术才情打破文学界的沉闷,促成“世纪末”瑞典文学的新局面。这些作家关注人的意志问题,尤其是关注强人、天才、艺术家的精神生活。他们相信诗歌和艺术具有增强和改造人类的力量,认为衡量一位作家是否合格的最重要的标准不是其能否准确反映现实,而是其是否具有创造性的想象力并具备高超的艺术创作技巧。不论是抒情诗还是诗化的散文,诗人都力求用浮华精致的语言、丰富多彩的形式和音乐般的韵律来表达对美的追求,作品也往往具有神秘主义的玄妙奇想和浓烈的异国/异教情调。代表作家有卡尔·斯诺伊尔斯基、魏尔纳·冯·海顿斯坦、古斯塔夫·弗勒丁、埃里克·阿克塞尔·卡尔费尔特、奥斯卡尔·雷维廷和埃伦·凯伊。在他们的共同影响下,瑞典文坛刮起了一股唯美主义旋风。

第六节　俄国唯美主义

俄国唯美主义出现于 19 世纪中后期,又被称为“纯艺术派”。当时沙俄政府力图改革,向西欧靠拢。俄国社会、经济领域的转型推动资本主义飞速发展,工业化和城市化水平迅猛提高,以工业为主体的城市、市镇数量急速增加,导致社会阶层分化和贫富差距加大。社会分工的深化和西欧文化思潮的涌入,催生了许多专业知识团体和民间组织,开启了公共领域的空间转型。这些因素促使知识分子观照现实,寻求改良社会的药方,促进了现实主义、平民主义诗学的发展,同时也助长了拜金主义、物质主义等社会风气。

俄国唯美主义思潮是在唯美主义与现实主义、平民主义诗学的争论及其对拜金主义、物质主义的批判中产生的。同时,德国古典哲学和法国唯美主义思想的传入,让一些思想开放、眼界开阔的俄国知识分子眼前一亮，产生共鸣。德国作为当时欧洲思想的高地，其古典哲学的逻辑性与思辨性吸引了渴望进步的俄国知识分子，德国哲学中的某些精神性因素与俄国的宗教精神相契合。因此，德国古典哲学于19世纪初传到俄国时，便立刻引起了一些青年知识分子的关注，这为唯美主义思想在俄国的发展提供了精神土壤。

除了德国外，法国的文化也滋养着当时的俄国。自18世纪以来，俄国贵族中就逐渐形成了一股模仿法国艺术高雅做派的风气。这股风气在19世纪经历了“西方派”和斯拉夫派之间的争论后得以保留，法国艺术在俄国的艺术爱好者中大受欢迎，这些爱好者经常光顾巴黎的艺术场所。

俄国唯美主义思潮主要由理论和创作实践两部分组成。理论领域的代表人物是德鲁日宁、鲍特金和安年科夫。他们的主要思想是：其一，艺术是永恒精神的体现，艺术应以自身为目的。他们呼吁艺术应与功利目的保持距离，尤其要避免政治目的的干扰。其二，文学与现实世界不能混为一谈，艺术高于生活，文学不需要再现现实，不应成为时代的传声筒。其三，文学具有自身的逻辑，美具有永恒的理念，真正的美是超越时代的。其四，艺术创作是非理性的，主要凭借作者的天才与灵感，这就说明艺术家与大众的感性能力是有区别的。其五，自由创作对社会并非毫无用处，相反，它能承担起“美育”的重任，纯艺术能够提升民众的审美能力。

具有唯美主义倾向和特征的作家主要包括丘特切夫、费特、迈科夫、波隆斯基、阿·康·托尔斯泰等。俄国唯美主义还催生了19世纪末20世纪初的俄国象征主义文学运动。俄国象征派包括巴里蒙特、勃留索夫、安年斯基、别雷等人。俄国象征主义继承了唯美主义倡导的文学音乐化的审美倾向，对语音和韵律极为强调，追求象征和隐喻的朦胧感，包含类似宗教的神秘主义之美，将宗教与艺术连在一起。

第七节 西班牙语美洲唯美主义

作为西班牙的殖民地，西班牙语美洲国家却比宗主国更敏锐地嗅到了来自欧洲的唯美主义气息，形成“西班牙语美洲现代主义运动”，这场运动从19世纪80年代持续到20世纪初。

西班牙语美洲现代主义运动与20世纪西方现代派(Modernism)不是一回事：前者是在墨西哥教育家和历史学家胡斯托·塞耶拉为曼努埃尔·古铁雷斯·纳赫拉的诗集撰写的序言中首次提出的，指的是包括唯美主义和象征主义在内的“世纪末”思潮，主要体现“为艺术而艺术”的理念。后者在拉丁美洲文学史中一般被称为“先锋派”。一般认为，现代主义运动的宣言是曼努埃尔·古铁雷斯·纳赫拉在1876年发表的《艺术与唯物主义》一文，而现代主义创作则以何塞·马蒂于1882年发表的诗歌《伊斯马埃利约》为滥觞，以鲁文·达里奥发表的诗集《蓝》(1888)为高潮，以鲁文·达里奥于1896年发表的诗集《世俗的圣歌》为界(分为两个阶段)，以鲁文·达里奥于1916年去世为终结。第一阶段的作家作品总体上呈现出由浪漫主义风格向唯美主义风格过渡的特点，刊物《蓝》(1894—1896)成为西班牙语美洲现代主义运动最重要的阵地，在3年时间里拉美16个国家共96位诗人在该刊物上发表了作品，他们还译介了波德莱尔、王尔德等欧洲作家的作品，对西班牙语美洲现代主义运动和欧洲文学的双向互动发挥了重要作用。第二阶段的特点则总体表现为由唯美主义向先锋派过渡。

西班牙语美洲现代主义运动第一阶段的主要作家有尼加拉瓜诗人鲁文·达里奥，哥伦比亚诗人、作家何塞·亚松森·席尔瓦，墨西哥短篇小说家、诗人曼努埃尔·古铁雷斯·纳赫拉，墨西哥诗人萨尔瓦多·迪亚兹·米隆,深受法国帕尔纳斯派和象征主义诗歌影响的古巴诗人胡利安·德尔·卡萨尔、何塞·马蒂,等等。第二阶段的代表作家有玻利维亚诗人里卡多·海梅斯·弗雷伊雷、墨西哥诗人阿马多·内尔沃和恩里克·贡萨莱斯·马丁内斯、哥伦比亚诗人吉列尔莫·巴伦西亚、阿根廷诗人莱奥波尔多·卢贡内斯、秘鲁诗人何塞·桑托斯·乔卡诺、乌拉圭诗人胡利奥·埃雷拉·伊·雷西格和乌拉圭女诗人德尔米拉·阿古斯蒂尼等。

纳赫拉在 1876 年发表的《艺术与唯物主义》中提出要区分两种艺术:“置人于尘世的堕落艺术”和“净化并引人升入天堂的崇高艺术”。他提倡后者,认为崇高艺术的创作要符合以下标准:第一,“艺术的自由”和艺术家的自由,艺术家“应该完全自由地以他的灵感所支配的形式来表达他的思想”;第二,“艺术的目标是实现美”,工业的目标是“有用”,艺术的目标是“美”,美也是“有用的”,仅仅因为它是美的;第三,美是建立在精神而非物质之上的;第四,艺术是创造而不是模仿,基于模仿的现实主义是对艺术的物化,是令人厌恶和反感的实证主义……是艺术的堕落,对物质的神化,那是一种“犯罪”,从艺术中攫取它所拥有的一切精神上的东西,使它成为物质的奴隶,使它畏缩在模仿现实的狭隘道路上,总之,把它囚禁在卑躬屈膝的模仿的悲惨牢笼里;第五,美不是你所定义的东西,而是你所感觉到的东西。① 显然,这几个标准几乎就是欧洲唯美主义思潮的主要理念。“西班牙语美洲现代主义标志着‘为艺术而艺术’理念对拉丁美洲文学生活的影响” ②,他们当中的多数作家都提倡或赞同“纯诗”“纯艺术”

① Kelly Comfort: *European Aestheticism and Spanish American Modernismo: Artist Protagonists and the Philosophy of Art for Art's Sake*, Palgrave Macmillan, 2011, p. 13.

② Gene H. Bell-Villada: *Art for Art's Sake and Literary Life: How Politics and Markets Helped Shape the Ideology and Culture of Aestheticism, 1790–1990*, University of Nebraska Press, 1996, p. 107.

理念，认为诗歌的唯一要素是“美”，而非道德或社会的标准。

西班牙语美洲现代主义作家反对浪漫主义直白的情感流露，转而崇尚精雕细琢的艺术形式，追求优雅的语言、和谐的韵律、人工的意象（玛瑙、宝石、翡翠、琉璃等）、诗歌的音乐性，呈现夸饰细琢的诗风，用“为艺术而艺术”的态度抵御黑暗的现实，流露出个性化的颓废情绪。这些现代主义诗人积极探索诗歌美感的实现途径，丰富诗歌在音韵上的表现形式。在诗学理论上，他们主张自由诗体，探索诗歌韵律的更多可能，如里卡多·海梅斯·弗雷伊雷在诗论《卡斯蒂利亚语诗歌规律》(1912)中的主张，该书是西班牙语美洲现代主义运动中为数不多的诗歌理论作品之一。

从西班牙语美洲现代主义创作中我们可以看到夸饰主义的遗风。现代主义运动不仅丰富了西班牙语的表现形式，还反过来影响了当时的欧洲文坛，首次使拉丁美洲诗歌对欧洲宗主国文学界产生了作用，开启了西班牙文坛的现代主义思潮。西班牙语美洲现代主义运动不仅推动了拉美文学意识的独立，也推动了民族意识的独立，何塞·马蒂谈道：“没有西班牙美洲文学，就没有西班牙美洲。美洲将是文学表达的本质。”①这在第二代现代主义诗人身上表现得更加明显。在现代主义运动晚期，不少诗人开始反对前期现代主义过于欧化的唯美主义倾向，他们把注意力转向拉丁美洲自己的历史和社会现实，有意识地批判欧洲并和宗主国文化保持距离。因此，毫不奇怪，继西班牙语美洲现代主义运动之后，拉美文坛马上就出现了泛西班牙主义和美洲主义的民族主义话语，为 20 世纪拉美“先锋派”的出现和拉美文学大爆炸做了准备。

我们可以发现，并不是每位美学家、文论者和创作者都自诩为唯美主义者，或者明确提出“为艺术而艺术”的说法，但这不妨碍他们的创作汇入

① 李德恩：《拉美文学流派与文化》，上海外语教育出版社 2010 年版，第 59 页。

唯美主义大潮。其实,作为口号的"为艺术而艺术"本身就语焉不详,它是对康德美学的口语化和口号化的表达,有时更像一种前卫的"姿态",最早的提出者也并未对它进行系统性的阐释,后来者则在不同层面理解、补充、践行这一口号,使之呈现出立体的、有逻辑的诗学理论结构,而对唯美主义的理解必然要建立在对这一结构的阐释之上。我们可以将"为艺术而艺术"细化为四个维度——艺术与生活的关系、虚构与真实的关系、形式与内容的关系、作品与作家的关系——的思考。

| 第三章 |

颠倒模仿论:艺术高于生活

从古希腊至近代,由于古希腊客观论美学的强大惯性,模仿论长期占据西方诗学的主导地位,它主张艺术要模仿自然、再现自然。在18世纪以前,审美艺术与技艺并没有明显的区分,技艺包含审美艺术品、手工艺品与手工技术。作为技艺,其首要的功能便是改造生活,既然要改造生活,便要顺应自然与社会的规律,必然要"模仿"自然。到19世纪,模仿论再度被激活,成为写实主义的理论基础。

第一节 模仿论统御下的酝酿

在模仿论的统御下,生活高于艺术、艺术从属于生活仿佛是天经地义的观念。因此,唯美主义提出艺术高于生活、生活模仿艺术的说法便显得石破天惊。但事实上,艺术与生活的关系并非一成不变的。艺术高于生活观念的出现经历了相当长时间的理论酝酿,它的出现标志着西方诗学观念从近代向现代过渡。

古希腊时期,虽然赫拉克利特和德谟克利特等早期自然哲学家从朴素的唯物主义出发，认为艺术模仿自然，但他们也不排斥灵感，也强调艺术中的天才因素。后来的智者学派强调艺术是对真理（自然本性）十足的模仿，从而贬低人工技艺，但他们抽象地发展了人作为主体的能动性，为审美主体的觉醒提供了理论准备（如普罗泰戈拉的著名命题"人是万物的尺度"）。苏格拉底提出"模仿再现自然"的观点，但他认为艺术不是简单地照搬自然，而要经过作家对题材的筛选和提炼，高明的诗人不是仅凭诗艺，而是凭借灵感和情感。古希腊模仿论的代表人物当数亚里士多德，他也认为，艺术/技艺需要发挥人的能动性，并赋予自然质料以形式。艺术/技艺一方面要模仿自然，另一方面可以弥补自然的缺陷，完成自然无法完成的事，这在雕塑、绘画、文学等偏重审美的艺术/技艺中表现得尤为突出。与柏拉图不同的是，亚里士多德认为模仿不是低级、卑下的行为，或不仅仅是对理念的"分有"，而是体现人对自然的认识能力，并将这种认识能力视为人高于动物的自然禀赋："当人们听到模仿的声音时，即使没有节奏和曲调，往往也不能不为之动情。"①那么如何解释音乐模仿带来的愉悦呢？亚里士多德说："节奏和曲调模仿愤怒和温和、勇敢和节制以及所有与此相反的性情，还有其他一些性情。……在仿照的形象面前感到痛苦或快乐与亲临其境面对真实事物的感受几乎相同……"②他进而指出，除了视觉和听觉，诸如触觉和味觉等其他感觉都无法模仿性情，因此它们产生或形成审美愉悦。也就是说，音乐不是模仿已经发生的自然声音现象（过去），而是模仿艺术家的心灵和情感。由模仿带来的愉悦显然不能仅从模仿客观自然的角度解释，还要从模仿主观心灵的角度理解。这样一来，模仿的客体变成次要的，从模仿中锤炼主体的认识能

① 亚里士多德：《政治学》，颜一、秦典华译，见苗力田主编：《亚里士多德全集》（第九卷），中国人民大学出版社 2016 年版，第 280 页。

② 亚里士多德：《政治学》，颜一、秦典华译，见苗力田主编：《亚里士多德全集》（第九卷），中国人民大学出版社 2016 年版，第 280 页。

力变成主要的。基于此，我们就可以理解亚里士多德在《诗学》中所说的要模仿行动中的人，模仿应当存在的东西，模仿可能发生的事。这些无一不是人的认识能力的产物，触及了文艺心理学的内容，为理解艺术与生活的关系打开了另一个视角。

中世纪奥古斯丁的美学思想是连接古希腊美学和基督教神学美学的桥梁。受古希腊传统客观论美学的影响，早年还未信教的奥古斯丁认为美在于和谐的秩序。由于持宗教禁欲主义观点，奥古斯丁指责古希腊罗马文学编造众神荒淫的故事诱导和教坏了读者。既然艺术能败坏人心，我们似乎可以从中得出"生活模仿艺术"的观点，这恐怕是奥古斯丁本人也始料未及的。到了中世纪晚期，神学家阿奎那继承毕达哥拉斯和亚里士多德的客观论传统，认为美在于和谐的自然秩序(整一、比例、明晰)，但他不像中世纪早期的主流神学家那样一味排斥感性，反而重视感官，认为和谐是能被感觉到的东西，被感觉到的东西才是和谐，这就从事物本身的属性转移到了人与物之间的感觉关系上。阿奎那进而指出人的感觉内部也存在一种和谐，否则就无法解释为什么感觉能够体会事物的和谐，这预示了近代二元对立的大陆理性主义与英国经验主义美学的产生。

文艺复兴时期，意大利建筑学家阿尔伯蒂在论述建筑之美时透露出将美置于善之上的思想，并且指出自然本美，万物皆趋向美。达·芬奇则在论述绘画时提出"镜子说"，他认为画家作画要像照镜子那样栩栩如生地反映自然，画家不仅依靠感性去观察自然，还要通过理性来揭示自然的规律。更重要的是，达·芬奇不仅将画面视为自然的镜子，而且将画家的心灵视为自然的镜子。"画家的心应当像镜子一样，将自身转化为对象的颜色，并如数摄进摆在面前的一切物体的形象，应当晓得，假如你们不是一个能够用艺术再现自然一切形态的多才多艺的能手，也就不是一位高明的画家。”[①]从这个意义上说，达・芬奇已经逐渐脱离传统的“模仿论”而进入“表现论”的范畴了。因此，达・芬奇说得最多的是“想象”“思考”等主观能动因素，并提出“画家与自然竞赛，并胜过自然”[②]。英国人文主义作家、学者菲利普・锡德尼认为，历史、哲学、法学等人文学科都需要依靠自然，依据自然的规律存在，“只有诗人，不屑为这种服从所束缚，为自己的创新气魄所鼓舞，在其造出比自然所产生的更好的事物中，或者完全崭新的、自然中所从来没有的形象中……升入了另一种自然”[③]。锡德尼恐怕是第一位明确指出诗可以高于自然的思想家，这或许得益于他本人就是一位作家，有着切身的艺术创作（而非单纯的理论阐释或艺术欣赏）之体验。当然，这也反映了文艺复兴时期艺术创作者对艺术独立做出的贡献，没有艺术本身的独立，就没有艺术超越自然的意识。

第二节　经验主义与理性主义的融合

文艺复兴以降，想象和虚构作为诗歌审美的核心特质获得了越来越多的认可。无论是大陆唯理论还是英国经验论，都不约而同地为想象和虚构能力开拓领地。英国经验主义鼻祖弗朗西斯・培根从感觉经验和审美心理学的角度论述诗歌在想象与虚构方面给人带来的审美愉悦。他认为诗歌代表人类认识能力中想象力的部分，将诗歌视为人类认知体系中仅次于哲学（理性）的门类。在培根看来，想象使诗人挣脱了自然的束缚，

---

① 列奥纳多・达・芬奇：《达・芬奇论绘画》，戴勉编译，广西师范大学出版社 2003 年版，第 6 页。

② 列奥纳多・达・芬奇：《达・芬奇论绘画》，戴勉编译，广西师范大学出版社 2003 年版，第 30 页。

③ 锡德尼：《为诗辩护》，钱学熙译，见马奇主编：《西方美学史资料选编》（上卷），上海人民出版社 1987 年版，第 304 页。

当自然不能满足人类时，诗能弥补自然的不足，进而带给人虚幻的满足。在诗的世界中，“自然的世界与人的灵魂相比处于比较低下的位置。因此人的精神世界与物质的世界相比更广大、更仁慈、更多变化”①。由于看重审美的心理因素，培根认为艺术创作过程中个人灵感的作用高于既定的创作法则。另一名经验主义者托马斯·霍布斯也认为，诗歌虽然无法超越可然律和必然律的支配，但可以通过想象和虚构超越自然的实在。哈奇生提出绝对美（又称“本原美”）和相对美（又称“比较美”）的概念。绝对美并非古希腊的美的理念或中世纪的上帝之美，也不是审美对象本身固有的美的客观属性，而是指“我们从对象本身里所认识到的那种美，不把对象看作某种其他事物的摹本或影像，从而拿着摹本和蓝本进行比较”②。因此绝对美不属于模仿的范畴，它的快感来自人所认识到的对象身上体现出的多样统一的和谐，它引起的审美愉悦来自主体认识能力的协调，比如自然现象、音乐、人体等等。相对美是“以蓝本和抄本之间符合或统一为基础的”③，它来自模仿，表现在雕塑、绘画、诗歌等领域，评判的标准是抄本与蓝本的相似程度。但哈奇生指出，相对美的要义不在于蓝本，蓝本美不美无关紧要，巧妙的抄本才是美的关键。现实生活中的“丑”或有缺陷的人物性格经过艺术家的“模仿”同样可以引起美感。

受到大陆理性主义哲学滋养的古典主义文学则将模仿真实作为向公众传递君主专制思想的途径。古典主义者改写亚里士多德与贺拉斯的一些文艺观念，将其移植到戏剧创作中，指出戏剧所描写的情节必须符合情理，要求这个情理符合封建君主专制思想和宫廷贵族沙龙的审美期待。

---

① 弗朗西斯·培根：《学术的进展》，刘运同译，上海人民出版社 2015 年版，第 75 页。

② 哈奇生：《论美与德行两个概念的根源》，朱光潜译，北京大学哲学系美学教研室编：《西方美学家论美和美感》，商务印书馆 1980 年版，第 97 页。

③ 哈奇生：《论美与德行两个概念的根源》，朱光潜译，北京大学哲学系美学教研室编：《西方美学家论美和美感》，商务印书馆 1980 年版，第 98 页。

符合情理的追求最终走向类型化、观念化、公式化，即“三一律”。亚里士多德关于文艺心理学的“净化说”被压缩为伦理教诲。善的概念也从古希腊罗马时期的完善（圆善）之含义世俗化为遵从伦理教条。对于古典主义者而言，“理性”和“自然”是等同的。在自然神论的影响下，理性主义哲学理解的自然指的是一种“自然法则”，是“创造自然的自然”。诗人要钻研和学习自然，而且由于理性已经是人的天赋，所以“自然法则”同样包含人的认识能力，这是模仿论美学在 17、18 世纪的变体。布瓦洛（又译作“波瓦洛”）曾说：“只有真才美，只有真可爱，真应统治一切，寓言也非例外……”[①]他高扬“真”的地位，看似是传统模仿论的旧论调，不过也为表现论腾出了一些空间。他在《诗的艺术》一书中谈及悲剧中模仿论的美学功能时指出：

> 绝对没有一条蛇或一个狰狞怪物，
> 经艺术模拟出来而不能供人悦目：
> 一支精细的画笔引人入胜的妙技，
> 能将最惨的对象变成有趣的东西。[②]

在此，“像不像”已经不是艺术表现的重点，“悦目”“有趣”“引人入胜”才是。现实的东西可以丑，但经过艺术的加工后就成为审美的对象，这就是艺术高于生活之处。这是因为，古典主义不再将美视为事物的属性，而是视为人的理性精神的创造。美的要素仍然是和谐，但这种和谐已然是人的理性认识能力的和谐法则。因此，真实不是主观符合客观，而是主客观都符合先验的理性。

在古典主义风靡欧洲大陆之际，意大利又扮演了欧洲文化先锋的角

① 波瓦洛：《诗简》，朱光潜译，见北京大学哲学系美学教研室编：《西方美学家论美和美感》，商务印书馆 1980 年版，第 81 页。

② 布瓦洛：《诗的艺术》，范希衡译，商务印书馆 2023 年版，第 60 页。

色。哲学家维科反对理性主义,他在《新科学》(1725)中大谈诗性思维。所谓诗性思维即一种象征、隐喻、玄学的思维方式,是将那些无生命、无感觉的事物看作有生命、有感觉的事物的思维方式。维科认为现代人太理性化,诗性思维已经被掩盖了,而远古先民都是具有诗性思维的人,只有在儿童身上我们才能找到类似古人的思维方式。维科的历史观和文化观具有崇古和返古的倾向。表面上看,他称赞古人的感性、神秘的思维方式,与启蒙主义的理性大异其趣,令人想起中世纪的神秘主义倾向。然而在深层上,维科称赞原始先民的本意在于呼唤当代人的艺术创造性,反对古典主义的清规戒律和亦步亦趋。如果我们把"古人"替换为"诗人""作者""艺术家"的话,就能明白维科的良苦用心了。

18 世纪,经验主义美学和理性主义美学开始走向融合。虽然伏尔泰还持有古典主义的审美理念,认为美在于"得体",得体就是"自然的""高雅的",但"自然"的概念在伏尔泰这里已经不同于古典主义的"理性法则",而是指明晰、质朴、流畅的风格,带有"返璞归真"的意味,这说明对"自然"的阐释权从宫廷贵族回归到市民阶层。狄德罗认为真善美是统一的,他修正了美与和谐之间的关系,提出"美在于关系"的观点。在此基础上,他也提出了艺术应该模仿自然。古典主义诗学同样基于模仿自然,狄德罗又是古典主义的"敌人",这不是自相矛盾吗?其实,狄德罗对"自然"的理解与古典主义已经不一样了。如果说古典主义的"自然"是教养、文雅、得体、宫廷贵族的代名词,模仿自然就是仿古和尊崇规则,那么狄德罗所谓的"自然"是由物质实体构成的总和,是独立于主体意识之外的现实存在,包括物质世界的内在本质和主客体之间的关系。在狄德罗看来,这样的"自然"需要用朴素的唯物主义理论去研究,只有自然的人性和自然的情感关系才是真实的,古典主义推崇的"自然"是矫揉造作的虚假,恰恰是不自然的。因此,模仿自然就是反对仿古,反对因循守旧,按自然的本来面目再现自然,不管它是美的还是丑的。从这样一种世界观出发,狄德罗认为艺术不应该亦步亦趋地复制自然,艺术应模仿“美的自然”,对自然加以理想化的改造。他指出,诗的真实和哲学的真实是两码事,诗歌注重想象,“为了真实,哲学家说的话应该符合事物的本质,诗人说的话则要求和他所塑造的人物性格一致”①。在美与善的问题上,狄德罗强调艺术的社会道德价值。不过,他强调的道德不再是法国古典主义的封建道德,而是带有朴素人道主义的启蒙道德。

顺着伏尔泰、狄德罗的思想轨迹,卢梭呼之欲出。卢梭认为当时的社会文明使人堕落,人类失去了远古时期自然淳朴的天性,这是一种“文明病”,只有“返回自然”才能医治。“这种状态是人世的真正青春,后来的一切进步只是个人完美化方向上的表面的进步,而实际上它们引向人类的没落。”②卢梭的“自然”是在伏尔泰和狄德罗基础上的“向后推进”,直接返回到了前文明的原始状态。从某种意义上说,古典主义的“自然”正是卢梭的“文明”,卢梭的“自然”正是古典主义的“非自然”(非理性),相当于未经封建贵族习性污染的“自然人性”。

如果说中世纪以前的西方美学将艺术视为低于自然的存在,那么经过文艺复兴和启蒙主义的熏陶,以及经验主义和理性主义的混战及融合之后,艺术中的想象和虚构能力逐渐被文艺界视为艺术的重要因素,这预示着德国美学动摇艺术与自然关系的时代即将到来。

第三节　德国美学的“首足倒置”

作为“美学之父”的鲍姆嘉通肯定了感性有其自身的规律,他称诗为“完善的感性作品”。他对美的理解尽管还保留着古典主义的“完善”要

---

① 狄德罗:《论戏剧诗》,徐继曾、陆达成译,见《狄德罗美学论文选》,人民文学出版社 1984 年版,第 196 页。

② 卢梭:《论人类不平等的起源和基础》,李常山译,商务印书馆 1997 年版,第 120 页。

求,却种下了“感性”的种子,美或丑的问题就向微妙复杂的主观感受倾斜了:丑的事物可以用美的方式去想象,美的事物也可以用“丑的方式”去想象。但本质上,他的世界观仍是莱布尼茨和沃尔夫式的“前定和谐”,即艺术要模仿和谐自然。在鲍姆嘉通看来,艺术模仿自然,就是表现自然呈现于感性认识中的先验的完善。当然,艺术也需要虚构,虚构就是想象的表象,它是诗意的来源,但艺术虚构的是现实中可能发生或还未发生的事,而不是现实中完全不会发生的事。温克尔曼也认为艺术应当模仿自然。他认为古希腊艺术之所以取得极大成就,原因在于古希腊人善于观察自然。在他的论述中,他经常将古希腊看作美的代表,模仿自然就变成了模仿古希腊。现代人可以“通过对希腊人的模仿更好地模仿自然”①。通过模仿古希腊艺术品,人们可以发现最优美的自然。显然,这里的“自然”指的是美的形式(和谐的比例关系)。客观地说,温克尔曼的超越之处在于,他认为可以通过模仿“艺术”而超越“自然”,艺术能够集中和放大自然中分散、模糊的形式因素,并借助特定的艺术形式表现出来。因此,模仿并非简单的仿照,或者说看似简单的模仿背后却包含很多技巧,其中所蕴含的创造力已经在可见的自然之上了。

戏剧评论家和美学家莱辛提出“真实性”理论,在戏剧的“真实-虚构”问题上逼近了现实主义。但他不否认艺术虚构。他在论述喜剧时指出,相比于悲剧,喜剧较适合表现虚构的事件和人物,经过艺术虚构的事件和人物比现实中的事件和人物更具普遍性,类似于“典型”。莱辛对艺术“真实-虚构”问题的洞见反映出文学作为一种艺术门类自身的发展——以往对艺术模仿自然的阐释主要基于绘画和雕塑,同时还

---

① 温克尔曼:《关于绘画和雕刻中模仿希腊作品的一些见解》,杨德友译,见马奇主编:《西方美学史资料选编》(上卷),上海人民出版社1987年版,第725页。

反映出艺术本身的日渐独立——艺术不再混于“七艺”[①]中,更接近于今天的审美艺术。

康德的美学思想打破了客观论美学的基础,又在很大程度上统一了经验主义和理性主义认识论:美不是认识某种客观属性,而是在感性和理性协调一致的探究中找到人自身的规律。康德美学确立了审美主体,审美鉴赏的逻辑不是主体符合客体,而是客体契合主体。他重视“想象力”,认为“想象力(作为生产性的认识能力)在从现实自然提供给它的材料中仿佛创造出另一个自然这方面是极为强大的”[②]。审美愉悦是由想象力串联起感性、知性和理性的自由活动。在一般的认识活动中,想象力为知性服务,而在审美活动中,知性反过来为想象力提供材料。康德明确地将艺术与自然区别开来,认为艺术是一种人工产品,不是自然的,而是自由的。他承认艺术有超越自然之处,艺术可以弥补自然的某些不足,“当经验对我们显得太平常的时候,我们就和大自然交谈;但我们也可以改造自然……这时我们就感到了我们摆脱联想律的自由……”[③]。艺术还可以表现“丑”的事物,“美的艺术的优点恰好表现在,它美丽地描写那些在自然界将会是丑的或讨厌的事物”[④]。也就是说,为符合审美主体的情感,艺术的重点逐渐转移到“美丽地描写”上来,而不是描写“美丽的自然事物”。

席勒认为,事物的假象(形式)与事物的实在(质料)完全不同。假象又分为逻辑假象和审美假象。前者离不开实在和真理,即要符合现实;后者与现实有着严格的界限,它是游戏(自由)的,也是一切美的艺术的本质。通过游戏,人从自然王国走向了自由王国。因此,席勒认为艺术是自

---

① 七艺:古希腊创立的七门学科,后成为西方早期大学的七门课程,包括逻辑、语法、修辞、数学、几何、天文、音乐。到17、18世纪,七艺的概念随着学科发展和社会分工逐渐消亡。

② 康德:《康德三大批判合集》(下),邓晓芒译,人民出版社2009年版,第354页。

③ 康德:《康德三大批判合集》(下),邓晓芒译,人民出版社2009年版,第354页。

④ 康德:《康德三大批判合集》(下),邓晓芒译,人民出版社2009年版,第352页。

由的产物，它给人以想象空间，超越了现实生活；而自由又是精神的自由，它是自然赋予人的精神禀赋。艺术是比现实生活更真实的想象，更能反映自然的本质。歌德认为，艺术既源于自然又高于自然，艺术是人的精神创造的产物，艺术有自己的规律，全盘模仿自然是不可能的，因为艺术家一旦把握住某个自然对象，这个对象就被"人化"了，它不再属于自然，而是被赋予了另外的意义。"艺术家在把握住对象的那一刻就创造出了那个对象……"[①]歌德提出了"个别与一般"之间的辩证关系，"个别"凸显了超越自然状态的创造性特征，感性的个别是艺术的真正生命。

德国古典哲学催生了浪漫主义思潮。德国浪漫派崇尚天才和原创，他们认为如果没有独创性，艺术就不存在，模仿古人与自然不会产生真正的美。浪漫主义的核心价值是追求个体自由，他们将基于想象之上的独创性视为自由的表征。在此过程中，艺术逐渐宗教化，宗教也逐渐艺术化，艺术成为神性的象征，和神一起成为宇宙的本原。赫尔德被誉为浪漫主义的先驱，他否定了得体、和谐的本体论美学，肯定诗歌语言的感性与创造性。赫尔德将诗人视为对创世的命名和对神性的模仿，是"第二个造物主"[②]，他将西方传统的"神-自然-人"的世界图式改为"神-人-自然"结构。正是因为诗人代神创造，所以诗人是人间的神，诗歌高于哲学。赫尔德明确"赋予"诗人"无中生有"的权力，他崇拜天才，认为天才是自己形成的，古代的陈旧审美趣味会败坏天才。施莱格尔兄弟则将"艺术模仿自然"修改为"艺术塑造自然"，认为艺术最重要的品质是想象，能够用想象的力量点染自然。

诺瓦利斯推崇音乐美，将音乐美视为艺术高于自然的体现。他认为

---

① 歌德：《〈雅典神殿入口〉发刊词》，范大灿译，见《歌德文集》(10)，人民文学出版社 1999 年版，第 53 页。

② 赫尔德：《论希腊艺术》，朱光潜译，见刘小枫选编：《德语诗学文选》(上卷)，华东师范大学出版社 2006 年版，第 65 页。

自然产生的声音是粗糙的、非精神性的(即物质的)，“只有音乐的灵魂才能在簌簌的森林中、在萧萧的风中、在袅袅的莺歌中、在淙淙的溪流中感知出旋律与价值”①。费希特认为，以往人们认为自然是美的根源，只是因为自然是绝对自由的自我之产物。自我的本质是无限和绝对自由，自由通过自我设定非我表现出来。这样一来，自然就被赋予了自由的意义，自然美就是自由美的表现。他指出美丑之间的关系：从不自由的精神出发看外物(陷于非我)，只能看到丑；如果从自由的精神出发(从非我返回自我)，就能看到美。美不是事物的客观属性，而是自我的自由精神。“合奏与和谐并不存在于乐器之中，它们只存在于听者的心中，听者在自己心里把多种多样的声音结合为一体；如果不再进一步设想这样一个听者，和谐就根本不存在。”②另一位浪漫主义思想家荷尔德林认为：“一旦以特定的形态成为我的当下现实，无论是自然还是艺术的每一种表达方式都将首先就已经是艺术家的创造性反思的一种特定行为……”③美不过是人的创造性的精神投射，因此，艺术与自然的关系发生了彻底颠倒。

谢林将自然与精神视为一体，并非试图从人身上发现自然属性，而是从自然那里看到精神属性，且将精神化视为历史的趋势。从表面上看，精神从自然中孕育出来，自然具有优先性；但从本质上说，则是精神通过自然这一“胎盘”脱胎换骨，最终将自然扬弃。这就形成“创造性自然”(Natura Naturans)与“被创造的自然”(Natura Naturata)两个关于“自然”的概念。“创造性自然”将精神的创造性以异化的形式表现出来，比自

---

① 转引自恩斯特·贝勒尔：《德国浪漫主义文学理论》，李棠佳、穆雷译，南京大学出版社 2017 年版，第 185 页。

② 费希特：《知识学新说》，见《费希特文集》(第 2 卷)，梁志学编译，商务印书馆 2014 年版，第 664 页。

③ 荷尔德林：《论诗之精神的行进方式》，见《荷尔德林文集》，戴晖译，商务印书馆 1999 年版，第 238 页。

然界层次更高,蕴含了艺术(创造)高于自然(模仿)的观念。如果艺术家"企图有意识地俯首帖耳屈从现实,而且对现存的一切依样画葫芦,那么他的制作就不过是雕虫小技,而绝不是艺术作品"①。因此,美丑可以互相转化,如果丑能表现艺术家的观念,那么它也是美的。也就是说,自然(生活)反过来要为艺术(虚构)服务了。

基于绝对精神的哲学框架,黑格尔的美学体系也明确指出"艺术高于自然"这一重要命题。在黑格尔看来,世界的本质是绝对精神,精神是第一性的,自然是精神外化的一个阶段的产物。绝对精神再往前进化到精神阶段,即人类社会,就又比自然阶段高级,并最终返回绝对精神自身。可见,在黑格尔的这个哲学框架中,精神要高于自然,尽管精神是以客观唯心主义的形式出现的,但正如上帝是人的异化形态那样,绝对精神也只是人的精神世界的异化形式。在黑格尔看来,艺术能自觉地显现理念,"因为艺术美是由心灵产生和再生的美,心灵和它的产品比自然和它的现象高多少,艺术美也就比自然美高多少"②。艺术美在黑格尔那里指的是能够表现普遍与特殊统一的个别,艺术美既要表现自然,又要"自然地"表现。黑格尔还认为,美是艺术的理想,这个理想是艺术对生活进行加工后的观念——艺术的真实。艺术真实来源于自然真实,又高于自然真实。

叔本华将黑格尔的绝对精神置换为生命意志,认为一切表象都是意志对象化的产物。他按照意志对象化的不同程度将艺术分为四类:建筑艺术、造型艺术、文学、音乐。这四类艺术是意志外化自身由低到高的四个层次。建筑艺术和造型艺术可感(表象)程度高,最依赖自然物质;文学和音乐是心像艺术,更贴近无形无相的意志及其外化出来的理念。也就是说,对物质质料的依赖性越小,意志的外化程度就越高;自然(生活)的

① 谢林:《论造型艺术对自然的关系》,见章安祺编订:《缪灵珠美学译文集》(第二卷),中国人民大学出版社 1998 年版,第 303 页。

② 黑格尔:《美学》(第一卷),朱光潜译,商务印书馆 1996 年版,第 4 页。

气息越少，自由（直观）的程度就越高。尼采推崇酒神精神，认为酒神精神的狂野、激情、冲动正是生命意志强力扩张的表征，而酒神精神代表的正是音乐（化）的艺术。事实上，在叔本华、尼采、弗洛伊德这些唯意志主义思想家那里，艺术已然被视为哲学真理的最高形式，他们将艺术直观为“对物自体的‘纯粹认识’（Pure Knowing，也译作‘智性直观’[Intellectual Intuition]——笔者注），而非他们偶然、日常的现实状态”①。他们对艺术的推崇、对梦幻感的追寻，与其说是对现实世界的否定，不如说是对绝对王国的向往。

第四节　艺术对自然美的超越

经过浪漫主义的洗礼，“审丑”成为 19 世纪艺术表现力的重要来源，尤其是在深受德国哲学影响的法国美学和诗学思想中，审丑往往与崇尚“人工”、反对“自然”联系在一起。罗丹认为，现实中的“丑”是被破坏了的形式，令人想起疾病、衰弱和痛苦等不健康的东西。但是，一位伟大的艺术家或者作家，以现实中的“丑”作为他的素材，就可以化“丑”为美。自然中“丑”的事物在艺术中往往比自然中“美”的事物更易于显示“性格”。“在自然中越是丑的，在艺术中越是美。”②雨果提出著名的“美丑对照”原则，认为作家表现美的同时也不能回避丑，丑的事物也能显现美的一面，表现丑更能衬托美。尽管雨果试图平衡美与丑的关系，但“美丑对照”原则在事实上高扬了“丑”的审美价值。从浪漫主义文学开始，大量生活中“丑”的事

① Paul Gordon: *Art as the Absolute: Art's Relation to Metaphysics in Kant, Fichte, Schelling, Hegel and Schopenhauer*, Bloomsbury Academic, 2015, p. 161.

② 罗丹：《对于艺术家，自然中的一切都是美的》，沈琪译，见蒋孔阳主编：《十九世纪西方美学名著选》（英法美卷），复旦大学出版社 1990 年版，第 490 页。

物成为作家表现的对象，这也是艺术与自然(生活)的关系的一种体现。

在夏多布里昂看来，想象力是丰富、繁盛和神奇的，与此相比，现实则是欠缺、贫瘠且乏味的。波德莱尔认为，诗是人类对理想的向往，理想高于现实，诗高于自然，艺术对自然的优越性得到了最光明正大的阐释，这是通过他对“人工美”的价值阐释表现出来的，以至于任何自然状态下产生的东西都不入波德莱尔的法眼，他像戈蒂耶那样否认自然情感，认为自然情感会伤害诗歌。他倡导的“以丑为美”成为文学现代性思想的主要特征之一。

英国美学则没有那么激进。柯勒律治(又译作“柯尔立治”)认为，艺术要模仿自然，但不是机械地模仿自然表面上的东西，而是模仿自然内在的本质。“他从一个符合于美的概念的既定形式着手模仿，他的作品会多么空虚、不真实!”①为了在精神上模仿自然，艺术家首先要与自然保持距离，像神那样以更高的视野观照自然，这就将作家的主观性置于自然之上了。于是，柯勒律治提出想象力的重要性，认为想象力能够完善和调节理解力。艺术的真实是主观的真实，是创作者和欣赏者共同配合的产物。华兹华斯认为情感是诗歌的本体。诗人的情感能力和普通人不同，普通人的情感只能由现实事物的刺激产生，而诗人具有超于常人的热烈情感，它可以凭借自身产生。这就使自我意识从表现“真实的情感”向“真实地表现情感”进化了。他继而指出，诗人具有超强的创造力和想象力，艺术创造的基础是虚构而非模仿。佩特认为，表现真实是决定艺术质量的关键，但真实不是庸俗生活的事实，而是艺术家感觉的真实，好的艺术与艺术家再现的对世界的感觉的真实程度是相称的。正因为人的印象、旨趣不断自由变化，文学表现出来的作者对形式、色彩或事件的印象也在不断变化。像华兹华斯一样，佩特也反对世俗化的情感，不过他比华兹华斯更为激

① 柯尔立治：《论诗或艺术》，刘若端译，见中国社会科学院外国文学研究所外国文学研究资料丛刊编辑委员会编：《欧美古典作家论现实主义和浪漫主义》(一)，中国社会科学出版社1980年版，第279页。

进，他认为世俗化的情感有太浓的“生活气息”，世俗化的情感只能表现庸俗的思想。这种高蹈的态度是唯美主义者的标签，它赋予感觉以高超的鉴赏力，艺术作品只需要将感觉印象表现出来，而不需要主观情感的自然流露。

英国新黑格尔主义者布拉德雷提出“为诗而诗”的观点，认为诗的本质不在于与现实生活的联系，而在于一种想象性的观念。他还认为诗不是真实世界的摹本，诗具有独立、完整和自治的世界，正因为诗有其自身的目的，所以诗的价值是自足的，任何宗教的、道德的、名誉的、金钱的外在标准对诗歌而言都不适用。那么诗的价值标准是什么呢？布拉德雷认为是“想象”。诗越能够打开读者的想象空间，越具有艺术的价值。他甚至认为想象是一种真实性的形象，比现实还要真实。

美国超验主义诗人、评论家爱默生认为，自然美是人类用生理感官能够把握的自然物之表象，它是低级的美，因为它稍纵即逝。人类精神的美是高级的美，因为它是心灵的创造物，艺术美也就是精神美，它是永恒的。爱默生也谈到美丑的问题。他认为，艺术美将美丑都容纳进来，只要经过艺术的加工，现实与艺术的美丑就可以相互转化。

詹姆斯被视为唯美主义色彩浓厚的作家，原因在于他对“艺术反映生活”的独特理解。“反映”并不是建立在自然主义式的、仔细观察生活的细节表象之上，也不是建立在现实主义式的、把握社会生活的本质规律之上，而是通过作家对生活刹那的直观，借助自我意识的统觉将直观印象表现出来，“这种根据所见的事物来推测未见的事物、探寻事物的含义，通过模式来判断整体的能力，经过深刻地感受一般生活来正确地理解它的任何一个独特角落的能力……就构成了经验，……也许可以这样说，印象就是经验”①。现实成为作家主观心理的现实，它已不同于客观世界的存

① 詹姆斯：《小说的艺术》，程介未译，见蒋孔阳主编：《十九世纪西方美学名著选》（英法美卷），复旦大学出版社 1990 年版，第 679 页。

在,也不同于完全主观的幻想,而是介于两者之间,类似于绘画上的印象派技法。詹姆斯认为艺术就应该描写印象,印象才是真正现实的。

在俄国,陀思妥耶夫斯基指出,艺术和美对人而言就如同吃喝那样不可缺少,没有美的世界是无法忍受的。“人对美的渴望、探索和感受是不附带任何条件的,而仅仅因为这是美。人们崇拜美,而不问它有什么好处,用它可以买什么东西。”①尤其是当人对现实生活不满的时候,与现实发生斗争的时候,人对美的需要就会达到顶点,美是人类的理想。

经过梳理可以发现,从世界观构建层面来说,“艺术高于生活”的思想很早就埋藏在人们的思维方式之中。近代以前,艺术被包裹在“可能世界”的范畴里,“艺术高于生活”几乎等同于“可能世界高于现实世界”。这不正是神话、宗教、客观唯心主义哲学共同的思维方式吗？也正是在此基础上,才能产生“模仿论”,因为所谓的“自然”只不过是神的产品,是对可能世界的现实化,模仿的本意不是去模仿那个“被创造的自然”,而是模仿“创造自然的自然”,也就是神的创造能力。可见,人的创造力还未被承认,它以神的创造力的异化形式存在。文艺复兴以降,人本主义从神本主义的外壳中脱离出来。人们逐渐发现,可能世界不过是人自己的创造物,理解与描绘可能世界并不主要依赖认识能力,而是依赖想象与创造力。并且,由于理性的逐渐工具化和人们对感性能力、审美意识的逐渐重视,作为自我意识能力的最后一块“短板”的审美之作用日益得到人们的切身体认。艺术逐渐成为可能世界最好的“代言者”,或者说可能世界越来越艺术化,于是,“艺术高于生活”的理念浮出水面。唯美主义认为现实世界和社会生活是平庸、无聊、丑陋的,将艺术视为脱离现实世界的避难所,这种世界观是建立在“艺术高于生活”理念上的,由此引出艺术与现实之间

---

① 陀思妥耶夫斯基:《陀思妥耶夫斯基论艺术》,冯增义、徐振亚译,漓江出版社 1988 年版,第 29 页。

的关系——艺术相对于现实世界是本原，是更高级的存在，即“第一是艺术，第二是生活”①。既然可能世界高于现实世界，现实世界不就应该向可能世界靠拢吗？既然艺术是可能世界的最好代表，那么自然不就应该模仿艺术吗？因此，“艺术高于生活”自然就衍生出“生活模仿艺术”，形成一种倒置的“模仿论”。王尔德将此总结为：“生活模仿艺术远甚于艺术模仿生活。”②伟大的艺术家创造理想的艺术典型，引领世俗大众在生活中去模仿这一典型。一旦艺术将自然和生活上升为理想，试图返回自然，反映时代历史，它就衰朽了。和波德莱尔等人一样，王尔德也抬高艺术，贬低自然。他认为，人们越研究艺术，就越不关心自然，“艺术真正向我们揭示的，是自然在构思上的不足，是她那难以理解的不开化状态，她那令人惊奇的单调乏味，她那绝对未经加工的条件”③。

---

① 叶渭渠：《日本文学思潮史》，经济日报出版社 1997 年版，第 391 页。

② Oscar Wilde: “Intentions”, in Josephine M. Guy, ed.: *Complete Works of Oscar Wilde*, Vol. 4, Oxford University Press, 2007, p. 94.

③ Oscar Wilde: “Intentions”, in Josephine M. Guy, ed.: *Complete Works of Oscar Wilde*, Vol. 4, Oxford University Press, 2007, p. 73.

第四章

艺术自律的可能性

如前所述,在唯美主义的语境中,“生活”可以理解为“自然”,“自然”又象征平庸的现实。唯美主义的理想是让艺术成为独立王国,不受现实世界与世俗价值观念的侵扰。因此,“艺术高于生活”的理念引出了关于“艺术自律”的话题。这个问题更为复杂,从词源上说,“自律”(Autonomy)来源于希腊语“自我”(Heautos)和“法律”(Nomos),顾名思义,自律就是自我规定的意思。自律原本是道德概念,即自由意志凭借自身原则做决定,不受任何外部因素的规定和约束,决定的动机像自然法则那样始终如一。自律是自由的一个层次、一个环节。艺术自律是现代艺术领域的话题,审美自觉是艺术自律的前提,艺术自律的话题很多时候与审美自觉纠缠不清。关于审美自觉的话题古已有之,讨论的焦点有两个:一是审美在艺术活动中有没有自身独立的合法性,二是美与真、善之间的关系。由于在上一章已经谈及美与真的关系,本章主要关注的是美与善的关系。

生活模仿艺术和艺术自律的提出之所以显得惊世骇俗,原因在于艺术模仿自然的思维。客观论美学导致艺术和审美在相当长的一段时间内总是服务于某种外在目的,总结起来,主要是服务于物质生产和伦理道德。前者在原始艺术中得以展现。在生产力落后的时代，艺术成为凝聚生产力、保持和扩大物质生产的工具。随着生产力的提高、阶级的分化，出现了诸如巫师、神职人员等专门从事精神活动的人。艺术的功能也从鼓舞、统一、调动生产者的劳动步调以促进生产力发展的劳动功能，慢慢过渡到统一人们的思想步调以促进社会共同体和谐的社会功能。于是，艺术的伦理作用得到重视，比如在古希腊，我们能看到哲学家对审美净化灵魂这一作用的强调。同时，基于天人相分的世界观，西方客观论美学还赋予艺术认知（也是一种模仿）功能，并将其与伦理道德的培养相结合。对自然的认知和对美德的学习是两位一体的：对自然的认知愈深，对美德的需求就愈强；只有把握住自然界的内部结构和内在规律，才能把握住人与人之间的社会结构和交往规律。正如毕达哥拉斯学派试图在音乐中找到美的根源一样，他们让音乐成为美的体现，认为通过音乐欣赏能够改正坏的品性，回归正直质朴。从古希腊到近代前期，西方美学一般是将真与善放在美之上的，尤其是善，总是成为美的目的，并且这个善也包含了“完善”“圆善”等认识的目的。因此，如果说艺术与自然（生活）的关系体现的是美与真的关系，那么艺术自律则更多涉及美与善的关系。

第一节 逐渐苏醒的审美意识

亚里士多德的“净化论”阐释了文艺的审美教育功能。他认为通过文艺熏陶，在闲暇和松弛的状态下增强人的鉴赏力，有助于培养德性、净化感情。虽然审美教育是为培养合格的城邦公民服务的，从根本上说是艺术为社会政治服务，但亚里士多德也承认审美是在闲暇和松弛状态下的精神活动，这一活动使人更加完善，亚里士多德并不否认艺术的无功利性。

阿奎那认为完美的形式意味着事物自身的完善，也意味着上帝安排的“完美”，因此，美与善在阿奎那的眼中是同一的。虽然阿奎那的观点有着浓厚的神学色彩，但由于其底色是亚里士多德式的古希腊哲学，他关于美善同一的观点也代表了西方古典哲学、美学的思想。西方哲学、美学中的“善”不等于道德上的“善良”，“善”具有更偏重本体论的意义——完善。“……美与善在其主旨上是同一的，因为明晰与和谐也见于善的性质之中……”①阿奎那触及了人的美感，美是人的感官体验到的和谐，自然地衍生出审美无功利的思想，这成为中世纪美学向近代美学透出的一缕曙光。“由于源于其他一些感官的感觉印象因其和谐而给人以快感，比方说，人在谐和有序的声音中得到欣悦，所以这一快感同他维持生计并无联系。”②

文艺复兴时期，阿尔伯蒂将美泛化，从至高的美的形式推导出“最为高尚的东西就是美的”③。任何人都会被美的东西所吸引，大自然本身也不会停止对美的陶醉，甚至整个国家和社会的组织机构之间也呈现出美的比例来。菲利普·锡德尼肯定诗歌高于自然，也高于历史，因为诗歌可以通过将现实素材艺术化，使之更具理性和教育意义，从而达到寓教于诗的目的，而历史往往被迫去“真实地”记录许多丑恶的事实，免不了诱人纵恶。此外，锡德尼认为如果从教诲的角度出发，那么诗和哲学是相近的。区别在于，诗歌是通过打动人的情感实现教诲，不仅是知性的认识活动，还带有情感自由活动的审美心理学特征。这就触及了文学艺术的情感本质。

霍布斯将美视为物体中指引我们向善的“符号”——美即某种表面迹

① 陆扬：《中世纪文艺复兴美学》，北京师范大学出版社 2013 年版，第 196 页。

② 转引自陆扬：《中世纪文艺复兴美学》，北京师范大学出版社 2013 年版，第 219 页。

③ 莱昂·巴蒂斯塔·阿尔伯蒂：《建筑论——阿尔伯蒂建筑十书》，王贵祥译，中国建筑工业出版社 2009 年版，第 150 页。

象预示其为善的事物，丑是指引我们向“恶”的符号。[1] 美是善的外在形式，善是美的内容；丑是恶的表现形式，恶是丑的内容。这是美善同一的观点。夏夫兹博里认为真善美同一，美感就是道德感，审辨善恶的道德感和审辨美丑的美感是相通的，审美带来道德上的完善。夏夫兹博里从自然神论的角度出发，认为自然是神创造的最和谐的存在，所以“凡是美的都是和谐的和比例合度的，凡是和谐的和比例合度的就是真的，凡是既美而又真的也就在结果上是愉快的和善的”[2]。这与传统本体论美学的区别在于，真善美在夏夫兹博里看来不是客观的理念或属性，而是人心的“内在感官”，对和谐的形式的认知角度从客观事物转移到内在心理能力和态度上去了。博克认为，审美和生理欲望无关，只和爱有关，审美应该是排除了欲望因素、更加“纯洁”的静观。总体来说，英国经验论美学试图寻找某种直接感知善与美的感性能力，将这种高级的感性能力与动物式的生理感官能力区分开来，将美感与伦理情感以及功利性的满足感区别开来，这就为审美无利害（功利）理念打下了基础。

从英国经验论者有关真善美的论述中可以看出，真善美从天国被拉回人间，真善美的概念从中世纪以前的某种先验、神秘的理念转变为人的某种禀赋和能力。在近代理性主义哲学家那里，真善美成为构成人性完整的三个部分。随着时代的发展，真善美本身的含义也发生着变化，总体而言，它们从早期本体论哲学中的抽象存在日益世俗化，也就是说它们要通过人本身才能获得解释。如前所述，真从真理、理念、理式逐渐转变为生活的真实感，善从完善、圆善逐渐转变为调整社会交往、维护社会政治稳定的伦理道德。这是不是预示着美的概念也逐渐世俗化呢？

---

① 霍布斯：《利维坦》，黎思复、黎廷弼译，商务印书馆 1986 年版，第 37 页。

② 夏夫兹博里：《杂想录》，朱光潜译，见北京大学哲学系美学教研室编：《西方美学家论美和美感》，商务印书馆 1980 年版，第 94 页。

第二节　审美:完整人性的拼图

在大陆理性主义者的眼中,真善美是高度统一的,它们都处于理性的统摄之下,理性不是来自天国,而是来自人自身。狄德罗、温克尔曼等启蒙主义思想家同样持真善美一体的思想,他们从资产阶级的人道主义出发,将真善美作为人的全面发展的维度,并认为其在人性中趋于统一,这一观点是近代以来西方美学的主流。

其实,从启蒙主义时代开始,艺术自律和审美自觉观念就已经潜伏在以“自由”为核心的“天赋人权”观念中了。启蒙主义试图砸碎艺术活动中的政权、神权枷锁,这为艺术自律观念提供了温床。当然,启蒙主义并非企求艺术自律,而是试图构建人性完善的图式。比如“美学之父”鲍姆嘉通确立美学的形而上学领域,将感性学与伦理学、逻辑学并列为研究人性完整的学科,客观上使美学成为一门独立的学科,但他的出发点和目标是将感性(审美)领域作为人性完整的拼图之一,并非将美抬高到真与善之上的地位。

康德美学借助“无功利”“无概念”“合目的性”“共通感”等话语详细阐释了鉴赏的发生特征,他的目的也是探究审美判断背后的先验机制,从而将人的知性和理性连接起来,构建出一个“大写的人”。在康德那里,审美看起来还是鲍姆嘉通所说的感性认识,属于人的认识能力,但其本质并非为了认识客观对象,而是通过认识对象反思共通的人性,引发人的情感,即共通感。“鉴赏有更多的权利可以被称之为共通感;而审美(感性)判断力比智性的判断力更能冠以共同感觉之名,如果我们真的愿意把感觉一词运用于对内心单纯反思的某种结果的话,因为在那里我们把感觉理解为愉快的情感。我们甚至可以把鉴赏定义为对于那样一种东西的判断能力，它使我们对一个给予的表象的情感不借助于概念而能够普遍传达。”①无论是美学的形而上学领域(感性)，还是美学的先天原则(情感)的确立，都承认审美是人性中不可或缺的部分，通过审美可以展现人的自由本质。因此在康德看来，审美判断力具有“主观情感性”“先天立法性”“普遍有效和必然性”，此三点正是“审美自觉”的内涵。正如自由以自身为目的，审美完全可以成为自身的目的。

康德在《判断力批判》中主要是用理性主义认识论的思想指导对审美活动的分析的，这种思想还残留着客观论美学的痕迹——反思判断一个对象美不美，同时也含有古典主义式的道德主义理想——将美视为道德的理想和象征。这导致康德的四个契机只是对审美心理现象的归纳总结，而不是对审美现象之本质的把握，本质上是试图建构具有“完善的”理性判断能力，而非将艺术的自律性推到极致的唯美主义思想。在后来的《实用人类学》中，康德修正了他的理性主义认识论，将重心从“审美距离”(无利害)和“形式主义”(形式的合目的性)观点转向了对“共通感”的阐释，发现了审美背后的人的社会性情感的本体作用，所谓“合目的”不是绝对没有目的，而是符合人的情感目的，尽管他对此还未自觉。

席勒认为，美的本质必然是道德的，道德上的正直是所有基于生活标准的鉴赏力的必要组成部分。但艺术的本质是假象，假象即艺术的形式。因为在艺术审美中，形式超越了内容，也就超越了现实和功利的束缚。“判断审美假象的标准不是有没有实在性，道德法则也不适用对审美假象的判断……”②席勒延续了康德对审美无功利的理解，又超越了康德的形式主义认识论。他认为判断审美假象的根据是美的法则，也就是自由、完整的人性。

---

① 康德：《康德三大批判合集》(下)，邓晓芒译，人民出版社2009年版，第336页。

② 席勒：《审美教育书简》，冯至、范大灿译，上海人民出版社2022年版，第214页。

鲍姆嘉通、康德和席勒等人的美学思想以完整、和谐的人性观念给予审美和艺术应有的地位，将人的感性能力视为补齐完整人性的“短板”，这是一种人本主义思想。不过，我们显然无法从中导出“艺术自律”的逻辑，甚至恰恰相反，它让人觉得感性能力是人性中其他能力禀赋的“服务人员”或“润滑剂”。但是，人本主义对完整人性的追求带来人学的眼光，即人性应该是鲜活、灵动的，衡量人性完善的标准不是简单的“木桶理论”，这一标准应该是既先验又切身的东西。追求人性完善带来了一种新的价值判断和人学判断的标尺，即自由。自由的一个层次是自律，艺术自律和审美自觉就建立在人性自由观念的基础上，甚至由于感性与自由(感)的相通性，美感逐渐被西方视为自由的直观表现。

第三节　自由:艺术自律的翅膀

人性自由观推动了18世纪以降西方哲学的人本主义转向，也推动了浪漫主义思潮的到来。对人性自由本质的追问和美学研究的人本主义转向是同步的。赫尔德认为美是真理的感性现象，真理是历史的精神，这一点与黑格尔很相似。他还认为，美和真是一体的，两者互为形式和内容。美是物质存在的高级形态，是完善的感性现象。费希特指出，道德由于强调概念，有时候会压抑自我的自由，但审美体现了自我的自由本质，锤炼了人的精神，它比道德站位更高。审美为道德准备了土壤。席勒用游戏说佐证了审美的无功利性，在扬弃了外在物质、功利的目的后，物质消耗转向了审美游戏。“在美的崇高自由中，自然得到了提高从而超越了任何目的的强制。”①也就是说，自由(审美)比自然崇高，或者说自由是自然的

① 席勒:《审美教育书简》，冯至、范大灿译，上海人民出版社2022年版，第232页。

高级阶段。因此席勒认为："在审美王国中，一切东西，甚至供使用的工具，都是自由的公民……"[①]席勒还谈道，文艺不应受任何政治和社会目的的制约，艺术的自律并不否定启蒙运动和狂飙突进运动所追求的艺术的社会效果，反而有助于实现这一效果，因为艺术只有在同理性和行动力平起平坐时才能真正实现人类的自由发展。谢林认为，艺术作品与工艺产品的不同在于：一切美感创造活动原则上都是一种绝对自由的活动，虽然艺术家也可能是受某种矛盾的驱使而从事美感创造活动的，但这种矛盾仅仅存在于艺术家所特有的最高天赋中，即美感创造活动是一种内在目的；反之，其他的创造活动都是由存在于创造者之外的矛盾引起的，因而是一种外在目的。内在目的的独立性产生艺术的神圣性与纯洁性。由于将世界本原视为绝对同一，真善美在谢林这里也是同一的，三者相互包容。谢林将美从真与善之间纠缠不清的等级秩序中解脱出来。美和艺术真正找到了彼此，引起美感的事物就是艺术，艺术就是表现美，美和艺术是同一事物的不同侧面。

德国浪漫派对人的自由本质推崇备至。既然自由是人的本质，那么知情意、真善美也应该是自由的。奥古斯特·施莱格尔在 1801 年就谈到"美的艺术是无目的的合目的性"观点。事实上，早在这之前，就有人提出艺术除了美之外，绝不应当也不可能表现任何东西。奥古斯特·施莱格尔还提出艺术"有机论"的观点，认为一件艺术品也显示了一个自然产品的有机特性。如果说"自律"原本是指事物有一个内在目的，那么有机物则是这种目的之最佳代言者。"有机的"(Organisch)一词内含"自组织"的含义，所谓"有机的"也是"自足的"，有机的艺术"像自然一样是自动创造的，既是被组织的也是具有组织力的，它必须形成活的作品，这作品首先必须发动起来，但不是像钟摆一样靠某种外在机械装置来发动，而应像

① 席勒：《审美教育书简》，冯至、范大灿译，上海人民出版社 2022 年版，第 240 页。

太阳系一样，靠一种内在力量来启动”①。弗里德里希·施莱格尔也认为，美是人性的本质，美必须是自由的，它与真、善一样有自身内在的规律，不受他律的制约。诺瓦利斯认为音乐能从自身中提炼出艺术的精华，音乐是自律自足的美的艺术，因为它是非模仿性的。

黑格尔认为，美的理念要通过感性形象来显现，但不能停留在外在形象上，必须要体现出理念的普遍性。他还认为美是主体创造性的表现，同时由主体性出发引出美的根源是自由的观念。黑格尔将自由理解为理念在外界中将自身显现出来，最终达到主客统一的过程。“自由首先就在于主体对和它自己对立的东西不是外来的，不觉得它是一种界限和局限，而是就在那对立的东西里发现它自己。”②我们可以认为，黑格尔的自由就是对象化过程中的理性与感性、主体与客体、内容与形式的统一。在黑格尔的哲学框架中，人类社会是理念自我外化的最高阶段。如果我们搁置抽象的绝对精神、绝对理念的概念，看到理念背后深厚的人本主义内涵的话就会发现，理念就是人的自我意识的异化形式，理念的主体性其实就是人的主体性的另一种表述，理念的对象化就是人的本质的对象化，理念的自由本质也是人的自由本质，美就是人的自我意识发展到一定阶段的产物。

黑格尔将自由与人的本质力量联系起来，他从人的本质力量对象化的角度谈论艺术创造，认为艺术起源于自由创造。自然物是先天命定的，没有其他的可能性，它是直接的、一次性的；而人则通过自由自觉的创造活动，既从对象中直观自身，又在实践中外化自己的本质。“……人有一种冲动，要在直接呈现于他面前的外在事物之中实现他自己，而且就在这

① 艾布拉姆斯：《镜与灯：浪漫主义文论及批评传统》，郦稚牛、张照进、童庆生译，北京大学出版社 2015 年版，第 246 页。

② 黑格尔：《美学》（第一卷），朱光潜译，商务印书馆 1996 年版，第 124 页。

实践过程中认识他自己。”[①]因此，人在对象中看到的实际上是他自身的外在现实。反过来说，未经人的实践活动的事物之自然状态恰恰是不自然的异己状态。人不能从中看到自身力量的实现，人与对象之间只是低级的生理欲求关系，主客被束缚在生理欲求中以致互相丧失，这就不是自由的状态。艺术创造和审美就是一种特殊的实践活动，也就是人直观自己本质力量的对象化过程的特殊形式。审美实践的特殊性在于真正实现了感性与理性、主体与客体之间的交融，矛盾双方互相作用，又不会导致互相取消。从自由创造的角度看，黑格尔认为作家可以表现伦理观念，但他反对将道德教诲作为艺术的主要目的，认为艺术不应该过分强调道德宣教，作家的伦理观念应该消融在感性形象中。“至于其他目的，例如教训、净化、改善、谋利、名位追求之类，对于艺术作品之为艺术作品，是毫不相干的……”[②]

第四节 无利害：艺术自律的关键一步

康德提出审美无利害（功利）的观念：“……鉴赏判断的愉悦是不带任何利害关系的。”[③]所谓没有任何利害关系表现为主客体之间既没有理性的意愿关系，也没有实际利益的联系，鉴赏主体只对单纯表象感到愉快。由此可见，利害关系指的就是对象的质料和内容能不能使人满意。这种满意在康德看来是低层次的欲望，不光人有，动物也有，比如说官能享乐。一旦欲望上升到了情感，欲望带来的快乐升华为情感的愉悦，利害关系就不存在了。反过来说，一旦掺杂利害关系，纯粹的鉴赏判断就不存在了，

① 黑格尔：《美学》（第一卷），朱光潜译，商务印书馆1996年版，第39页。
② 黑格尔：《美学》（第一卷），朱光潜译，商务印书馆1996年版，第69页。
③ 康德：《判断力批判》，邓晓芒译，人民出版社2002年版，第38页。

比如道德感带来的愉悦同样拥有普遍性,但道德感带来的愉悦不是鉴赏判断,因为“对于善的愉悦是与利害结合着的”①。

19 世纪,德国美学中的艺术自律思想主要沿着康德美学的逻辑向两个方向前进:一是审美无利害、无概念,二是形式主义。

费尔巴哈的美学思想与他的人学思想是紧密结合的。他谈道:人的感觉不同于动物的感觉,很重要的原因在于动物的感觉只对影响它生存的功利对象产生,而人的感觉可以对那些超功利的对象产生,反映出人自身的自由本质。叔本华对古希腊哲学的“智性直观”进行了改造,使其具有艺术直观的绝对能力。艺术无须表现真实的概念,它本身就是最真实的本质,不需要外在规定的前提条件。换句话说,艺术是自足的。德国美学家 J. F. 赫尔巴特认为,纯粹的美是纯形式和无功利的,美与单纯的感性快感不同,美(形式)具有一种永恒的价值,但在具体的审美状态中,往往包含了伦理道德的成分。因此,如果要获得纯粹的美感,应该用一种静观的态度将伦理道德(内容)净化掉,剩下永恒的形式。反过来说,纯粹的形式主义其实无法解释所有的艺术门类,比如以语言符号为载体的文学,这也是文学的形式主义者总是对音乐艺术心向往之,试图从音乐中找到文学美感的原因。奥地利美学家齐美尔曼也不否认艺术中的道德具有美感,他认为鉴赏力既可以欣赏纯形式的美,也可以欣赏道德的美,他的重心已经从道德教诲转移到审美上来了。在他看来,道德在艺术中是作为审美对象被欣赏的。

柯勒律治是最早接触德国古典哲学和美学的英国人之一,尤其受到康德和谢林思想的影响。柯勒律治于 1821 年在布莱克伍德(Blackwood)的《爱丁堡杂志》上向读者介绍了“审美/感性”(Aesthetic)一词,这个词在当时对大众而言是十分陌生的:

① 康德:《判断力批判》,邓晓芒译,人民出版社 2002 年版,第 42 页。

> 我希望我能找到一个比“审美”更贴切的词来表达我的品位和批评。……由于我们的语言中没有其他有用的形容词能表达形式、感觉和智力的巧合。……我们有理由希望，一旦独特的思想和明确的表达再次成为艺术家所必需的，‘审美’这一术语就会被广泛使用。①

当审美与感性能力结合在一起时，就意味着美成为一种切身的体验，即一切能够激发愉悦而无涉利益和利害关系的感觉。伴随“审美无利害”而来的是“艺术无功利”思想。柯勒律治吸收了“有机论”思想，认为诗歌的形式应该是“有机的”，诗歌形式的各部分应该是和谐与统一的“生命体”，具有自主性。柯勒律治还赞同“游戏说”，认为文学的直接目的是获得乐趣，他将文学鉴赏与非功利的审美联系在一起。“游戏说”在英国也很有市场，斯宾塞也持“游戏说”的观点。他继承席勒的思想，认为艺术是人的过剩精力的发泄，美感是摆脱了生存欲望的高级体验，这种自然主义式的美学观使他将审美与功利区别开来。虽然罗斯金持社会学的观点，认为美具有现实的基础，但他对美的本质的理解是非功利的。在他看来，美来自有机形式中体现出的健康生命力，而异化劳动则损害了生命的有机统一形式，剥夺了人的自由。他主张美与效用无关，认为那些将美视为正确、有用、习惯的想法是错误的。“少女可以歌唱她失去的爱情，守财奴却不能歌唱他失去的金钱”②，这道出了审美无功利的关键因素——真挚的情感。尽管罗斯金并非极端的审美至上者，但他认为艺术修养的前提是良好的道德水平，否则一个人就不可能欣赏艺

① Elizabeth Prettejohn: *Art for Art's Sake: Aestheticism in Victorian Painting*, Yale University Press, 2007, p. 4.

② John Ruskin: "The Stones of Venice", in E. T. Cook, A. Wedderburn, eds.: *The Works of John Ruskin*, Vol. 10, George Allen, 1904, p. 74.

术。但是,“当艺术一旦获得,它所反映的行为就会提升并完善它所产生的道德水平,最重要的是,它会将愉悦的心情传达给已经具有类似道德水平的人”①。这种关于艺术引发情感共鸣作用从而提升人的道德感和道德自觉的说法既有英国经验哲学的传统,又有康德哲学的影子。马修·阿诺德认为过于计算利益关系会导致民族文化的堕落,艺术的本质应该是超然而无利害的。

王尔德指出,艺术除了表现自身,不表现任何别的东西。“艺术具有独立的生命,就像思想具有独立的生命那样,艺术完全按照自己的路线向前发展。”②艺术表现自身就是表现美,而不是真与善。因此,王尔德认为:现实主义的艺术不一定是现实的,它可能给读者以假象;信仰时代的艺术也不一定是精神的,它无法提供道德标准。他将艺术视为“谎言”,而谎言需要头脑和技巧,正如艺术作品的审美价值需要艺术家的品位和造诣;谎言不是真实的,说谎也不是善良的,“谎言”的艺术只关心美。艺术的历史就是美的历史,这也是为什么艺术相对于现实而言忽而超前、忽而怀旧,而不去尝试再现时代。只要能表现美,任何一个时代都适合成为艺术表现的对象,因此,美是超功利、超现实的,与现实的生活无关。

在法国,库申首次提出了“为艺术而艺术”的说法,他区分了“效用”与“合适”。凡是和效用有关的实用价值都不是美。美建立在合适的基础上,合适是事物自身的目的与方法的统一,也就是以自身为目的。在《恶之花》序言中,波德莱尔表达了对诗歌的形式主义的追求,同时也提出诗歌要兼顾美感体验,真正的诗要在节奏和韵律上符合现代都市人的审美

---

① John Ruskin: “Lectures on Art”, in E. T. Cook, A. Wedderburn, eds.: *The Works of John Ruskin*, Vol. 20, George Allen, 1904, pp. 73-74.

② Oscar Wilde: “Intentions”, in Josephine M. Guy, ed.: *Complete Works of Oscar Wilde*, Vol. 4, Oxford University Press, 2007, p. 102.

需求。诗人应发掘恶中之美，避免道德说教，将美与善区别开来。诗歌当然也可以涉及真理和道德，但真理和道德不是诗歌的目的，如果诗歌一味重视道德宣教，就会拙劣不堪。

爱伦·坡在《诗歌原理》(1850)中明确提出了艺术自律(为诗而诗)的观点。他说，美国诗歌长期以来重视道德教诲，甚至用道德的标准衡量诗歌的水平。这种局面造成了一种诗歌创作上的虚伪，给诗歌创作和欣赏带来了巨大危害。他认为，如果人们愿意审视一下自己的内心，就会立刻发现再也没有比为诗而诗、以诗为终极目的的诗歌更加高尚的作品了。亨利·詹姆斯的观点类似于艺术"有机论"。他认为文学是一个有机整体，叙述、描写、对话、情节等文学元素都不能被孤立地分析，它们相互依存，每个元素都包含着其余各元素，它们共同构成了作品的生命力。文学创作的艺术就是整合这些因素的技巧。"我们在谈论小说的艺术，艺术问题(在最广泛的意义上)即创作技巧问题，道德问题完全是另一回事……"①因此，艺术水准的高低就是艺术家创作技巧的高低，艺术的本质就是艺术家心灵的本质。惠勒斯认为，审美感受应该区别于其他感受，不要把它与那些完全陌生的情感混淆，比如奉献、怜悯、爱国主义等等。

第五节　艺术自律抑或审美自觉?

艺术自律是以哲学、美学上对审美自觉的发现为基础的，自律自足的艺术是以审美自觉为出发点和归宿的。审美自觉基于哲学中对人的意识

---

①　詹姆斯：《小说的艺术》，程介未译，见蒋孔阳主编：《十九世纪西方美学名著选》(英法美卷)，复旦大学出版社1990年版，第689页。

结构的阐释。近代哲学将人的意识分为知、意、情三个领域，分别对应真、善、美的价值。

从哲学上说，人对自我的感觉一开始只是表象，随着语言能力的提升，这种朦胧的感觉成为类意识。人的类意识随着语言的产生而产生，语言使人认识到自己有同类，具有社会属性，在自我身上看到他人，在他人身上看到自我。因此，类意识就是自我意识，就是超越个体的普遍意识，所以，语言（逻各斯）就是理性。

在"知"方面，动物的知觉只能涉及事物的表象，而人类通过自我意识和语言将表象抽象化、普遍化，使其成为概念，从而上升到理性认识。经过语言的作用，人的表象比动物的表象更高级，概念就是高级的表象，因为它得到了命名，成为他人可以理解的东西。人的任何感觉印象背后都受到语言系统的控制。

通过自我意识和语言的作用，动物对物质的欲望上升到了意志。意志活动要求用理性规划行动，按照理性的法则去达成某个目的，这就涉及"善"的概念。西方传统语境中的"善"包含对"适合""效用"等的考量，表示满足某一个目的的合适。因此，美意味着协调、匀称，也意味着善、有用。随着社会的发展，人们不但要建立与自然（物）打交道的法则和标准，也要建立与人打交道的法则和标准，于是"善"逐渐与"好"分离，被更多地赋予伦理道德的含义。

在自我意识和语言的作用下，人类将动物式的本能情绪上升为情感，情感与情绪不同，它可以借助于对象而在不同主体之间传达，形成情感共鸣。无来由的情绪、感觉经过语言的控制成为能够传达的情感。专门用于情感传达的对象就是艺术，它以对象化的方式来传达情感。一开始，艺术和技艺是一体的，审美作为一种精神性的活动还未取得独立的地位。不过，技艺性的艺术中已经蕴含了人与人之间的情感交流。比如劳动号子，它本身不是生产，但具有调动起生产者之间相互鼓励、协调、放松的劳动辅助功能，成为生产者之间情感交流的纽带。随着生产力的发展和社会分工的细化，专门从事艺术职业的人员出现了。艺术的主要目的已经不是促进生产，而是专注于传达情感、表现美感。

既然为认识而认识（求真的兴趣）、为道德而道德（自由意志）是可能的，那么为审美而审美为什么不可能呢？真、善、美对应的知、意、情都是建立在自由意志基础上的人的高级精神活动，它们都将人的意识从本能的表象、意志和情绪中加以升华。德国近代哲学将知、意、情视为人的自我意识建立起的三个领域。这一观点在康德哲学那里被系统化，后来的法国美学将这一划分通俗化地表达为“为知识而知识，为道德而道德，为艺术而艺术”。事实上，康德是为了将“纯粹”的知、意、情的各自原则论述清楚，才将它们分开来讲的。作为自由自觉的精神活动，自我意识的知、意、情三个领域当然不是泾渭分明的。任何一个时代对真、善、美的理解都是一种由人建构的世界观，人们凭借某种世界观以便更容易地理解世界，促进人与人之间的社会交往。同时，大家也通过文艺作品和审美活动“培养、训练”这种世界观。这一过程从本质上说就是让艺术指导现实，让生活模仿艺术。从人类文明的历史长河来看，人们总是尝试用认知和道德去规范艺术的标准，匡正艺术的边界，但艺术往往比科学认知更加“敏感”，更多地扮演人类意识的开拓者角色，“先行一步”抵达科学的盲区，并冲击和重塑伦理道德的藩篱。只不过在唯美主义出现以前，艺术家们还不够“理直气壮”。

我们可以认为，审美自觉的意思不是把知情意、真善美分隔开，而是审美活动中的真、善以美为目的，知、意为情服务。通过艺术欣赏实现审美是最终目的，而不是手段。事实上，只要美感产生，就已经是审美自觉的过程了。那么美与真、善的本体差异在哪里呢？在于情感！美感来源于情感，但情感仍然可能和真、善有关，比如对科学研究的热爱和道德感，所以情感只是美感的基础。那么审美的情感和其他情感的区别在哪里呢？在于形式！形式的合目的性确保了美感，并赋予美感以普遍性，美感就是审美主体借助于人化对象而产生的情感共鸣。人化对象之所以不同于自然对象，原因就在于它被人赋予了某种形式，从而产生了超越其物质属性的精神属性。任何艺术都显现为某种形式，那么文学的形式是什么呢？是文学语言！准确地说，是包含了情感的文学语言，典型地体现为具有隐喻、象征等诗性特质的“意象”，这也是强调个人情感的浪漫主义会裂变出文学唯美倾向的原因。

审美自觉当然是可能的，但艺术自律可能吗？这是另一个问题，而且是一个文学现代性的问题。可以说，艺术自律是文学现代主义意识的重要组成。唯美主义提出“为艺术而艺术”主要针对两个“枷锁”：一是“为人生”的写实艺术，二是为经济效益的艺术产品。在唯美主义者看来，前者以写实之名承担艺术的伦理教诲之实，让欣赏者接受资产阶级腐朽的道德说教；后者将艺术变成商品，艺术家变成商人，服务于毫无审美鉴赏力的庸众，令艺术充满令人鄙夷的市侩习气。

事实上，如果艺术自律指的是艺术作品的自律，那么这种自律仍然指的是审美自觉，因为脱离审美活动，艺术作品并不“存在”，正如我们无法谈论无人欣赏的艺术品，并且自律往往落脚于文学的形式主义追求。如果艺术自律指的是艺术家和创作者的自律，那么这种自律指的就是创作者单纯为表现自己的情感进行的创作，即所谓有感而发和自我表达。但这个过程难以证明，谁也无法确证创作活动是不是自律和纯粹的，人们只能从欣赏者的角度去理解和揣摩。康德就认为艺术创作的自律是不可能的，因为在他的年代，艺术是上流社会贵族沙龙的消遣，艺术创作多是为贵族社交和虚荣心服务的。康德因此崇尚自然美，瞧不上艺术。只有在艺术家社会地位上升，他们能够通过创作实现衣食无忧的情况下，才可能产生艺术自律的现象。“唯美主义思潮对艺术自律的推崇成为中产阶级在日益变幻的英国19世纪末期宣示主权的渠道。”[①]同时我们也要看到，艺术市场在提高艺术家地位的同时，也难免给艺术创作增加商业化和市场化的考量，由此冲击着艺术自律的“自律性”，导致“艺术自律”问题的复杂性。

---

① J. L. Freedman: *Professions of Taste : Henry James , British Aestheticism and Commodity Culture*, Stanford University Press, 1990, p. 48.

| 第五章 |

“形式自觉”的历史脉络

就创作者而言，由于艺术自律难以自证，所以最能证明艺术自律理想的因素也许就是文本的形式主义倾向，由此引出了唯美主义文学的又一理论，即文学形式的自觉。“为艺术而艺术”本身就反对艺术表现政治、道德、宗教内容。在传统的文艺观念中，这些内容属于思想领域，而结构、体裁、语言、修辞等因素则属于形式领域，而这也是艺术创作者安身立命的领域。无论是在革命激情衰退后平庸苦闷的法国社会，还是在工业革命后保守市侩的英国社会，抑或是在社会矛盾与改革焦虑涌动的俄国社会，艺术家对现实的不满情绪逐渐蔓延，进而鄙视庸众，认为艺术与日常生活琐事分离是天经地义的。他们认为对艺术形式进行雕琢，追求所谓“纯粹美”才是艺术家的“专业”，这促使唯美主义成为“反抗市侩现代性的第一个产儿”①。形式主义对艺术形式的自觉与唯美主义的艺术自律理论相契合，“为艺术而艺术”在很大程度上表现为“为形式而形式”。

但形式又是什么呢？波兰美学家塔塔尔凯维奇提出了关于形式的五

① Matei Calinescu: *Five Faces of Modernity: Modernism Avant-Garde Decadence Kitsch Postmodernism*, Duke University Press Books, 1987, p. 45.

种概念：一是指构成事物整体的结构、比例，比如音乐的旋律，这个概念与构成事物的元素相对，贝尔“有意味的形式”指的就是这一层意思；二是指直接呈现在感官之前的材料，此概念与内容相对，比如诗歌的音韵；三是指对象的界限或轮廓，此概念与质料相对，主要运用于视觉艺术领域；四是指对象的概念性本质，类似亚里士多德的“隐德莱希”(Entelechy)①和柏拉图的“理念”，带有本体的意思，在概念上与“偶然”相对；五是康德哲学中的范畴，指人的意识感知对象的先验综合能力，类似于“格式塔”，包括感性直观的先验形式(时间和空间)以及知性的逻辑判断能力(十二范畴)，与其相对的是未经感性直观整理的“杂多”。② 这说明，“形式”的概念一直处于变化之中，在不同语境中有不同的含义。对形式的理解需要我们在历史长河中仔细梳理、辨析。

第一节 本体论的“形式”

由于形式的抽象性与本原性，在西方形而上学中它指的是事物的本质，是事物成为其本身的内在根据与目的。早期古希腊哲学认为美来源于某种客观存在，哲学家们从朴素的唯物主义角度出发，在水、火、气等自然物质中寻找答案。随着人类思维能力的发展，毕达哥拉斯学派将这种客观存在指认为某种抽象的“关系”——数。数字之间形成的数的关系是最抽象和最稳定的，这似乎可以解释一切具象事物存在的根本原理。“由于他们看到和声的比例和属性是在数目之中，所以就认

① 隐德莱希：指达到了的目的、完成了的实在。

② 瓦迪斯瓦夫·塔塔尔凯维奇：《西方六大美学观念史》，刘文潭译，上海译文出版社 2006 年版，第 227—249 页。

为，其他的那些东西的全部本性也是由数目塑造出来的。”①美的根源就是和谐的“数的关系”，即适当、协调、整一、匀称的比例，最能表现这一比例的直观对象就是音乐。毕达哥拉斯从铁匠打铁的声音中受到启发，通过数学推理领悟到音程和弦的比例关系，建立起协和音程及其背后的数学秩序。

既然和谐的“数的关系”是美的，那么在这一关系中便蕴含了某种“效用”的考量，即事物内部元素的组合是否“适合”。“数的关系”也可以延伸到人与大自然的关系，赫拉克利特就结合音乐中的数量关系分析艺术与自然的关系。随着古希腊哲学提出“人是万物的尺度”，人的审美主体意识开始形成，苏格拉底将美的根源从事物本身属性中蕴含的“数的关系”演进为事物对人是否“适合”。“因为一切事物，对它们所适合的东西来说，都是既美而又好的；而对于它们所不适合的东西，则是既丑而又不好的。”②人作为神最为得意的作品，这些客观对象必然也符合人的目的，“适合”人。在“适合论”的阐释中，美从单纯的自然客观物的属性转化为精神的（神学）目的，在形而下的感性自然物和形而上的神的中间植入了人的力量。

柏拉图在苏格拉底的基础上寻找“美本身”的来源。柏拉图的理念论哲学将一般、普遍的理念与个别、特殊的存在相分离，他将“美本身”指认为“美的理念”。先有美本身，才能衍生出具体事物的美，个别的美的事物不过是“分有”了美的理念。这时，感性已经不起作用了，只有理性才能把握终极存在。形式在柏拉图那里已经高度抽象化，甚至可以被理解为理念，但在谈到美的理念的特征时，柏拉图仍然将美与匀称相

---

① 亚里士多德：《形而上学》，苗力田译，见苗力田主编：《亚里士多德全集》（第七卷），中国人民大学出版社 2016 年版，第 39 页。

② 苏格拉底：《苏格拉底论美善》，吴永泉译，见高建平、丁国旗主编：《西方文论经典》（第一卷），安徽文艺出版社 2014 年版，第 201 页。

关联，即美在匀称和适度，比如他在《蒂迈欧篇》中指出：“凡是善的事物都是美的，而美的事物不会不合比例……”[①]可见，柏拉图所持的仍然是古希腊时期特有的美学形式主义观念，与毕达哥拉斯派和苏格拉底大同小异。

亚里士多德奠定了西方哲学本体论的思维范式。他虽然不认同柏拉图关于理念(一般)与感性存在(个别)相互分离的理念论，但也试图寻找个别中蕴含的一般，即“存在”。存在是不依赖于他物的本体，是个别事物的原因，是万事万物的最抽象形式，因此，个别事物区别于其他事物的根源不在质料，而在形式，形式是“个别事物的所以是的是和第一实体”[②]。“我们寻求的是使质料成为某物的原因，这个原因就是形式，也就是实体。”[③]美的最高形式是秩序、对称和确定性，“数的关系”是美的形式最典型的代表。应当说，这样的形式观并没有超出毕达哥拉斯学派的观点，但“隐德莱希”观念的提出不仅将形式指认为事物内部或事物之间数学上、物理上的和谐关系，还指向一种内在的有机目的性。无机物无生命，无生命即意味着无始无终；有机体有生命，生命本身就是时间的始终。有机体以自身生命的开始为开端，以生命的结束为终点，始终以自身为目的组织并维持着生命要素的形成，因此，自律、自足就是有机体专属的概念。人是有机体的最高形式，自律、自足在人这里就上升为自由。亚里士多德正是从有机体的角度观察形式，他认为形式并非某种固定的形态，而是具有主动性和现实性，形式先于并作用于质料。质料是被动和潜在的，它要实现自身，必须获得形式。亚里士多德进而认为“美和善是认识和

---

① 柏拉图：《蒂迈欧篇》，见《柏拉图全集》(8)，王晓朝译，人民出版社 2017 年版，第 227 页。

② 亚里士多德：《形而上学》，苗力田译，见苗力田主编：《亚里士多德全集》(第七卷)，中国人民大学出版社 2016 年版，第 164 页。

③ 亚里士多德：《形而上学》，苗力田译，见苗力田主编：《亚里士多德全集》(第七卷)，中国人民大学出版社 2016 年版，第 187 页。

运动的本原”①,他的“净化”观点便是例子。这样一来,模仿论就顺理成章了:美的内在目的上的和谐关系与人们行为之间的和谐关系是相互影响的,艺术是对美好事物的模仿。亚里士多德关于形式与质料的思考比柏拉图更具辩证性,他认为形式与质料是相对的,正如砖瓦和房子之间的关系。砖瓦相对于构成它的泥土而言是形式,但砖瓦相对于由它构成的房子而言又是质料。形式和质料之间蕴藏着相互转化的可能,或者说它们是不同视角下对同一本体的不同理解。

斯多葛派继承了这一传统,将美视为匀称协调(外在形式)、合适完善(内在形式),艺术就是具有协调比例、匀称和谐的内外形式的反映。既然外在形式的协调和内在形式的和谐是一体的,它们都以“适合”“适用”为目的进行组合,那么外在形式与内在形式就得到了统一,美与善(心灵的和谐、人伦的和谐)就得到了统一。

本体论美学盘踞西方美学理念的“王座”长达千年之久,追求美的普遍性和美的一般本质。古希腊之后的哲人如西塞罗、贺拉斯、普罗提诺和中世纪的阿奎那等都只是对本体论美学做出修订和自己的解释。西塞罗认为美取决于某种被设计好的秩序,每一部分对于秩序而言都是有用的,任何美的东西的产生都必然合目的性。贺拉斯强调文艺的美是“得体”,即按照尺度和比例组成的有机统一体。普罗提诺将柏拉图的“理念论”修改为“流溢说”,用“太一”取代理念。美的理念和美的事物被置换为神的美与尘世的美,尘世的美源于太一的流溢。美是“一”,不是感性的“多”,因为尘世的美是具体、个别、感性的,因此它远离太一的光芒,我们应该摆脱尘世,回到太一。奥古斯丁的美学思想继承了普罗提诺的“比例说”,他认为存在于美之中的是形象,存在于形象之中的

---

① 亚里士多德:《形而上学》,苗力田译,见苗力田主编:《亚里士多德全集》(第七卷),中国人民大学出版社 2016 年版,第 111 页。

是比例,而存在于比例之中的是数目,美就意味着建立在数之上的度量、形象和秩序。由于奥古斯丁在中世纪神学界的地位和影响力,他的判断基本代表了当时主流的价值判断。从中也可以看出古希腊自然哲学和客观论美学思想的延续,只不过将某种美的客观规律归功于“神”,将客观论美学转变为神学美学。认同“比例说”的还有中世纪神秘主义美学代表人物圣维克托的雨果,他认为音乐的快感在于节奏,有节奏的运动则完全基于数。

至中世纪晚期,神学本体论美学开始出现动摇,这标志着西方对“形式”的理解的转变。阿奎那认为理性认识和信仰的基础是感官感觉,理智中没有什么不是首先在感觉中出现的。因此,美的要素是可以凭借人的感官认识的,“美则与知识相对应,其作用犹如形式因。各种事物能使人一见而生快感即称为美”①。阿奎那认为美的基础是形式,形式有三要素:完整性或全备性、匀称与调和、光辉和色彩。因此,他对美的感受不再像普罗提诺和奥古斯丁那样依靠心灵的内省,而是靠感官的直接接触与联系,这就重新激活了被压抑许久的人的感性能力。阿奎那还认为人的艺术是对上帝艺术的模仿,但不是像古希腊的模仿说那样模仿某种抽象的形式,而是体现心灵中的观念,“一件装置的模仿对象,乃是制作者心灵中的观念,而非工具本身”②。艺术家的心灵观念也是上帝的杰作,因此艺术创造又是对上帝心灵的模仿。这样一来,模仿说也就变成了象征说,人的心灵世界和神的心灵世界在艺术审美中沟通起来了。

从古希腊罗马美学到中世纪神学美学的演变过程看,形式的内涵在发生变化,即从极致抽象的数的关系到容纳感官元素,对形式的理解途径从纯粹的理性认识到包容感性认识,从客观的物质属性到主客体之间的

---

① 阿奎那:《神学大全(第1集)》(第6卷),段德智译,商务印书馆2013年版,第81页。

② 阿奎那:《哲学著作》,庆泽彭译,见高建平、丁国旗主编:《西方文论经典》(第一卷),安徽文艺出版社2014年版,第491页。

关系(适用)再到以主观的异化形式(神)体现的客体化的主观属性。阿奎那美学中已然表现出美的本质(整一)与美感(杂多)之间的矛盾,这便预示着形式观念的嬗变:哪怕是整一协调的某种具体形式,也一定包含它们的对立面(否则也谈不上整一协调),只是作为主体的人将其认识为一种和谐。文艺复兴以后,西方近代美学再也无法忽视那些文艺巨匠的天才创造,美学也沿着人的认识能力本身,即理性认识和感性认识两条线索,向前发展,西方美学也由本体论转向了认识论。

第二节 认识论的"形式"

大陆理性主义美学的逻辑是先确定美的概念,再来研究反映这个概念的途径,他们认为感性认识的途径也有迹可循,可以纳入理性的轨道。在笛卡儿、莱布尼茨、沃尔夫和布瓦洛那里,随处可见和谐、比例、协调、秩序、多样统一等字眼,他们将这些视为美的先验的要素。在理性主义者看来,感性认识是认识的低级阶段,理性认识才是高级阶段。审美的确能够带来感性上的愉悦,那是由于理性原则在背后起着引领作用,只不过这种作用不为人所察觉而已。更重要的是,大陆理性主义美学关于美的根源和美的本质之认识的冲突,透露出古典主义形而上学和人本主义之间的冲突。也就是说,美的根源仍旧是外在形式的和谐,但美的本质已逐渐被让渡到人的感觉上来了。尤其是到了狄德罗和鲍姆嘉通那里,受到英国经验主义美学的影响,他们将不和谐、不协调、不完善等混乱的感受都纳入美学考察的视野,认为美的对象就是感性认识的完善,感性认识的不完善就是丑。

与大陆理性主义美学通过自上而下的思辨演绎出具体的美感不同,英国经验主义美学则是通过观察、总结、归纳等类似于科学实验的方法研究美感,进而自下而上地把握审美。经验主义美学并不否认理性对认识能力的重要性,只不过他们认为理性认识的基础在于感性认识,通过对人的美感经验加以分析综合,就能自下而上地认识美。无论是洛克的“第一性的质”和“第二性的质”,还是夏夫兹博里的“心眼”、哈奇生的“第六感”、博克的“同情”,抑或是休谟“反省的印象”,英国经验论一直在努力尝试区分两个范畴:一是物质的客观属性与人的感觉经验的区别——感觉的源头究竟是客观还是主观。二是在上一对范畴的基础上区分五官的生理感觉与审美感受的差异——搞清人的自然属性与社会属性的区别。比如博克认为,美感不同于生理感觉,而是对事物的“同情感”。他的观点使传统的模仿说从模仿自然的形式转变为模仿艺术家社会性的情感形式,即人的感性心理状态的协调关系。因此,从表面上看,经验主义美学将美降格为各种具体的、形而下的感觉、感受、知觉等生理、心理经验,显得有些机械,还带有神秘主义色彩(如内感官、第六感等),甚至有些功利化倾向(将美感感官化或道德化),但经验主义美学紧紧抓住了人的感性体验——美就是美感,凸显了美学的人本主义气质。如果说“形式”在大陆理性主义美学中可以被理解为人的理性认识的规律和运作方式,那么在英国经验主义美学那里,“形式”则被理解为人的感知能力的运作方式和规律。

康德认为审美是“反思的判断力”,它和认识对象的客观属性关系不大,而是指认识活动的自律、自足,即感性、知性、理性诸认识的自由协调活动。审美鉴赏具有人人相通的“主观普遍性”,又具有“形式的合目的性”,通过诸认识能力相互配合、协调,产生愉悦感。两者综合形成主观形式的无目的的合目的性。一方面,康德理解的“形式”是指不涉及利害关系,即无关对象质料的形式感,因为只有形式才能确保普遍有效性,而质料只能对个别有意义,它是偶然的。另一方面,由于形式感是通过人的认识能力形成的,是一种主观认识能力的活动规则,因此,康德美学的“形式”指的是认识的内在规律，纯粹的鉴赏判断并非指向审美客体，而是指向主体的意识活动，客体对人而言难免产生利害关系，只有以情感带动的意识活动才是真正无利害的。康德美学的形式观是对大陆理性主义和英国经验主义美学的综合与超越，他不再借助概念的规定去寻求某种外在于人的客观规律，而是把握人的内在规律，即符合人自身的规律。问题在于，人自身的规律是什么呢？

席勒对这个问题做出了回答，他把人视为感性冲动和理性冲动的结合体。在席勒的美学体系中，艺术成为从自然王国通往自由王国的桥梁，形式成为一种冲动，代表了人的理性能力（逻辑、概念、原则），它起到调和感性冲动（自然存在、生命冲动）的作用，把感性冲动和理性冲动最大限度地调和在游戏冲动中。席勒认为艺术应该是形式克服质料，使物质的自然属性归属于人类赋予它的形式。他说：“在一部真正的美的艺术作品中，内容不应起任何作用，起作用的应是形式，……只有形式才会给人以审美自由。因此，艺术大师的真正艺术秘密，就在于他用形式来消除材料。”[①]席勒所谓的形式相当于“观念”或“理想”，艺术品的审美特质不是由艺术品的物质质料体现的，而是由艺术品所表现的对象的观念体现的，比如人体的雕塑就是模仿观念中的人体的生命力来克服石头本身的无生命性。从这个意义上说，席勒是从感性和理性的相互作用、形式与内容的相互统一的角度理解艺术的。形式成为创造力的表现，美的形式是自由的，也可以说是现象中的自由。

赫尔德认为美是真理的感性形式，这一形式随着历史意识（内容）的改变而改变，美产生于不断变化之中。他认为艺术奠定了人类形象化的范畴，“艺术不仅使思想，还使思想形式和永恒的性格变成可以看见的东西，……艺术调整并且净化这些形式，亲自用清晰的、永恒的概念把这些

---

① 席勒：《审美教育书简》，冯至、范大灿译，上海人民出版社 2002 年版，第 180—181 页。

形式表现在世世代代的每一个观赏者的眼前”①。人的天性仿佛就是大自然的最高艺术，大自然发展到人的阶段，就将自己的最高级形式——美显现出来。而人的美集中地体现在古希腊艺术中，在这些艺术形式中可以看到作为“第二个造物主”的神性形象。艺术是人的高级形式，人是自然的高级形式，艺术形式体现了神的创造力。这样的“形式”不再是和谐、统一、合适的古典主义形式，而是在对表象的艺术直观中发现人的自由本质。

黑格尔将理念作为艺术的内容，将感性显现作为形式。“艺术的内容就是理念，艺术的形式就是诉诸感官的形象。艺术要把这两方面调和成为一种自由的统一的整体。”②感性显现只能通过形式（感性事物现形的显现）呈现，这种形式（特殊）介于物质的感性存在（个别）和观念的思想（一般）之间，但它仍然需要“以形、色、声音等面貌从外面先给心灵看”③。因此，感性显现的形式不再是哲学逻辑中的绝对理念，而是“符合理念本质而现为具体形象的现实”④，即艺术理想。在黑格尔看来，艺术的发展史是形式与内容之间的力量对比在不同阶段的表现，理念与感性显现结合为不同的艺术理想。艺术创作是将艺术家体验到的真实（理念）用某种形式表现出来。既然理念要通过具体的感性材料（诉诸感官的某种形象）显现，那么在具体的艺术作品中，尤其是文学中，感性显现也可以被理解为内容，将这些感性显现组织起来的背后的理念又成为形式。新黑格尔主义者鲍桑葵（又译作“鲍山葵”）认为，美就是表象化了的情感，“表象”在他那里就是“形式”的意思。世俗的现实情感必须经过形式化才能产生美

① 赫尔德：《论希腊艺术》，朱光潜译，见刘小枫选编：《德语诗学文选》（上卷），华东师范大学出版社 2006 年版，第 65 页。

② 黑格尔：《美学》（第一卷），朱光潜译，商务印书馆 1996 年版，第 87 页。

③ 黑格尔：《美学》（第一卷），朱光潜译，商务印书馆 1996 年版，第 48 页。

④ 黑格尔：《美学》（第一卷），朱光潜译，商务印书馆 1996 年版，第 92 页。

感,进而被分享。形式在鲍桑葵看来可以分为两类:一是形状、结构的规则,即外部形式;二是事物内部各部分具有生命力的有机联系,即内部形式。情感的形式就是内部形式。经过形式化的艺术情感,就与现实情感有了区别,美就和现实生活和实用功利拉开了距离。

第三节　科学主义的"形式"

黑格尔所说的艺术理想存在吗?这是近代以来兴起的科学主义所质疑的。有些美学家从科学主义和实证主义出发,认为人们既然能依靠推理、测量、实证的方法破解大千世界自然科学的诸多秘密,那么同样可以用这些方法解决包括形式在内的审美问题。这形成了 19 世纪科学形式主义美学的潮流,主要代表人物是赫尔巴特、齐美尔曼与汉斯立克等。科学形式主义美学将研究审美主体的心理图式转向研究审美对象的结构形式,视美学为一种"精密科学",试图通过科学分析的方式找到美的根源。

赫尔巴特主张美即形式,形式产生于作品各组成要素的关联中。要认识美,必须剔除人的情感,将艺术作品中产生的情感因素与美截然分开。美学研究的主要对象就是形式本身含有的某些因素,这些因素必然是独立和自足的(比如绘画中的线条),而且形式因素由一定比例关系组织起来才能具有美感,因此美来自客观对象的形式关系。齐美尔曼的美学一度被人们称为"形式科学"。他指出,只要从较远距离观看一个物体,就能很容易地发现其形式,而这一形式正是产生审美愉悦的源泉。赫尔巴特的追随者汉斯立克在音乐形式的自律中寻找美的自律,他把形式主义思潮推向极端,主张"至少必须采用接近于自然科学的方法,至少要试图接触事物本身,在千变万化的印象后面,探求事物不变的客观真实”①。赫尔巴特的形式主义美学观对模仿说造成了又一轮冲击。他认为:“模仿的原则并不适用于美学。”但他的思想上的悖论,导致他对模仿说的否定又显得暧昧:“美学尽管不能完全拒绝模仿的原则,但必须将它置于附属地位。”②德国形式主义者阿道夫·蔡辛也是赫尔巴特的追随者,他将黄金分割的比例视为美的根源,认为黄金分割的比例能够引起人的美感,这具有浓厚的科学主义倾向。

科学的形式主义美学影响到了20世纪的克莱夫·贝尔和罗杰·弗莱。受后期印象主义绘画启发,贝尔认为美感仅来自某种特殊的形式,该形式能激起审美情感。因为审美情感是一种与日常生活情感不同的纯粹情感,所以美感仅与由色彩、线条组成的特殊形式有关,而与自然、社会无关。同样受到后期印象主义绘画启发的弗莱也认为形式是艺术作品的本质,形式激发的纯粹情感是超现实和超功利的。

由于科学主义的渗入,19世纪唯美主义诗学往往借重文学与音乐的关系展开,从而推动文学的形式主义自觉。事实上,文学作为语言的艺术,其美感的实现无法脱离语言的内容,除非忽略语意,只关注语音,将文学音乐化,因为音乐是最能体现形式美的艺术。音乐能将纯形式的数的关系以人的感官体验的方式表现出来,追求文学的音乐性成为戈蒂耶、佩特、王尔德等唯美主义者的诗学观点。比如,戈蒂耶认为诗歌即光芒四射的字眼和音乐的结合。佩特将“为艺术而艺术”与形式美的理想结合起来,他以音乐为例,认为:“所有艺术都共同地向往着能契合音乐之律。音乐是典型的或者说至臻完美的艺术。它是所有艺术、所有具有艺术性的事物‘出位之思’的目标,是艺术特质的代表。”③王尔德也说音乐的真理

① 爱德华·汉斯立克:《论音乐的美》,人民音乐出版社1980年版,第15页。

② 赫尔巴特:《美学导论》,石燕致译,见李醒尘主编:《十九世纪西方美学名著选》(德国卷),复旦大学出版社1990年版,第376页。

③ 沃尔特·佩特:《文艺复兴》,李丽译,外语教学与研究出版社2010年版,第169—171页。

就是艺术的真理。惠斯勒对音乐很感兴趣,他提出:"音乐是声音的诗,绘画是视觉的诗,主题与声音或色彩的和谐无关。"[①]他希望能将音乐与绘画结合:"艺术家的天职就是要挑选、选择,并用科学的方法把这些元素组合在一起,从而达到美的效果——就像音乐家收集音符,形成和弦,直到写出美妙动人的乐曲。"[②]爱伦·坡直言,诗的最高境界是音乐,诗歌天然地蕴含了音乐的结构,正是通过音乐的结构,诗的情感才得以激发。因此,爱伦·坡称诗为"美的有韵律的创造"[③]。

第四节 语言学转向的"形式"

因为自然科学的发展使形式的内涵向科学主义靠拢,所以自然科学对各种知识的细化分类使人们不再相信本体论意义上的形式,转而归纳总结具体知识领域的形式。19 世纪以来,绘画、音乐等各艺术门类的理论建设开始取得长足进步,艺术领域的形式自觉与艺术门类自觉是紧密联系在一起的。文学作为语言的艺术,其美感的实现无法脱离对语言所表达的含义的理解。随着文学创作的自觉和语言作为独立学科(语言学)的发展,理论家开始关注文学自身独特的形式元素——语言,文学的形式美几乎等同于语言的形式美。于是,文学的形式主义追求到 19 世纪末转向了语言学视域中的形式主义。

哲学中的形式与内容是相对立的范畴,两者处于相互依存和转化的

① J. A. M. Whistler: *The Gentle Art of Making Enemies*, Dover, 1967, p. 127.

② J. A. M. Whistler: "The Ten O'Clock Lecture", in Eric Warner, Graham Hough, eds.: *Strangeness and Beauty: An Anthology of Aesthetic Criticism, 1840–1910*, Vol. 2, University Press, 1983, p. 80.

③ E. A. Poe: "The Poetic Principle", in G. R. Thompson, ed., *Edgar Allan Poe: Essays and Reviews*, Liberary of America, 1984, p. 78.

辩证关系中。比如,相对于砖头的材料而言,砖头的长方体形态是形式,但砖头用作建筑房子的材料时就成了内容。语言在文学中的作用同样如此,索绪尔的语言学理论正是语言形式与内容相互转化的理论根据。“形式主义”的概念最初是由索绪尔提出的,他将语言视为由能指和所指组成的符号系统,在这个符号系统中,能指是形式,所指是内容。语言是由社会成员约定俗成的符号系统,属于社会心理现象,言语是由个人意志支配的语言的具体运用。语言是言语被人理解的基础,而言语是语言确立和发展的前提,语言的作用由它在言语里所处的具体位置决定。在文学这一特殊的言语活动中,当语言重在所指的确定性时,它就是文学的内容;当语言重在能指的多样性时,它就是文学的形式。

提到语言学转向中的文学形式主义观念,我们自然会想到 20 世纪的俄国形式主义。事实上,在 19 世纪后期,俄国就已经出现了形式主义美学思想的雏形,代表人物是亚历山大·阿法纳西耶维奇·波杰勃尼亚和亚历山大·维谢洛夫斯基。语言学家波杰勃尼亚从语言学的角度分析文学作品的结构,认为作家将自己的观念通过创造的感性形象表现出来,由语言编织的感性形象组成作品的“内部形式”,文学的审美价值就在于此,文学的创造力就是语言的创造力。文学批评也应该关注创作行为的内在规律,探究作家和读者通过内部形式唤起的心灵表象。波杰勃尼亚的理论为俄国形式主义美学奠定了基础,也在创作上直接影响了俄国唯美主义和象征主义文学运动。文学史家维谢洛夫斯基将人类学、民族学等同语言形式相结合,从原始初民的诗化语言中探寻文学体裁、题材、情节和修辞技巧规律起来。在他看来,诗歌语言的内容随着时代的发展而变化,但其形式是稳定的。作家在创作过程中的主观能动性是有限的,他们更多的是继承和模仿传统的诗性语言。

在 20 世纪俄国形式主义文论家看来,文学的本质就是语言的形式,回到文学的形式就是回到语言本身,语言才是文学抒写的真正内容,是

"完整、具体、动态和自足的东西"①。他们认为形式即内容。可以说,20世纪形式主义文论是文学形式观念进一步发展的表现。形式主义文论的本质是一种科学主义和实证主义,他们试图借用科学视野,将诗学科学化,寻找某种语言学、符号学的规律,找出构成文学结构的可变与不可变的功能单位,找到文学语言与非文学语言的本质区别,甚至诗歌与散文等不同文学类型之间的区别,以把握文学语言本身的规律。他们找到"陌生化"(创造性)这一方向,认为:"艺术的技巧是使对象变得'陌生',使形式变得复杂,增加感受的难度,延长感受的时间,既然审美的目的就是获得感受,那么感受过程就应当被放大;艺术是体验对象艺术性的方式,对象本身并不重要。"②

相对于日常语言,文学语言在能指上的多样性形成了诗意化、陌生化并充满无限想象的特质——最早的文学就是诗与神话。从19世纪末开始,西方文学自觉地追求语言的象征、隐喻、陌生化效果。20世纪现代派和后现代派文学中常见的诸如拼贴、戏仿、元叙事等语言自我指涉现象,都是语言陌生化现象的极端表现。福克纳认为:"小说表明自己从根本上和表面上都是一个语言问题,涉及的是词语、词语、词语。"③语言的形式主义之极端表现就是追求语意的不确定性,打破能指和所指之间的稳定性,在能指的自由组合中展现语言的张力,使文学成为语言的游戏。到了后现代主义时,更是玩起零度叙事、自我指涉、不确定性等语言游戏。这说明,当作家认识到语言作为文学这一独特艺术门类的本体时,文学就开启了语言的自觉,这与西方艺术思潮整体的形式主义转向是同步的,因为

① Boris Eichenbaum: "The Theory of the 'Formal Method'", in L. T. Lemon, M. J. Reis, eds.: *Russian Formalist Criticism: Four Essays*, University of Nebraska Press, 1965, p. 112.

② Victor Shklovsky: "Art as Technique", in L. T. Lemon, M. J. Reis, eds.: *Russian Formalist Criticism: Four Essays*, University of Nebraska Press, p. 12.

③ 福克纳:《现代主义》,付礼军译,昆仑出版社1989年版,第87页。

文学就是语言的艺术,语言的自觉就是其作为文学形式的自觉。

20 世纪西方理论既是对以往传统思维观念的突破,也是在另一层面上的一种回归。西方本体论哲学传统对逻各斯的追寻本就基于语言:由语言上升为逻辑,由逻辑上升为理性,由理性进入真理,在 20 世纪的非理性哲学那里又返回语言。

唯美主义认为形式能够克制情感的直接抒发,从而避免情感的世俗化和庸俗化。有了形式的克制,想象力才得以获得更有力的表现。用形式调节和引导内容,是为了更好地表现内容。并且,唯美主义避免情感的世俗化和庸俗化的动机在于试图区分艺术中的审美情感与日常生活中的情感。于是,经典的唯美主义作品与唯美主义诗学理论开始流露出语言自觉的苗头,形式主义文论的“陌生化”理论正是这种逻辑的延续。

| 第六章 |

艺术拯救：与生活关系的闭环

“艺术拯救世俗人生”是唯美主义区别于其他艺术流派或思想的重要元素，这一命题是“艺术高于生活”命题的自然延伸，看似与“艺术自律”互相矛盾。如果说“艺术自律”是唯美主义者从捍卫艺术创作者地位的角度看待艺术审美的问题，那么“艺术拯救世俗人生”则是从艺术欣赏者的角度（实际上是艺术创作者对欣赏者的想象性期待）抬高艺术审美的作用。因此，“艺术拯救世俗人生”是对“艺术自律”的呼应，是“艺术自律”的必然逻辑。问题在于，艺术如何能够承担拯救人生的重任呢？

第一节　宗教艺术化与艺术宗教化

“拯救”原本是宗教概念。艺术对宗教并不陌生，两者的相互纠缠在原始先民的艺术和巫术中早已表现出来，即便在压抑感性的唯灵主义占据绝对统治地位的中世纪，为了迎合底层民众的感性需求，将尽可能多的没有受过教育的民众吸引到教堂中来，那些宗教人士也对艺术和审美“网开一面”。

艺术与宗教的融合在人本主义美学中得到阐释。人本主义美学源于18世纪德国美学，它不再从认识论的角度思考美学问题，而是从人性的全面、自由的角度探讨美学问题。审美不是去认识某个对象，审美本身即人性完整的表现。人性的完整就是自由，美是自由的象征，自由是美的标尺。在费希特看来，由于美与自我合二为一，艺术审美能引导人返回自身，也就是说，自我对外界的终极追求就是返回绝对自由的自我本身，人类的精神家园就在艺术和美中。谢林认为，世界的本原即绝对同一，它不能用概念来理解和表现，只能借助直观。他认为有两种直观：理智直观和艺术直观。理智直观只有哲学家才能做到，它本身纯粹是内在的直观，只有通过艺术直观才能以感性的方式表现出来。“哲学虽然可以企及最崇高的事物，但仿佛仅仅是引导一少部分人达到这一点；艺术则按照人的本来面貌引导全部的人到达这一境地……”①显然，艺术的目标是全部的人，类似宗教的博爱精神。谢林将艺术提升到比哲学还要高的层次，去接近那神秘的绝对同一，从某种程度上说，他已经将艺术提高到了宗教的位置。

在黑格尔的美学体系中，他把哲学的地位提高到认识绝对精神的地位。基于“美是理念的感性显现”的理念，黑格尔认为艺术分为三个阶段：第一个阶段是象征型艺术，此时理念（精神）还很幼稚、朦胧，只能用感性显现（形式）来暗示，比如原始图腾。第二个阶段是古典型艺术，这一阶段理念和形式达到完全的统一，通过形式可以准确地表现理念，最典型的艺术类型是古希腊雕塑，通过雕塑的外形可以清晰地把握“高贵的单纯、静穆的伟大”的古典美学追求。第三个阶段也是最高的阶段，即浪漫型艺术，表现内心的欲望、冲动、痛苦、丑恶等无法抑制的自我意识的骚动。这个时候理念就压倒了形式，理念向自身复归，它变得越来越重要，形式则

① 谢林：《先验唯心论体系》，梁志学、石泉译，商务印书馆1976年版，第278页。

越来越次要。浪漫型艺术不再是“为了艺术”，它开始“超越”艺术，逐渐接近宗教或哲学的地位。

带有艺术神秘主义的阐释既是德国古典哲学的逻辑，又是艺术宗教一体化“艺术拯救世俗人生”的思想源流。在天启宗教的视野中，人的最高本质是通过神的形象展示的。诺瓦利斯曾谈道：“诗人与牧师起初是合二为一的。真正的诗人总是牧师，就像真正的牧师总是诗人一样。难道将来不会回到事情的原有状态吗？”①弗里德里希·施莱格尔从美学角度切入宗教，主张艺术与宗教融合，称赞艺术中的宗教题材与宗教精神，他的短篇集《主意》(1800)是将诗与哲学融合为宗教的尝试。奥古斯特·施莱格尔认为：“艺术欣赏的根本就是想象力的自由发挥，无论它多么汪洋恣肆，这种忘我投入需要一种悔悟式的自我克制，一种可以说是对尘世存在的即时悬置，尽管如此，不可否认，现代艺术在复兴期及其后的鼎盛时期与宗教紧密相连。”②

瓦肯罗德和蒂克都论述过艺术与生活之间的不可调和性，也就是理想与现实、神圣与世俗、自由与自然之间的不可调和性。他们认为，艺术不是为了表现现实，而是为了表达情感，美来自上帝的神性，是宇宙的终极目的，不是艺术为人服务，而是人为艺术服务。只有将全部的生命投入艺术审美中，才能实现完美的人性。尤其是瓦肯罗德，他在《一个热爱艺术的修士的内心倾诉》中提出艺术是“心灵的启示”和艺术除自身以外没有其他目的的观点。他还认为艺术是人造的完美，是生活的替代者，是另一个“天堂”。在形容艺术作用的时候，瓦肯罗德使用了许多宗教用语，比如“神”“造物主”“启示”等等，与其说是为了表达宗教信仰，毋宁说是为了表达“艺术信仰”。他曾说，“我把享受高贵的艺术作品比作祈祷”，原本使

---

① 转引自陈恕林：《论德国浪漫派》，上海社会科学院出版社 2016 年版，第 62 页。

② 转引自恩斯特·贝勒尔：《德国浪漫主义文学理论》，李棠佳、穆雷译，南京大学出版社 2017 年版，第 208 页。

人平静的上帝之爱变成了艺术之爱,“人们应该满怀崇敬之心用艺术的杰作来抚慰自己的灵魂”。[①] 如果说宗教信仰让人匍匐于神的荣光之下,那么艺术信仰则发掘了人类心中的宝藏,展示了人类心中本身就含有的高贵的神性。在瓦肯罗德看来,最高的创造力来源于艺术与宗教信仰的结合,“艺术为我们塑造了人类至高的完美”[②]。他的《音乐家约瑟夫·柏灵格发人深省的音乐生涯》是德国最早的“艺术家小说”,以这篇小说为滥觞,德国文学史形成了专门表现艺术家理想与现实生活矛盾的“艺术家的难题”之主题传统,以突出艺术(理想)与生活(现实)之间的矛盾,这一矛盾也成为后来唯美主义思想立论的出发点。

匈牙利音乐家李斯特认为,艺术是从人间通往天堂的神秘阶梯。他在《巴黎音乐观察家》杂志上撰文,指出宗教、科学、政治的分离导致现代文明的衰退,只有在艺术中才能将它们重新统一,因此,艺术家肩负着“伟大的宗教与社会使命”[③]。

到了19世纪后期,叔本华和尼采的哲学将黑格尔庞大但封闭的理性框架丢弃,直接将美视为生命本体的形而上的形式。生命哲学承认个体切身的本真在世状态,将个体生命状况当作衡量世界的标尺,从某种程度上说实现了价值尺度的倒转——不是用哲学的、神学的、科学的标尺丈量生命,而是用生命的发生和发展来解释哲学、神学与科学。

叔本华将世界分为意志和表象,在意志和表象之间的是理念。表象受到“根据律”的制约,处于时空、逻辑等规律的摆布中,只有意志才是真正自由的,可以摆脱一切束缚。但如何透过表象认识意志呢?叔本华认

---

① 威廉·亨利希·瓦肯罗德:《一个热爱艺术的修士的内心倾诉》,谷裕译,生活·读书·新知三联书店2002年版,第80页。

② 威廉·亨利希·瓦肯罗德:《一个热爱艺术的修士的内心倾诉》,谷裕译,生活·读书·新知三联书店2002年版,第70页。

③ T. C. W. Blanning: *The Romantic Revolution: A History*, Modern Library, 2011, p. 35.

为要靠“直观”，直观是超越感性与理性的直接了悟，是在瞬间把握对象本质（理念）的悟性能力。这种能力“是认识理念所要求的状况，是纯粹的观审，是在直观中沉浸，是在客体中自失，是一切个体性的忘怀，是遵循根据律的和只把握关系的那种认识方式之取消”①。从某种程度上说，是直观“激活”了表象——类似于创造活动，正如意志外化出表象那样。直观本身是自足的，这对应了意志的自由，由于直观认识了意志，直观就可能摆脱意志带来的痛苦，达到自由。要实现直观有两种方式：一是通过禁欲彻底断除意志，如“看破红尘”般清心寡欲；二是通过哲学和艺术，在艺术中实现审美的“观审”状态，使现实中的对象从一切世俗关系中超拔出来，显现出普遍的本质，摆脱意志和欲望的摆布。艺术的功能便是将痛苦超功利化、审美化和形式化，助人从意志的驱使中解脱出来，达到暂时的平静，从中我们可以看出东方美学对叔本华的影响。

尼采也高扬艺术审美中的“直觉”。在他看来，只有直觉才能体验强力意志，才能感受生命的强大和无穷动力。“艺术，无非就是艺术！它乃是使生命成为可能的壮举，是生命的诱惑者，是生命的伟大兴奋剂。”②尼采认为审美能力离不开强大的生命，他用生命尺度来衡量艺术的价值，用艺术（创造）确证生命的意义。正是在这个意义上，艺术和生命被内在地联系在一起，美丑是生命意志强大和意志衰退的表征。“……艺术乃是这种生命的最高使命，是这种生命的真正形而上学的活动……”③同时，尼采认为生命意志具有无限扩张的本质，它要点染一切，甚至让自己不断生成各种可能，正如上帝创世。

霍夫曼斯塔尔在诗剧《愚人与宗教》中写到由小提琴声和钟声引起的

① 叔本华：《作为意志和表象的世界》，石冲白译，商务印书馆 1982 年版，第 274 页。

② 尼采：《权力意志：重估一切价值的尝试》，张念东、凌素心译，中央编译出版社 2000 年版，第 294 页。

③ 尼采：《悲剧的诞生》，孙周兴译，商务印书馆 2012 年版，第 18 页。

一系列复杂的联觉与联想，“它有意味无穷的形式……我在其中触摸到了合一的神性与人性”①。当感觉妙至毫巅之际，往往能够超越现实世界的感受，抵达某种神性的意味（如波德莱尔的诗歌《感应》）。宗教的启示性、神秘感、忏悔意识与唯美主义的音乐意识不谋而合，勾连现代人日益深化的自我意识结构。我们可以看到，唯美主义文学表现的内容一旦触碰宗教与神性的领域，便具有了象征主义的意味，致力于传达心灵深处某些形而上的感动。

18 世纪出现的宗教与艺术合流现象并非偶然，双方具有许多内在的共性。一是从本质上看，宗教和艺术都是人的本质力量的对象化，对某种超验精神的寄托和依靠是个体意识追求自由的必然逻辑，在宗教和艺术的虚构与想象中可以看到不同程度的个体理想化的状态，从而抚慰现实中有限、渺小的自我。随着艺术自律观念的到来，感性、非理性的艺术取代超验的上帝，个体意识的寄托和依靠从宗教转向艺术。二是从传播与接受的角度看，宗教（尤其是天主教）的建筑、仪式、典礼具有很强的仪式感，与艺术的形式感机制类似，都需要借助形象传达内容，并且这些形象都带有强烈的现代审美（浪漫、神秘、恐怖、原始）因素。三是从思维方式的角度看，宗教具有内省性，它关注人的内心胜过外在行为。艺术和宗教的意识方式具有类似之处，它们都依赖直觉、感悟、天才、灵感等非理性的认识方式，开始触及个体内心的非理性领域。“为了把握神性之物，人们不该忽视感性的东西，要从感性的事物中看见神性。”②在天启宗教看来，如果不追溯到“上帝”这一最高的创造者那里，艺术家的创造性来源就难以理解。四是从世俗生活的角度看，随着生产力的提高和城市化的进展，审美成为世俗生活日益重要的追求，仿佛一切领域都可以审美化，就连宗

① 胡戈·冯·霍夫曼斯塔尔：《风景中的少年：霍夫曼斯塔尔诗文选》，李双志译，译林出版社 2018 年版，第 252 页。

② E. 克莱特：《论格奥尔格》，见格奥尔格：《词语破碎之处：格奥尔格诗选》，莫光华译，同济大学出版社 2010 年版，第 240 页。

教也被纳入审美化的版图中。五是从社会思潮的角度看,工业化和极端理性化的社会氛围将人的自由精神逼到了角落,非理性意识触底反弹,成为人们找寻日益失落的自由感的“飞地”,而传统宗教教义和古典主义式的艺术已然无法扮演此种角色,由于现实需求的倒逼,两者互相“抱团取暖”,促发传统宗教与古典艺术精神的革新,形成艺术与宗教的融合形态。

“艺术拯救世俗人生”既是对“艺术自律”的补充,又可以说是“艺术自律”的必然结果。正如意大利哲学家、历史学家翁贝托·艾柯所指出的,“实证主义对科学的崇拜成为显学的时代也是颓废主义的时代。唯美宗教出现,以美为唯一值得实现的价值”[①]。19 世纪后期,宗教和艺术更是“纠缠不清”,许多艺术不仅借用宗教的主题和意象,还刻意展现宗教仪式的神秘、庄严的情调以及神圣感;反过来,宗教(仪式)在艺术家眼中变得艺术化(形式化),甚至变成了艺术的宗教。

第二节 生活艺术化与艺术生活化

“艺术拯救世俗人生”理念的基础是将审美视为人的自由本质的集中展现。随着康德等人的阐释,人们逐渐接受了艺术与审美的一体化,两者被视为一个事物的不同方面。因此,艺术与自由就联系在了一起。反过来说,是什么因素在破坏人的自由呢?那便是世俗生活,更准确地说是资本主义生产方式。审美与自由的联姻受到资本主义劳动异化现象的驱动,哲学家、美学家开始将人性的不完满归咎于劳动的异化。黑格尔在主奴意识的辩证法中暗示了他对劳动的理解,奴隶通过劳动扬弃人对自然的依赖性,劳动既改造了外部世界的自然性,又改造了人的自然性,劳动使

① 翁贝托·艾柯:《丑的历史》,彭淮栋译,中央编译出版社 2012 年版,第 350 页。

奴隶从产品中认识到了自身的存在。奴隶主并不直接面对劳动对象，逐渐失去了对劳动对象的支配能力，也就失去了从劳动中直观自己本质的能力。

马克思以生产力与生产关系的矛盾为基础，以资本主义生产关系为突破口阐释异化劳动的本质。马克思认为异化劳动是受生产关系制约的历史现象，虽然异化具有进步的一面，但终将随着生产力的解放和生产关系的变化得以克服。马克思认为，从物质上说，异化劳动首先表现为劳动成果分配的不公，作为本质力量对象化的劳动成果被少数人占有，多数劳动者丧失了劳动成果，劳动成果与劳动者成为异己的关系，劳动过程本身退化为动物式的生存手段；从精神上说，劳动者在动物式的劳作中失去了自由自觉的本质属性，从而变成工具，在身心两方面感到痛苦；从社会关系上说，人是社会的类存在物，在自由自觉的实践活动中不断确证自己的类本质，异化劳动截断了这一确证的链条，使人丧失自我与他人之间的精神纽带。马克思认为，动物的生产是片面的肉体需要支配下的生产，它只生产自身；而人的生产是自由全面的，并且只有摆脱了肉体需要的影响才能进行真正的生产，他生产的是整个自然界。“动物只是按照它所属的那个物种的尺度和需要来进行塑造，而人则懂得按照任何物种的尺度来进行生产，并且随时随地都能用内在固有的尺度来衡量对象；所以，人也按照美的规律来塑造。”[①]类本质使人的感觉在动物的生理机能上发展起来，美感正是类本质的确证。异化劳动剥夺了劳动者的劳动成果，也摧毁了类本质，相应地，人的感官也失去了审美的能力，只剩下单一维度的自然感觉。只有在扬弃异化劳动的过程中，精神劳动与物质劳动、艺术与生活才能重新走向融合。

19 世纪以前，艺术一直努力从技艺中分离出来，这一分离趋势在 19 世纪又出现新的变化，城市化和工业化的进程促使英法等发达国家出现

---

① 马克思：《1844 年经济学—哲学手稿》，刘丕坤译，研究出版社 2021 年版，第 74 页。

艺术大众化的现象。社会学美学希望通过改变社会生活环境，尤其是改变劳动条件，将劳动和生活审美化，改变劳动异化现象。罗斯金认为，造型艺术（“美的艺术”，当时被称为“大艺术”，即“Major Art”）与实用艺术（当时被称为“小艺术”，即“Minor Art/The Lesser Art”，相当于“技艺”）之间并没有本质差别，艺术家应从事实用美术设计，让工艺美术与艺术相结合。他曾提出：“缺乏工业的生活是罪恶的，缺乏艺术的工业是粗俗的。”[①]罗斯金倡导审美教育对完善人性与改进国民素质的重要意义：“我们的大学教育计划中应增加一些初级艺术实践环节，这对培养人非常有帮助；但最重要的是，我们应该把大学教育的精神推广到初级艺术的实践中去。”[②]他还认为，审美教育利在千秋，“艺术修养是可以传承的，因此受过教育的民族的孩子们有一种天生的审美本能，这种本能来自他们出生前几百年的艺术实践”[③]。罗斯金将艺术与生活相结合的观点得到欧洲大陆艺术和思想界的关注，到 19 世纪末，许多艺术家都认同这样的观点：美和实用应该协调一致，不论一个人的社会地位如何，他都应获得审美愉悦；人类环境的方方面面都应纳入艺术目标中，手工业（以及工艺品的工业化生产）与艺术创作之间的界限应被消除。

莫里斯更看重具有实用性的劳动作品，他呼吁将艺术与技术相结合、美与实用相结合，将艺术广义化，不是为艺术而艺术，而是为大众（日常生活）而艺术。莫里斯认为，真正的艺术就是人在劳动中的愉快的表现，在商业主义和消费主义环境下，劳动的愉快不复存在，由单纯劳动创造的改变自然与人类面貌的纯粹艺术也日益消失，工人在劳动中的愉悦心情已

---

① John Ruskin: “Lectures on Art”, in E. T. Cook, A. Wedderburn, eds.: *The Works of John Ruskin*, Vol. 20, George Allen, 1904, p. 93.

② John Ruskin: “Lectures on Art”, in E. T. Cook, A. Wedderburn, eds.: *The Works of John Ruskin*, Vol. 20, George Allen, 1904, p. 21.

③ John Ruskin: “Lectures on Art”, in E. T. Cook, A. Wedderburn, eds.: *The Works of John Ruskin*, Vol. 20, George Allen, 1904, p. 36.

经被异化劳动带来的负面情绪所取代。“在工作中他被迫假装幸福,以致人类双手创造的美,曾经是对他劳动最好的回报,现在已经变成额外的负担。”①莫里斯迫切主张改变这种局面,既给劳动以真正的艺术享受,又给艺术以真正的劳动创造。如何达成这个目的呢?一个重要手段就是改变劳动环境,也就是美化人类环境和生活空间。艺术与生活的脱离被莫里斯视为艺术衰败的重要原因,莫里斯倡导艺术应该重新与生活结合,最紧要的是改良装饰艺术。王尔德在美国进行关于英国唯美主义运动的巡回演讲,传播生活艺术化理念。在演讲中,他拒绝回答记者提出的唯美主义本质的问题,他认为,美表现在日常平凡的事物中,但“我们绝大多数人都因为缺乏系统的眼光而意识不到这一点”②。有记者挑衅地指向马路上的一辆大型谷物升降机,询问王尔德它有没有审美价值,王尔德答道:“人们永远渴望美……唯美主义者所遭受的嘲笑其实正是那些无法发现美的盲目、痛苦的灵魂得到拯救的唯一道路。”③

罗斯金、莫里斯等人将“艺术拯救世俗人生”的理念赋予社会实践,将艺术生活化、生活艺术化,将工艺美术化、美术工艺化。但社会学美学的倡导者往往没有认识到,克服劳动的异化,只能建立在生产力发展和改变生产关系的基础上。试图回到手工业时代或更早的人类历史阶段以改变这一现象无疑是痴心妄想。提高普通劳工的审美趣味,必须建立在调整生产关系从而实现社会公平和人的全面发展的基础上,而不是在劳动中加点艺术,给劳工一点审美趣味那么简单。英国唯美主义运动的初衷,就是想把美还给大众,还给日常生活,以改造畸形的都市环境,提升都市生活品质,并且通过艺术进行审美教育、培育自我意识,寻找每个人身上潜

① 威廉·莫里斯:《有效工作与无效劳动》,沙丽金、黄姗译,中国对外翻译出版有限公司2013年版,第17页。

② Richard Ellmann: *Oscar Wilde*, Alfred A. Knopf, Inc., 1988, p. 159.

③ Richard Ellmann: *Oscar Wilde*, Alfred A. Knopf, Inc., 1988, p. 159.

藏的精神力量。这些观点推动了审美教育的兴起。曾在19世纪末担任过法国总理的朱尔·费里指出:“国家的任务是保存现代社会很可能使之逐渐衰退枯萎的事物,是抵抗工业化的事物对艺术的侵袭,以及奖励对保存民族传统来说不可或缺的艺术形式。”①审美教育的国家力量逐渐取代了以往贵族家庭的力量,艺术活动与国民教育紧密地联系起来,为艺术大众化和生活化打下了基础。

艺术与生活在19世纪重新融合的重要载体是装饰艺术。19世纪末在英国、奥地利、比利时、德国、西班牙等国兴起的新艺术运动与装饰艺术的发展有着密切联系。装饰艺术包括海报设计、书籍装帧、室内装潢、日用品设计等,由于装饰艺术对材料有着更多的依赖性,材料的介入使装饰艺术具有“艺术的生活化”和“生活的艺术化”之双重特性。通过对装饰性的追求,新艺术运动试图在艺术领域创造一个陌生化的象征性世界,以便制衡和弱化装饰材料本身的属性;通过冲击人的感官,人们可以从日常生活“烂熟”的语境中获得不真实的陌生化体验。波德莱尔指出,现代诗歌同时兼有绘画、音乐、雕塑、装饰艺术的特点,总是明显地带有取之于各种不同的艺术的微妙之处。也就是说,现代文学的精神不仅在于打破各种艺术门类之间的壁垒,打破各种感官之间的壁垒,还在于打破艺术与生活之间的壁垒。于斯曼的小说《逆天》便是装饰艺术的展览,也是艺术生活化/生活艺术化之可能性的展示。

与重视艺术装饰功能相呼应的是艺术与技术的重新融合,不同的是,过去的技艺是让艺术服从于技术,而19世纪则是让技术服从于艺术,从纯粹艺术中脱离出来的手工技术被赋予创造性的审美属性。以书籍装帧为例,在19世纪70年代以前,对书籍装帧的设计和选择的标准更多地着

---

① 转引自让-皮埃尔·里乌、让-弗朗索瓦·西里内利主编:《法国文化史》(Ⅳ),吴模信、潘丽珍译,华东师范大学出版社2012年第3版,第32页。

眼于读者的身份地位而非审美需求,收藏某种精美装帧的珍本主要是为了彰显读者的社会地位和雄厚财富。19 世纪 70 年代以后,随着装帧成本的下降,装帧观念开始转向精神性的审美需求,旨在寻求两种风格:一种是与书籍外表相适应的风格,另一种是与书籍内在要素(主题、文风)相配合的风格。对珍本的爱好不再被视为一种炫耀或"怪癖",而是一种体面的审美趣味。在 1889 年的巴黎世博会上,人们展示了新的装帧制品并举办了比赛,这促使装帧艺术获得公众的认可。当时的英国、德国、意大利、西班牙等国都掀起了装帧艺术的热潮。德泽森特热衷用精美的装潢和珍贵的纸张装帧书籍,他雇用专业人士为他排版和印刷,对字体、纸张、封皮材料的挑剔到了无以复加的地步。他收藏了一本波德莱尔的作品:

> 大开本的波德莱尔的作品让人想起了祈祷书——轻柔的日本海绵质毛线柔软得如同接骨木的骨髓,乳白色之中微染了些许玫瑰色。这是个独一无二的版本,用中国墨黑色印刷,里外都包上了千挑万选的优质肉色母猪皮,黑色的生铁小花饰取代了鬃毛,零星地散布在封面上,一切都在伟大艺术家的妙手下达到了神奇的完美统一。①

在《道林·格雷的画像》中,道林·格雷是德泽森特的模仿者,他请工匠把自己的肖像画装裱起来供自己欣赏;他还从巴黎买来了多本黄皮书,把它们用不同的颜色装订起来,以配合他的种种幻想和易变的心情。装帧只为情感、情绪的愉悦以及自由的想象嬉戏,这都是艺术审美的心理范式。

随着装饰艺术的流行,人们越来越重视实用性(功能性)与审美性的协调统一。当然从趋势上看,这并非意味着在审美性中融入实用性,或是

① 乔里-卡尔·于斯曼:《逆天》,尹伟、戴巧译,上海文艺出版社 2010 年版,第 131 页。

牺牲审美性以适应实用性，而是在实用性中注入审美性，也就是说，形式（非实用性）的地位被抬高了。这就导致艺术领域产生了具有悖论意义的新趋势：实用功能和形式主义的结合。越是形式化的事物，越具有功能性，比如 20 世纪初诞生的包豪斯风格[①]——追求一种与物质材料功能密切相关的纯粹形式，既反映了形式与内容（材料）的辩证关系，又表现出艺术与生活的融合，还体现了艺术思维与科学思维的纠缠，成为现代生活和艺术设计的重要思维方式。

艺术与生活的融合还体现在由城市化和工业化带来的休闲观念的转变上。休闲的重要功能是体验自由感。自由感的核心是自由（支配）时间，即属己的时间意识，或者说是对时间的掌控感。与自由时间相对的是外在于主体的时间刻度，在资本主义时代，这种时间刻度表现为雇佣劳动时间。一般认为，审美活动是最能使人获得自由感的途径，马克思也认为："从整个社会来说，创造可以自由支配的时间，也就是创造产生科学、艺术等等的时间。"[②]因此，休闲与艺术、审美之间存在着密切联系。

随着工业化生产的制度性安排，劳动者开始获得固定的休息时间，同时由于宗教影响力的衰退，休闲娱乐逐渐取代宗教仪式成为市民业余时间的主要活动，于是诞生了一些新的休闲娱乐场所和形式，这成为现代文化生活的标志。比如咖啡馆文化。19 世纪后期，咖啡馆文化成为欧洲都市文化生活演变的重要标识。咖啡馆成为艺术家、艺术爱好者和文人墨客的社交场所。由于其开放性、平民性、平价性，咖啡馆很好地承担起艺

---

① 包豪斯（Bauhaus）是德国魏玛市的公立包豪斯学校（Staatliches Bauhaus）的简称，成立于 1919 年。它是世界上第一所纯粹为实施设计教育所建的学校，它的成立标志着现代设计教育的诞生，对现代设计的发展产生了深远的影响。包豪斯在风格上追求艺术与技术的统一，追求简约的形式，偏重抽象的几何形式，突出功能和材料的表现力。"几何""三原色""少即多"是包豪斯风格的三要素。

② 马克思：《〈政治经济学批判（1857—1858 年手稿）〉摘选》，见马克思、恩格斯：《马克思恩格斯文集》（第八卷），人民出版社 2009 年版，第 86 页。

术大众化和生活化的角色,尤其是以文学艺术为主题的文艺类咖啡馆迅速在巴黎、柏林、慕尼黑、维也纳、布达佩斯、里斯本等城市发展起来。文艺类咖啡馆的发展与报刊传媒业的发展存在密切联系,咖啡馆的顾客除艺术家之外,还有文艺报刊的读者和文艺爱好者,他们在咖啡馆中逗留、消磨时间(无目的),从事非生产性的活动(非功利),只是为了无拘无束地阅读文艺作品和了解资讯,以及交流探讨文艺话题。

与文艺类咖啡馆相似的休闲场所还有酒吧。酒吧不仅承担了和咖啡馆相类似的社交、休闲功能,还提供艺术演出服务,如音乐舞蹈、戏剧杂技、诗歌朗诵、画展等。19 世纪末,欧洲的咖啡馆和酒吧聚集了众多年轻的先锋艺术家,他们中的许多人成为西方现代艺术转型的主力军。由于文艺类咖啡馆和酒吧的文化属性,它们自身的装潢设计风格也成为引领时尚的风向标,体现出装饰艺术的特征,成为新艺术运动的一部分。适应市民文化休闲生活的场所还有歌舞场、游乐场、剧院、公园等等,当然也包括各种展览会和博览会,以及大众化的现代艺术沙龙。这些场所在 19 世纪后期激增,它们的共同特点就是坚持大众化的定位。“演艺明星”这个概念也在这一时期出现。总而言之,19 世纪新出现的文化休闲场所为艺术创作和传播提供了新的平台和推手,以城市化和工业化为契机的都市文化休闲方式的转变为艺术的生活化创造了条件,同时在提高大众生活质量的过程中推动了生活的艺术化。可以说,这些都是唯美主义潮流的余波。

在休闲业和传媒业的助推下,还诞生了时尚业和广告业。19 世纪,时尚产业由艺术欣赏、潮流服饰、时尚报刊等构成。波德莱尔、马拉美、王尔德、邓南遮等作家对时尚话题非常关注,他们不但撰写时尚评论文章,还参与创办时尚类刊物。兰波的许多诗作的语言就来自对巴黎文学夜总会里所听到的话语的模仿。19 世纪后期,时尚印刷品数量激增,巴黎和维也纳这两座先锋艺术大本营成为时尚印刷品的重镇。马拉美曾在

1874年创办了名为《时尚速递》的杂志，主要面向女性时尚群体。邓南遮也对女性时尚颇感兴趣，他在巴黎创办了《女士和时尚报》。时尚出版物的热潮在1912年达到顶峰。波德莱尔在《现代生活的画家》一文中曾谈论时尚，他认为在时装和时尚印刷品中可以看到人们对时代精神与审美价值的理解。他说："一个人关于什么是美的见解，可以铭刻在他全部的穿着打扮上。"①艺术和审美不再是艺术家的专利，普通人也获得了表现美和体验美感的权利和场域，美体现在日常生活中。本雅明认为，时尚的命脉在于恋物癖，商品膜拜助长了这种恋物癖。② 王尔德也凭借在服饰、家居装潢方面的特长在1887年被聘为《女性世界》杂志的编辑。可见，随着商品经济和消费主义对生活的渗透，在艺术与生活的融合过程中，时尚在不断扩大自己的领地，甚至成为一种无所不包的概念，前文所述的"丹蒂形象"便是时尚观念和时尚产业的衍生品。"丹蒂"代表了商业化时代个人自我美化（艺术化）的趋势，将自我包装成时尚、新潮、绚烂、脱颖而出的社会宠儿，从而引起大众的侧目、膜拜和效仿，具有明显的广告效应，这是浪漫主义思潮开启的"天才崇拜"的世俗化形态。"丹蒂渴望成为凝视的对象，作为回报，他把自己变成一件艺术品，他只要求你承认他是一个'视觉对象'。"③似乎可以说，随着审美意识的普及，原本想要守护艺术自身领地的"为艺术而艺术"的思想种子结出了生活艺术化/艺术生活化的果实，以至于令人不禁再度质疑"为艺术而艺术"的可能性。事实上，对于艺术与生活的融合，一方面我们可以认为是生活侵入了艺术领地，破坏了艺术的"纯洁性"，令唯美主义成为空中楼阁。另一方面，如果抛弃艺术的

① 波德莱尔：《现代生活的画家》，见《我心赤裸：波德莱尔散文随笔集》，肖聿译，中国广播电视出版社2000年版，第3页。

② 瓦尔特·本雅明：《波德莱尔：发达资本主义时代的抒情诗人》，王涌译，译林出版社2014年版，第174页。

③ Giles Whiteley: *Oscar Wilde and the Simulacrum: The Truth of Masks*, Legenda, 2015, p. 150.

“纯洁性”想法,意识到审美自觉不等于艺术自律,我们也可以将艺术与生活的融合视为艺术自身扩张的自然结果——不是生活侵入艺术,而是艺术侵入生活;不是为实用和功利牺牲审美,而是用审美冲淡、润饰实用和功利,从而扩大了艺术的领地,拓展了艺术的范畴。阿多诺认为,时尚能使艺术与它拒绝接受的事物产生联系,并将其吸纳,从而保持艺术的活力,避免艺术生命力的萎缩,“时尚对主体精神怀有痛苦的敌意,但这种敌意有助于矫正主体精神纯粹自在存在的错觉”①。如果囿于艺术与生活二元对立的观点,那么我们无法理解这种辩证关系。

19世纪,关于“艺术拯救世俗人生”的想象与期待主要有两种途径:一是宗教式的拯救,用艺术取代宗教,从而承担传统宗教的救赎任务;二是世俗式的拯救,用艺术美化日常生活,从而提高普通人的生活质量。两种途径看似对立,实则具有相同的先验逻辑,即承认人性具有完整和谐的内在本质,艺术能够最大限度地弥合人性的分裂与残缺。从宗教式拯救的框架而言,人的终极目标就是完美的神,完整和谐的人性属于理想化的彼岸世界,艺术相当于私人化的祷告和仪式,连接日渐个人化的尘世生活与天国。从世俗式拯救的框架而言,完整的人性在于消除主体与客体、感性与理性、(肉体)有限性与(精神)无限性、个体与群体之间的隔阂和壁垒。

① T. W. Adorno: *Aesthetic Theory*, C. Lenhardt, trans., Routledge & K. Paul, 1984, p. 437.

| 第七章 |

唯美主义的内在张力

文艺思潮通常都会构建自己的诗学理论,并在不同程度上实现理论和创作实践的对应与同构关系。但是,由于理论与创作实践属于不同范畴,并不是所有文艺思潮的理论都能直接地落实到具体的文学创作之中,也不可能在理论与创作之间无缝对接,唯美主义思潮尤其如此。“艺术高于生活”“艺术自律”“形式主义”“艺术拯救世俗人生”是唯美主义理论体系的四个层次,它们作为世界观、价值观与方法论渗透在具体的文学创作中。同时,这些诗学理论与创作实践之间存在明显的错位,甚至在某些方面自相矛盾,这正是唯美主义的独特性所在。只有厘清唯美主义文学从理论到实践的逻辑转换关系,才能真正认识唯美主义的本质与历史价值。

第一节 代换:“艺术高于生活”与“逆反自然”

唯美主义文学理论的世界观是建立在“艺术高于生活”上的,由此引出艺术与现实之间的关系:艺术相对于现实世界是本原,是更高级的存在。这种对传统世界观、艺术观的颠覆导致一种倒置的“模仿论”,即“生活模仿艺术远甚于艺术模仿生活”。事实上,无论是“艺术高于生活”还是“生活模仿艺术”,本意都不是对世界本原问题的探索,换句话说,它回答的是一个经典的美学问题,即“美的根源来自何处”。

如前所述,西方古典美学的主流是客观论美学,无论是毕达哥拉斯提出的“数的和谐”、赫拉克利特的“对立面的和谐”,还是德谟克利特的“大小宇宙的和谐”,抑或是苏格拉底、柏拉图与亚里士多德提到的“关系”“比例”等概念,都认为美的根源在于某种“和谐”的比例、关系、结构等客观形式,艺术的功能便是表现、模仿这种客观形式。客观论美学与模仿论认为美来源于某种客观存在,它可能并非实际存在之物,但一定符合可然律或必然律,这是不以人的主观意志为转移的,西方哲学、美学界往往将主观意志之外的客观存在称为“自然”。因此,艺术与生活的关系问题又转换为艺术与“自然”的关系。

直到18、19世纪,艺术不仅被视为具有创造性,甚至被视为创造性本身,“创作者”和“艺术家”成为同义词。在当时的美学史上,经过大陆理性主义与英国经验主义美学的冲击,客观论美学已经逐渐转向研究人的感性认识的人本主义美学。显然,无论是文学艺术史还是美学史都已经展露出这样的苗头:美的根源不在于客观存在,而在于主观感受,即美感。与此同时,人的美感对象也逐渐从自然物转向了人的创造物。从18、19世纪关于“美”的定义的变化中,可以看到人们对自然物审美属性的关注转向了对艺术品的关注。①

强调“艺术高于现实”,实际上是将美的来源从客观世界转移到了主观世界。既然美不是来源于客观存在,而是来源于主观感受,那么对客观存在的模仿也就不再是艺术的目的,人的自由创造才是艺术审美的领地。

---

① Luke Phillips:“Aestheticism from Kant to Nietzsche”, Diss., Indiana University, 2012, p. 6.

作为自由创造的王国，艺术成为人们改变客观存在的“媒介”。王尔德通过“生活模仿艺术”点明了艺术对人们看待世界的方式、角度的影响，他借助法国印象派绘画举了一个例子，指出事物的存在是由于我们看见它们，我们看见什么以及我们如何看见它，这取决于艺术对我们的影响。看一样东西和看见一样东西是非常不同的。人们只有看见事物的美，然后才能看见这一事物，否则，事物就不存在。人们看见雾不是因为雾存在，而是因为诗人和画家教人们如何欣赏这种景色的神秘可爱之处。[①] 王尔德的意思是，与个体“无关”的事物对他来说是无意义的，也就不存在于他的意识中。艺术在潜移默化中改变了人的眼光，使原本无意义的外在对象变得有意义了，成为“人的对象”，从而变得与人“有关”。正如对于没有音乐感的耳朵来说，最美的音乐并不存在，忧心忡忡的穷人对最美的景色也会无动于衷。未受训练的感官不易察觉大自然的真理。[②] 艺术起到训练感官的重要作用，通过艺术“中介”，人们可以感知原本零散、模糊、难以把握的对象。

王尔德认为只有艺术才能改变人看待世界的视角(内在尺度)，修复受损的审美能力，这个论断是具有时代意义的。正如马克思所言：“……个体的一切官能，正像那些在形式上直接作为社会的器官而存在的器官一样，是通过自己的对象性的关系，亦即通过自己同对象的关系，而对对象的占有。”[③]人的官能之所以能成为审美享受的渠道，不同于动物式的生理官能，无非是因为它们是人的社会性和能动性的展现，会展现出丰富的立体感。

---

① 奥斯卡·王尔德：《意图集》，见《王尔德全集：评论随笔卷》，杨东霞、杨烈等译，中国文学出版社 2000 年版，第 349 页。

② 约翰·罗斯金：《近代画家》(第一卷)，张璘、张杰、张明权等译，清华大学出版社 2012 年版，第 36 页。

③ 马克思：《1844 年经济学—哲学手稿》，刘丕坤译，研究出版社 2021 年版，第 109—110 页。

陶冶情操、完善人性,这是所有艺术都具有的价值属性,问题在于唯美主义文学是如何在创作中探索人的"内在尺度",并把"内在尺度"落实到作品中的。唯美主义认为艺术高于现实,实际上是将自由创作极致化,表现个性化的美感。"避免过于真切地表现真实世界,那只是纯粹的模仿;避免过于直白地表现理想,那只是纯粹的理智……艺术的重点既不应放在认知能力上,也不应放在推理能力上,而只应关注美感。"①因此,与自由意志相对的自然(自然造物、自然规律)就成为唯美主义对立面的"标靶",于是我们可以看到唯美主义对待自然总是"不太友好"。比如,波德莱尔美学观念中的一个重要原则是重艺术(人工)而轻自然。波德莱尔认为,艺术是"高于自然的,而自然是丑的,因为它是没有经人为的努力而存在的,所以与人类的原始罪恶有关系"②。戈蒂耶称赞波德莱尔的写作:"这些无疑都是反自然的、奇特的想象,接近于幻觉,表现一种对不可企及的新奇境界的内心向往。不过,从我们的角度来看,这种怪异的表现要比冒牌诗人平淡乏味的朴素好得多……"③王尔德也认为:"一切不好的艺术都源于回归生活和自然,并将生活和自然上升为理想的结果。"④唯美主义者重视人工美而轻自然美,认为自然造物是呆板、单调的,美只能来源于人的创造,因此他们主张用人的自由创造、改造自然。米尔博在《秘密花园》中写道:花园之美本质上在于人工布局——"每一株植物的位置都经过悉心研究和精心选择,一方面要让不同的花色和花型相互补充、相互衬托……"⑤。在这些作家看来,自然状态恰恰是有缺陷的,只有人工

① Oscar Wilde: "Intentions", in Josephine M. Guy, ed.: *Complete Works of Oscar Wilde*, Vol. 4, Oxford University Press, 2007, p. 160.

② 波德莱尔:《恶之花》,郭宏安译,北京燕山出版社 2005 年版,第 77 页。

③ 泰奥菲尔·戈蒂耶:《回忆波德莱尔》,陈圣生译,辽宁人民出版社 1988 年版,第 56 页。

④ Oscar Wilde: "Intentions", in Josephine M. Guy, ed.: *Complete Works of Oscar Wilde*, Vol. 4, Oxford University Press, 2007, p. 102.

⑤ 奥格塔夫·米尔博:《秘密花园》,竹苏敏译,重庆出版社 2005 年版,第 139 页。

才能弥补。对“人工美”的追求典型地反映在于斯曼的《逆天》(1884)中，该小说名“A Rebours”翻译为英文是“Against Nature”(逆反自然)。具有“颓废英雄”之称的主人公觉得大自然已经过时，“磨灭了真正的艺术家们宽容的敬仰之情，现在是时候尽可能用人工手段来取代自然了”①。佩特也反对自然美，他认为，艺术家应该与自然保持距离，因为艺术家对所描写的对象充满冷漠和疏离时，他们这种宁静的态度就非常感人，从而使作品非常有表现力。即便是在落后于西欧现代化进程的俄国唯美主义中，也已经展现出“对自然的矛盾、困惑……对大自然产生怀疑，从而产生了与自然的疏离感”②的审美倾向。

前文说到，在浪漫主义语境中，与刻意、造作的古典艺术相反，“自然”意为“自由精神”，“人工”代表“不自由”，“模仿自然”就是回归自由。由于科学主义和实证主义的过度膨胀，宗教意识形态中创世神话所蕴含的“奇迹”“神秘”“创造”元素被自然神论的“机械”“规则”取代，自然已经变成了一种纯粹的机械。在唯美主义思潮的话语中，“人工”和“自然”调了个儿，“人工”成为自由意志的象征物，“自然”则坐在了古典艺术的位置上，成为被批判的对象。因此，《逆天》的书名“A Rebours”除了“逆反自然”这一层含义外，也暗示“逆流而上、逆水行舟”的姿态，还包含“固执、任性、故意为难”的意义。③

逆反自然、崇尚人工的价值取向不仅表现在作家对自然造物的疏离上，也表现在对诸如“恋物癖”“乱伦”等“反常”(“反常”的英文“unnatural”本就有“非自然”的含义)行为的描写上，同时还表现在对“凶杀”“尸体”“疾病”等“恶之花”的迷恋上，这形成了“审丑”的艺术现象。传统的美感以人

---

① 乔里-卡尔·于斯曼：《逆天》，尹伟、戴巧译，上海文艺出版社2010年版，第20页。

② 曾思艺：《丘特切夫诗歌研究》，人民出版社2012年版，第41页。

③ Patrick McGuinness: “Introduction”, in Joris-Karl Huysmans, ed.: *Against Nature*, Robert Baldick, trans., Penguin, 2003.

的生理感官的舒适与感觉的和谐为标杆,体现的是对自然生命的“肯定性”的价值——和谐、有序、健康等;相反,“丑”代表了对自然生命力的否定。也就是说,传统的美感很大程度上来源于人对生命本身的认可——合生命原则,并将其投射到其他事物上。唯美主义文学作品则热衷于从“反常”与“丑恶”的事物中提炼出病态的“美”。对生命活力、感官舒适状态的破坏,是审美趣味上的“反自然”(反生命原则)的体现。“这种极端、怪诞、违反自然、几乎总是和古典美大唱反调的趣味……乃是人类意志的一种征兆:要根据自己的想法纠正肉体凡胎所赋予的形式和色彩。”[①]

如果我们跳出模仿论和反映论的思维定式,感受作品中作者的共情能力和情感模式,就能发现不是作品中的“丑恶”表现了真实世界的丑恶,而是“真实地”(充满想象力地)表现了作者情感中对丑恶的感受。在诗学层面,逆反自然、崇尚人工的价值取向隐喻了人的自由意志与自然之间的紧张关系,它以极端的姿态表达了逃避与反抗自然力量的企图。自由与必然是一组对立的哲学范畴,两者互为否定。从表面上看,自由是对必然的摆脱,必然是对自由的限制;从深层上看,必然建立在自由之上,必然是自由的一个层次,是自由外化的一个环节。“必然”的概念是自由意志通过自身立法和为自然立法形成的,否则只有偶然、随机的混沌。科学主义和实证主义强调的自然规律,正是人为自然立法的表现,离开人的基点,一切都只是偶然。因为大自然不会给人类现成的必然规律,科学研究和实验正是通过将偶然、随机的变量控制起来,推导出能够为人所理解的必然规律。因此,“必然”的本质就是自由,只有凭借自由意志的普遍性、立法性,才能保证必然的客观性。可以说,“必然”的规律就是自由的规律。由于人的认知水平有限,古人将自我意识的立法性交给了神,“必然”的概念在历史上就表现为神的意志。到了近

① 泰奥菲尔·戈蒂耶:《浪漫主义回忆》,赵克非译,人民文学出版社 2011 年版,第 243 页。

代，抽象的神被自然神论取代，“自由的必然性”表现为“自然的必然性”，即自然的“铁的规律”。自然的“铁的规律”有时又以上帝的“世界理性”为名。“自然的必然性”观念在实证主义和自然主义哲学中得到充分发展和系统阐释。“逆反自然”之美学风尚表明，自由意志开始将“自然的必然性”融入自身，成为实现自身必然性(合法性)的一个环节。从具体的文学创作层面看，“艺术高于生活”在具体的创作中演变为对“自然”的逆反，对个性化的“反常”审美感受的强化。因此，唯美主义文学并非提供一个美的“典范”，而是试图展现审美的主观性——“衡量标准是个体的素质，而不是对标准的追求”①，这既是对浪漫主义思潮的推进，也体现了美学观念与艺术观念的历史性演变。

第二节 易位:“艺术自律”与“异教情调”

在唯美主义文学的语境中，“生活”可以理解为“自然”，“自然”又象征着平庸的现实。唯美主义的理想是让艺术成为独立王国，不受现实世界与世俗价值观念的侵扰。艺术给人以自由感，而自由感正是实现自由最直接的证明，是衡量一切自由理论的尺度，具有无法怀疑的明证性。自由是不受外部对象的掣肘，完全以自身为目的的，艺术自律也应该如此，唯美主义高扬“艺术自律”的底气就来源于此。

如前文所述，“审美自觉”与“艺术自律”之间并不能画等号。诚然，人们在进行纯粹的艺术欣赏的过程中确实可以达到无利害的理想状态，但在艺术创作过程中很难达到。艺术创作不可避免地要融入作者的某些理

---

① Linda Gordon: “The Utopian Aestheticism of Oscar Wilde's *The Picture of Dorian Gray* and Gertrude Stein's *Three Lives*”, Diss., Auburn University, 2012, p. 4.

念与意图，甚至艺术家创作的初衷可能就不纯粹是为了审美。尽管高明的艺术家可以将自己的意图隐藏起来，但这种刻意而为的审美远离了审美自觉的初衷。事实上，唯美主义文学提出"艺术自律"，本意是与世俗世界隔离开，保护审美自治的领地，提醒人们不要被政治、商业、伦理道德等因素绑架先验的自由本性。在具体的创作中，由于诗学理论与文学创作的错位，"艺术自律"被转码，体现在以下几个层面上。

第一，以叛逆的态度描写"反常"行为与丑恶现象，以"审丑"的姿态表达对世俗伦理道德和市侩主义、功利主义价值取向的高傲姿态。"逆反自然"的价值取向与"为艺术而艺术"的高蹈姿态结成了同盟。"审美欲望，对美的渴望成为晦暗污浊的东西，对感官享受的渴望最终与对身体和道德上令人反感的罪恶相混淆。"①艺术的美丑不等于现实的美丑，以审丑为跳板，达到唯美的效果，这体现了美丑之间的辩证关系。

第二，异教情调抒写。唯美主义重作品形式，"对作品内容的淡化导致作者和艺术家将题材与'真实''日常生活'拉开距离，转而召唤遥远的异国情调，塑造梦幻和虚幻的空间，并以禁忌为主题"②。宗教的唯灵主义精神在维多利亚时代内化为中产阶级古板、节制、重视伦理道德的行为举止与精神面貌。唯美主义文学作品大胆表现反宗教价值与中产阶级旨趣的异教情调，刻画"离经叛道"的异教形象，通过这些异教形象"引出了对死亡的体验与对美的欲望：对死亡的体验激发了对美的欲望"③，并与世俗世界形成鲜明对比。唯美主义作家"把古希腊人视

① Diana Maltz: *British Aestheticism and the Urban Working Classes, 1870–1900: Beauty for the People*, Palgrave Macmillan, 2008, p. 93.

② Kelly Comfort: "Reflections on the Relationship Between Art and Life in Aestheticism", in Kelly Comfort, ed.: *Art and Life in Aestheticism De-Humanizing and Re-Humanizing Art, the Artist, and the Artistic Receptor*, Palgrave Macmillan, 2008, p. 3.

③ Marion Thain: *"Michael Field": Poetry, Aestheticism and the "Fin de Siècle"*, Cambridge University Press, 2007, p. 87.

为现代美学批评概念和'为艺术而艺术'观念的源头，视为唯美主义者们的先锋"①。他们通过对古希腊文化艺术的欣赏，传达以审美为最高价值，艺术与功利主义、道德观念相分离的理念。王尔德特别推崇希腊精神，他笔下也随处可见以希腊式的异教情调对抗基督教禁欲主义的抒写。以《莎乐美》为例，先知约翰代表宗教禁欲主义，排斥任何感官享乐，与莎乐美所代表的"嗜美"形象形成鲜明对比。在《渔夫和他的灵魂》中，渔夫为了与美人鱼（源于古希腊神话）在一起，不惜抛弃自己的灵魂，他向神父请教丢掉灵魂的方法，神父指出灵魂乃无价之宝，而肉体之爱是邪恶可耻的。然而渔夫反问："至于我的灵魂，如果它阻挡在我和我所爱的东西之间，那它对我又有什么益处呢？"②

古希腊罗马神话中随处可见俊男美女形象，众神大多有着精致俊美的外形，这体现了初民认识自然的兴趣，以及从对自然的认识中找寻对自我理想形象的幻想。"我们可以从希腊人那里认识到，除了'美'之外，没有任何东西能给予宗教信仰以如此的支撑，因为没有一个理想被如此普遍接受并且使人性得以完善。"③在唯美主义作品中随处可以看到作者对美丽外形的向往，这些美丽外形都是古希腊-罗马世俗人本文化的产物，因此他们都是"异教式"的形象。在欧洲，"异教形象一般指的是传承希腊文化（世界观）或是本土化区域文明（民间宗教与传说）中的人物形象"④。马索克的《情迷维纳斯》正是充满异教情调的文本。男主人公赛弗林是"维纳斯"形象的迷恋者，他收藏了好几幅维纳斯的画像，并暗中迷恋维纳

① Stefano Evangelista："Vernon Lee in the Vatican：The Uneasy Alliance of Aestheticism and Archaeology"，*Victorian Studies*，Vol. 52，No. 1，2009，pp. 31-41.

② 奥斯卡·王尔德：《快乐王子》，赵洪玮、任一鸣、潘天一译，北京燕山出版社 2014 年版，第 86 页。

③ Arthur Fairbanks："The Message of Greek Religion to Christianity Today"，*The Biblical World*，Vol. 29，No. 2，1907，pp. 111-120.

④ E. P. Butler："The Theological Interpretation of Myth"，*The Pomegranate*，Vol. 7，No. 1，2005，pp. 27-41.

斯的雕塑。旺达是一个异教式的女人，风姿绰约且热情奔放，富有神秘气息，让赛弗林难以自持。根据小说的描述，其实赛弗林迷恋的是“维纳斯”的形式，而旺达只是“维纳斯”形式的“填充物”——质料，她在赛弗林心中的地位要比“维纳斯”低。事实上，两人之间的情爱模式——虐恋，也是一种形式化的性爱。米尔博《秘密花园》中的主人公克莱拉是一个集美貌与恐怖于一身的形象。对男性而言，女性身上具有与原始、嗜血、情欲等因素相关的“天然联系”，许多有关异教的叙述都是母系氏族化的，“因为这个原因，异教情调的文本中占主导地位的人物往往是现代式的女性，异教情调的女性推崇带着复仇的姿态回归”①。作为女性，克莱拉身上既具有异国、异教情调，又具有嗜血元素。

同性之爱也是异教情调的组成部分，这种同性之爱的实质不在于肉欲，而在于对美的追求。在希腊神话中，赫马佛洛狄忒斯是赫尔墨斯与阿芙洛狄特之子，是具有男性形象的阿芙洛狄特。他在河边洗澡时，被爱恋他的山泉仙女萨尔玛西斯抱住，山泉仙女祈求诸神让他们永远在一起，于是两个人便合为一体(雌雄同体)，具有双性。神话隐喻了古希腊原始初民的两性观念：对爱与美的追求是跨越性别的。以古希腊罗马诸神为代表的男女两性的性别界限是模糊的，人与人之间的吸引往往淡化了性别因素，而以人的外表(形式美)吸引为前提。正因为形式美是较为抽象的，所以希腊神话对美的追求是超性别的，于是产生了诸多同性之爱的题材。同性之爱被宗教传统(尤其是在中世纪)严厉压制，而在唯美主义作品中被大胆地展现，其鼻祖当是戈蒂耶的《莫班小姐》。小说中的德·阿尔贝、珞赛特、莫班三人互生情愫、暧昧不清。阿尔贝不可遏制地爱上了女扮男装的莫班，在莫班恢复女装后，莫班与暗中苦恋自己的珞赛特一夜缠绵，

① K. A. Reid: "The Love Which Dare Not Speak its Name: An Examination of Pagan Symbolism and Morality in Fin desiècle Decadent Fiction", *The Pomegranate*, Vol. 10, No. 2, 2009, pp. 130-141.

她还在女扮男装的过程中勾引了一个乡村姑娘，让她当自己的情妇。诗人德·阿尔贝作为作者的代言人，对美的追求、对古希腊罗马文化的迷恋、对宗教的抵触都让其与现实秩序格格不入。在《道林·格雷的画像》中，道林、画家巴西尔、亨利勋爵之间也存在着超乎普通男性友谊的关系。其中，对同性恋的描写与中产阶级婚姻家庭伦理观念形成了鲜明的反差，目的在于用异教文化包裹审美自觉的领地，抵御强大的宗教、道德束缚。皮埃尔·路易斯的作品《阿芙洛狄特》中的克莉西丝的容貌最具古希腊式的美感。作者将故事安排在基督教一统西方世界之前的希腊化时期，当时的亚历山大港一带还残留有母系氏族公社的痕迹，如对阿芙洛狄特的全民崇拜、女王的统治与风华绝代的妓女。作品还以唯美的笔调歌颂了美丽的歌女罗多克莱娅和笛女米尔蒂斯之间唯美纯情的同性之爱。

第三，“艺术自律”又表现为对形式主义的追求。形式美是艺术躲避其他因素直接干扰的“堡垒”，将情感内容通过某种形式加以定型从而引起欣赏者的情感共鸣对于艺术创作来说尤为关键，由此引出形式主义在诗学理论和文学创作中的不同变体。

第三节　转码：“形式”与“感觉”

通过对形式主义观念的溯源我们可以发现，以往找寻一种客观的美的形式标准的意图已被证明是痴人说梦。形式的美感永远无法摆脱历史的意识观念，形式需借助其和内容之间的张力才能被视为美。在艺术中，所有的形式都是为表现情感内容服务的，比如法国古典主义喜剧将严整的“三一律”形式视为美的典范，但当支撑“忠君爱国”这一古典主义思想的封建王权衰弱时，“三一律”就成为束缚戏剧情感表现的负担。又如中世纪法国文学中的十二音节亚历山大诗体一度风靡欧洲。这种诗体要求严格押韵,喜用对偶、反语,讲究诗行音节数量的整齐,具有极强的形式感,但在启蒙主义时期,它被许多诗人视为是矫揉造作的,逐渐被六音节诗和无韵的抑扬格取代,因为后者更利于激起人们的自然情感。在中国,汉赋极尽辞藻华美之能事,从某种程度上说也是"形式主义"的,汉赋专事铺叙、穷极声貌的文风是为润色鸿业、点缀升平,但这种文风很快就陷入了形式上的僵化。我们当然不会将汉赋的"形式主义"视为"形式的自觉"。

由于语言文字的特性,作为语言的艺术,文学创作更无法规避"内容",因此,形式的自觉在唯美主义文学的创作中表现为别样的特质。通过阅读具体的文学作品,我们可以发现这一特质就是对感觉、感性的描写,而非试图找到某种客观的美的文学形式。事实上,在文学领域有个很有趣的现象:那些被读者认为高度唯美的作品往往是高度感性化的作品。

一般认为,感性是一种认识方式,是人通过感官接触客观对象,引起感觉,在头脑中产生印象,从而对事物的表面形成初步认识并产生相应情绪和情感的过程。感性认识包含感觉(感官刺激)、知觉、直觉与情感。感觉是感性认识的基础,想象力是感性认识的黏合剂。在西方哲学的历史中,感性作为理性的对立面,大多数时候都处于被理性压抑的状态。相对于理性,感性代表了表面化、不稳定、无定型、不可捉摸、无法预测等特征,这些特征显然不适于充当解释世界本质的尺度。不过,随着生产力的发展与人性的解放,感性作为人性中不同于理性的另一面,其重要性逐渐得到阐释。美学作为学科的确立,真正让感性登上了大雅之堂,美学也被称为"感性学"。至此,感性作为一种能力,逐渐成为解释人性与世界的角色,成为19世纪末西方哲学非理性转向的基础。

鲍姆嘉通沿着莱布尼茨-沃尔夫划分的知、意、情三个心理活动范畴,首次借鉴希腊语将"感性"(希腊语"asthetik"、德语"Asthetik"、英语

“aesthetics”)视为值得研究的科学——“感性学”。“感性”的希腊语源于另一个希腊词“aisthetikoa”,意为感知、感觉。鲍姆嘉通将审美与感性等同起来,认为美正是感性认识本身的完善,而不仅是认识对象自身的完善。美的本质被还原并被纳入感性认识的领域,与理性学(逻辑学)和实践学(伦理学)相区别,美从“感性认识到的完善”变成了“感性认识本身的完善”,完善的感性认识使一些混乱的认识变成了不再是否定的而是肯定的东西。“感性认识的美和事物的美本身,都是复合的完善,而且是无所不包的完善。”①

康德综合了理性主义与经验主义的观点,认为美感是先验的情感模式。美感的根源是主体感受力,对象之所以能引起主体不同的感受,原因在于主体本身就有感受的鉴赏判断力。“鉴赏”一词来源于德语“Geschmacksurteil”,是在“Geschmack”(口味、滋味)的感官意义的基础上衍生出来的。17 世纪中叶,“鉴赏”获得了社交、品位的含义,由于当时上流社会的社交之重要纽带是艺术沙龙,因此“鉴赏”一词与审美靠近了。经过哲学家帕斯卡尔、散文家多米尼克·鲍尔神父和艺术评论家杜博等人的阐释,鉴赏的含义逐渐从古典主义美学的明晰、合理原则向难以言说的主观感性靠近,从人际、伦理范畴向审美范畴转化。康德并不贬低感性,认为感性有些时候比知性和理性更重要。他认为美感属于感性的一种,但和经验主义不同。他不认为美感是感官的快适,在他看来,快适是纯粹主观和无概念的,愉悦在前、判断在后,甚至可以没有判断,所以不具有普遍性。美感则伴有想象力的活动,在想象力的调节中,感性、知性和理性等各种质素相互自由协调,人的感官质素各不相同,但自由协调的机能人所共通,这样的愉悦才是普遍的。

---

① 鲍姆嘉通:《美学》,李醒尘译,见马奇主编:《西方美学史资料选编》(上卷),上海人民出版社 1987 年版,第 695 页。

浪漫主义正式奠定了感性在艺术中的核心地位。华兹华斯指出“诗是强烈情感的自然流露”①,诗给人审美愉悦是因为人通过诗可以产生“同情”,“同情”带来愉快。诗歌的真理不是自然界的真理,而是情感的真实。华兹华斯立足艺术的情感本体,直接否定了古典主义诗学的理性戒律。强调情感在艺术中的本体地位,这是一种主情主义的价值观,它在浪漫主义思潮中发扬光大。鲍桑葵也提出美是一种创造性的独特情感②,艺术的目的是充分的自由/自我发展,艺术的使命就是让情感获得一种独创性的、打动人心的形式。鲍桑葵为此还谈到“为艺术而艺术”,称如果“为艺术而艺术”是试图告诉人们某种艺术的限制性概念和形式上的标准,那么这句话就变得十分有害了。他还认为,美感是由感受力和表象力产生的特殊快感,它不是生理上的,而是精神上的,具有美感的情感是一种同情感,可以和他人分享。鲍桑葵还突破了传统美学对审美感官的局限,他认为除了视觉和听觉外,味觉和触觉也能提供审美愉悦,当然,必须通过训练(审美教育)提升鉴赏力,才能使感官充分发挥审美的作用。

赫尔德通过对古希腊雕塑的分析来阐释艺术对人的感知方式的训练。他对触觉感官推崇有加,认为视觉只给我们平面的形象(Gestalt),是二维的,只能认识事物表面;而触觉是三维的,能带给我们立体感(Koerper),具有外表形式 (Form)的一切东西都能为触觉所认识。触觉是人体生命存在与外部世界的零距离接触,能够形成关于事物的整体感知。赫尔德认为人体比例的和谐并非源于某种抽象规则,而是人类感官力量的表现。“我们只能忠实地、完整地、真实地、生动地得到形式,因此,这种形式就传导给我们,通过活跃的感官活在我们的心中。”③于是,赫尔

① 华兹华斯:《〈抒情歌谣集〉序言》,见章安祺编订:《缪灵珠美学译文集》(第三卷),中国人民大学出版社 1998 年版,第 19 页。

② 鲍山葵:《美学三讲》,周煦良译,上海译文出版社 1983 年版,第 57 页。

③ 赫尔德:《雕塑论》,见《赫尔德美学文选》,张玉能译,同济大学出版社 2007 年版,第 24 页。

德将西方形式主义传统的根基转移到近代浪漫主义的感性基础上来,他把诗歌看作是表现感性的最富表现力的语言,“它是充满热情的并且是能唤起这种热情的一切东西的语言”①。所以诗是热情,是感性的表现和唤醒。

瓦肯罗德和蒂克等浪漫主义思想家反对以某种美的体系和规则指导审美活动,否认美有任何先验的规则,认为美是不可言说和描述的神秘体验,只有具备艺术感受力的天才方能捕捉美。瓦肯罗德有一句名言:“艺术可谓人类的感觉之花。它以永恒变化的形式从世间诸多的领域中高高耸起,升向天空。”②艺术能够唤起和锤炼人的感官天赋,深入感性世界探测幽微。诺瓦利斯倡导用具有审美禀赋的感官“积极地”赋予外部讯息以审美感受,用独特的感性能力“为自然立法”,在这一点上诗与艺术是相通的。他深刻地意识到人的感官具有融汇、互通的禀赋,视觉、听觉和触觉能够同时进行,要想感知自然的美,“感官绝不可昏睡,即便并非所有感官都同时保持清醒,但它们必须全部处于兴奋状态,绝不可受到压抑,绝不可松弛无力”③。施莱格尔兄弟将充满生机的自然和美相联系,于是自然的生命力与人的感性生命冲动相契合,自然的神性与人的精神相呼应,奇异怪诞的审美元素与人的隐秘内心相连接。总之,随着浪漫主义的崛起,属于个人的、无定型的、具有无限可能的“感性”与浪漫主义一起登上了历史的舞台。

费尔巴哈信赖人的感觉,认为人可以凭借感觉能力认识世界。艺术的本质就是以感性形式表现的感性本质,它与人的感觉能力对接,感觉

---

① 赫尔德:《论诗的艺术在古代和现代对民族道德的作用》,关惠文译,见中国社会科学院外国文学研究所外国文学研究资料丛刊编辑委员会编:《欧美古典作家论现实主义和浪漫主义》(二),中国社会科学院出版社 1981 年版,第 272 页。

② 威廉·亨利希·瓦肯罗德:《一个热爱艺术的修士的内心倾诉》,谷裕译,生活·读书·新知三联书店 2002 年版,第 49 页。

③ 诺瓦利斯:《塞斯的弟子们》,朱雁冰译,见刘小枫主编:《大革命与诗化小说:诺瓦利斯选集卷二》,林克等译,华夏出版社 2008 年版,第 10—11 页。

获得了审美的中心地位。费尔巴哈说:“感性的对象的威力,就是感情的威力。”[①]费尔巴哈在人的感性能力的确证基础上提出了类似“通感”的解说:正因为美感的基础是感官感觉,而所有的感官感觉都是人的感性本质的对象化,所以美感在不同的感官感觉之间、不同的艺术类型之间是可以互通的,给人的本质力量以全面的证明和满足。“在一定意义上同样也可以说,一切艺术是音乐、雕塑术、绘画术。诗人也是画家……音乐家也是雕塑家……绘画家也是音乐家……我们不仅观赏其景色,而且,也听到牧人在吹奏,听到泉水在流,听到树叶在颤动。”[②]但费尔巴哈也承认,艺术不是通过简单的感官刺激就可以解释的,艺术是一个中介,勾连起创作者和欣赏者的美感。尼采想要重新赋予肉体以信赖,甚至以感官为准绳。“根本的问题:要以肉体为出发点,并且以肉体为线索。肉体是更为丰富的现象,肉体可以仔细观察。”[③]在尼采看来,感性体验的丰富正是强有力的生命意志之特质,感性的汹涌才是艺术的真正本质。

马克思在实践论基础上解答了人的本质力量和美感来源问题。他认为人的感觉的丰富性是由劳动实践产生的,劳动的异化就是感觉的异化,只有在非异化的劳动中,人的感觉才是社会化的,美感才得以产生。美感正是人的本质力量的确证感,美感越丰富,就越能确证人的本质的全面。美感不是生物学式的感官机能,也不是抽象的和理性相对的先验感性能力,而是一种社会性的感觉,它是“对象化”的,也是“对象性”的,即一种主体间性,马克思称之为“人的感觉、感觉的人类性”[④]。因此,马克思的感

---

① 路德维希·费尔巴哈:《基督教的本质》,见《费尔巴哈哲学著作选集》(下卷),荣震华、王太庆、刘磊译,商务印书馆 1984 年版,第 30 页。

② 路德维希·费尔巴哈:《从人本学观点论不死问题》,见《费尔巴哈哲学著作选集》(上卷),荣震华、李金山译,商务印书馆 1984 年版,第 323 页。

③ 尼采:《权力意志:重估一切价值的尝试》,张念东、凌素心译,中央编译出版社 2000 年版,第 60 页。

④ 马克思:《1844 年经济学—哲学手稿》,刘丕坤译,研究出版社 2021 年版,第 113 页。

性已经不同于以往人本主义哲学中的感觉主义和感性直观，而是感性实践。事实上，在马克思那里，实践是自由自觉的有意识的生命活动，人的本质的丰富性和无尽可能性在实践中得以确证，因此，感性和实践在马克思那里本就是一回事。感性就是人的存在的本体论证明，它既是社会的，又是历史的。也就是说，马克思是通过人的本质力量对象化活动来认识人的感觉的，人的感觉也就和审美（情感）具有内在的同一性［在德文中，“感觉”（Gefühl）一词还包含“情感”的意思］。

随着人类文明的发展，感性从最初的作为理性附庸的低级认识能力，逐渐上升到人类高级的认识禀赋，成为美感的主要来源。随着美学的确立，感性本身的内在结构和层次成为学者探究的对象。在浪漫主义文学中，感性中想象力的飞扬与情感的爆发力得以展现。在医学、生物学等自然科学的洗礼下，在生产力的解放带来的物质进步和城市化消费主义发展的影响下，19 世纪中后期形成了一股享乐主义的风尚。相比于灵魂，肉身感官愉悦更能体现个体当下的生存实在，更符合都市居民生活化的价值取向。到了 19 世纪后期，受到科学话语、写实主义与非理性哲学的影响，唯美主义文学开始探索感性中的“感觉”元素，尤其是五官感觉，并通过对五官感觉的探索将感性学搬进了文学的场域。

通过戈蒂耶的小说和诗歌作品，我们可以发现他理想中的“为艺术而艺术”实质上是一种放浪形骸、随心享乐的肉感主义。戈蒂耶在《莫班小姐》中描写的狂喜与放纵都是为了寻求感官享受和审美愉悦。他的诗集《珐琅和雕玉》通过文字展现了包括颜色在内的感官印象之间的“秘密亲缘关系”，他对颜色的看法“取决于一个物体所引起的主观印象，而不是它的实际颜色。这是对印象主义的辩护”①。戈蒂耶认为，世界是人的感觉

① Leon Chai：*Aestheticism：The Religion of Art in Post-Romantic Literature*，Columbia University Press，1990，p. 20.

的世界,形式、色彩和感受是人类获得完美细腻的快乐的手段。艺术家必须毫无顾忌地把它们变为艺术。

波德莱尔的艺术观受到印象派绘画的影响,所以他特别善于捕捉人的感官印象的瞬间。他的文学创作注重形式美,这种形式美是为他的感官印象之对象服务的。于斯曼的语言同样与印象派的画笔有着异曲同工之妙:“他们都呈现了栩栩如生的几乎是迷惑性的印象……没有人像他那样创造粗犷却精准有力的隐喻来呈现视觉感受。”[①]比尔·路易斯和王尔德的作品往往通过颓废式的主人公表现精美艺术品施予感官的魔力。

拉斐尔前派画家通过他们的诗与画同样还原了感性经验的细节。在他们的诗歌中,感性与审美经验围绕着所谓的“特殊时刻”(Special Moment)。罗塞蒂形容这一时刻为“由于情绪体验的巅峰时刻而产生的刹那却永恒的状态,它总是处在半醉半醒之间”[②]。斯温伯恩与波德莱尔一样相信艺术的目标是达到通感[③],他们在创作中尤其倡导将文学与音乐(感觉的艺术)相类比、贯通。

佩特提出“感觉主义”思想——“艺术所关注的不是纯粹的理性,更不是纯粹的心智,而是通过感官传递的‘充满想象力的理性’。而美学意义上的美有很多不同的类型,对应不同类型的感官禀赋”[④]。他主张在艺术创作中集中表现艺术家深刻而独特的感觉印象,并用特定的形式将感觉之流表现出来。这些感觉印象属于具有高级鉴赏力的艺术家的生命体验,它们经过形式化之后必然是美的。佩特还认为感觉是时间性的,它受

① Arthur Symons: *The Symbolist Movement in Literature*, E. P. Dutton & Co., 1919, p. 81.

② J. R. Prince: “D. G. Rossetti and the Pre-Raphaelite Conception of the Special Moment”, *Modern Language Quarterly*, Vol. 37, No. 4, 1976, pp. 349-369.

③ Lionel Lambourne: *The Aesthetic Movement*, Phaidon Press Limited, 1996, p. 11.

④ 沃尔特·佩特:《文艺复兴》,李丽译,外语教学与研究出版社2010年版,第165页。

到时间的限制。时间无限可分,因此感觉也无限可分。短暂的刹那最能凸显感觉的时间性——倏忽而逝,却又真实强烈。从艺术欣赏的角度说,欣赏者要去把握作品中那些稍纵即逝的感觉印象,获得瞬间的美感体验。"我们唯一的机会就是延长这段时间,尽量在给定的时间里获得最多的脉动。巨大的热情可能带给我们一种加速的生命感、爱情的狂喜和伤恸,各种各样的充满热情的活动……"①真正的艺术就是要展现这种刹那间的感觉。

爱伦·坡一方面强调诗歌与音乐的同形同构,认为诗歌就是"美的韵律之创造",塑造了美的形式;另一方面,他强调"美感",认为形式如果不能通过人的美感加以捕捉和呈现,就毫无意义。"美感能使人从各种各样的形式、声音、色彩、气味和情感中感受愉悦。……用语言或文字再现这些形式、声音、色彩、气味和情感,也会形成愉悦的源泉。"②亨利·詹姆斯通过《使节》等小说展现了对视觉过程的分析——外部印象如何被转化为对美丽和意义的认知,他"与佩特的相似之处在于……对感官体验的广度与深度的伊壁鸠鲁式享乐"③。

在俄国,丘特切夫与费特的诗歌可以把各种不同类型的感觉杂糅在一起,竭力追求一种瞬间印象、一种朦胧的感受。在遥远的东方,崇尚感官享乐的日本文化成为唯美主义东渐的"跳板"。日本唯美主义文学(又称新浪漫派)认为唯美主义的重要属性是感官享乐,他们玩味绝对的官能主义,以官能的开放来改变一切价值观念。在他们看来,文学创作"在于利用瞬间即逝的知觉,捕捉它最强烈的最纯粹的闪光"④。随之崛起的日

① 沃尔特·佩特:《文艺复兴》,李丽译,外语教学与研究出版社 2010 年版,第 303 页。

② E. A. Poe: "The Poetic Principle", in G. R. Thompson, ed.: *Edgar Allan Poe: Essays and Reviews*, Liberary of America, 1984, pp. 76-77.

③ J. L. Freedman: *Professions of Taste: Henry James, British Aestheticism and Commodity Culture*, Stanford University Press, 1990, p. xv.

④ 叶渭渠:《日本文学思潮史》,经济日报出版社 1997 年版,第 393 页。

本新感觉主义文学则将唯美主义对“感觉”的玩味发扬光大，主张营造人的感官世界，追求新的感觉和新的感受方法，这直接启发并影响了中国新感觉派的创作。

在中国，郁达夫与新感觉派等作家的创作表明：新的时代要用新的感觉来体验，“在物质文明进步、感官非常灵敏的现代，自然要促生许多变态和许多人工刺激的发明”[①]。除了新感觉派作家外，以滕固、章克标、邵洵美为代表的唯美-颓废作家群（时称“唯美派”）模仿西方唯美主义作家沉浸于感官享乐、印象主义的风格，因此常被冠以“肉感主义”的称号。

这些例子可以充分说明感觉、感官是唯美主义追求形式美的另一面，唯美主义文学表现形式上的创新是以“感觉”描写的创新为基础的，这是文学艺术中形式与内容的“辩证法”。“感觉”作为唯美主义描写的对象，呼应了哲学、美学领域中“感性”的崛起，唯美主义文学“通过将感觉提升为达到精神狂喜的第一途径……从而超越了伦理道德的话语范畴”[②]。“形式”到“感觉”的演变，是从唯美主义诗学理论到文学创作实践的又一内在逻辑。

第四节　落脚：“艺术拯救”与“感性解放”

如前所述，尽管唯美主义散发着浓厚的高蹈气质，但作为文艺思潮，唯美主义也具有强烈的社会介入意识。诸多艺术普及和审美教育团体在内的唯美主义社会运动参与者的行动宗旨与作用是通过各种公益活动

---

① 郁达夫：《怎样叫做世纪末文学思潮？》，见《郁达夫文集》（第六卷），花城出版社 1983 年版，第 288 页。

② Diana Maltz: *British Aestheticism and the Urban Working Classes, 1870–1900: Beauty for the People*, Palgrave Macmillian, 2008, p. 10.

使劳工阶层和平民百姓能够获得审美教育。莫里斯等人领导的工艺美术运动,否定了工业化、机械化的生活方式与审美风格,吸引了王尔德、叶芝等人。叶芝称赞工艺美术运动,认为它造就的产品"不仅唤起了对文学世界的情感,还在哲学观念上支撑了视觉艺术与诗歌之间的纽带",像浪漫主义一样"标志着人类在文学中重获精神和想象的自由"①。佩特从艺术眼光上说是形式主义者,但他也承认伟大的艺术具有扬善救世的作用。王尔德认为:"穷人世代受穷,而资本家又贪婪成性,他们双方对这种状况的原因都只是一知半解,因而日益受到其他的威胁。就在这样的时候,诗人应当站出来发挥有益的作用,向世人展示更公正的理想形象……"②

这些都说明,唯美主义并非一味钻进艺术的象牙塔里与世隔绝,而是具有"拯救世俗人生"之人文关怀的。"拯救世俗人生"与"为艺术而艺术"看似相互矛盾,又在情理之中。唯美主义作为一股文艺思潮,其兴起在某种程度上反映了创作者对现实社会现状的不满。而康德、席勒、歌德等人对艺术与审美完善人性的作用的阐释,给人们提供了一条依靠艺术与审美完善人性、改进社会的路径。事实上,艺术一直以来就扮演着这样的角色,只是还未被思想家们阐释出来,但这种人文关怀若停留在理论或理想阶段,则只能属于美学或文艺理论的范畴,况且任何文艺都具有人文关怀,这是"不言自明"的。那些审美运动、审美布道者或艺术社团的行动,固然也是唯美主义思潮的一部分,但只能算作社会运动与艺术行为。我们要搞清楚的是,怀揣"拯救世俗人生"理想的作家是如何在具体的文学创作中将这一理想实现出来的。

显然,艺术新宗教的拯救不再依靠传统的宽恕、仁爱和禁欲,那靠什

① E. B. Loizeaux: *Yeats and the Visual Arts*, Rutgers University Press, 1986, p. 24.

② 奥斯卡·王尔德:《诗人与大众》,《王尔德全集:评论随笔卷》,杨东霞、杨烈等译,中国文学出版社2000年版,第70页。

么呢？也许我们还得从唯美主义文学对“感觉”的描写中寻找答案。学界往往将戈蒂耶、王尔德等唯美主义理论家的诗学理论与创作实践简单等同，将美学史中的某些观念、规律与文学批评相混淆，这导致对唯美主义文学人文价值的认识出现偏差，许多评价已经偏离或超出了唯美主义文学的范畴。这种偏差与混淆的一个直接表现是文学评价标准的“自相矛盾”：肯定文学自律与审美救赎的理论或理念，否定具体的文学作品（主要指责其沉迷于感官享乐、无视世俗的伦理道德）。这种自相矛盾的批评的根源在于未能准确理解唯美主义文学从“形式”到“感觉”的内在逻辑，也未准确理解这一内在逻辑的历史必然。对唯美主义的“感觉”的评价，应该回到 19 世纪的历史语境。

唯美主义文学并不重视对现实世界的记录，尽管作者通过描写“感觉”呈现出外部对象的某些范畴与特质，但描绘的是通过感觉形成的表象，唯美主义文学的审美对象并非外部世界，而是感觉本身。“感觉”成了建构主体意识的基石。“你感觉到了什么，你就是什么。”①

唯美主义文学塑造了感觉异常敏锐的主体形象，这使其区别于其他文学思潮或流派，也正是在这个意义上，我们看出唯美主义探索“感觉”的人文价值。19 世纪是资本主义生产方式逐渐占据统治地位的时期，资本无限度地追求剩余劳动、延长劳动时间，使劳动者失去了对自由时间的支配。工业化大生产使生产劳动日趋成为单调、抽象的一般劳动，劳动失去了丰富的感性体验。马克思在这一现象中找出“社会必要劳动时间”这一规律。他认为，社会必要劳动时间成为价值尺度，获得了抽象劳动的量的规定性，它是线性的流俗时间观念的社会化形态，将时间变成无生命的外在刻度，消除了绵延于时间之流的生命的丰富性与自由感。

① J. L. Freedman: *Professions of Taste: Henry James, British Aestheticism and Commodity Culture*, Stanford University Press, 1990, p. 42.

一旦以社会必要劳动时间作为衡量人的劳动的终极尺度，就必然抽空劳动原本自由自觉的感性丰富性。马克思进而认为，在线性时间观中，原本丰富完整和直接的感性被“平均化”，成为和动物一样的扁平、抽象的生理感觉，给人带来痛苦。这种感觉的抽象化与感官的退化使感觉不再是人自身的，这是造成人的异化的根源，从中我们可以看出(劳动)时间和感性的关系。事实上，在马克思那里，劳动、实践、感性、时间这几个概念是相互交融的。“因为自身反映的感性知觉就是时间本身，所以不可能超出时间的界限”，而“感性世界的变易性作为变易性，感性世界的变换作为变换，这种形成时间概念的现象的自身反映，都在被意识到的感性里有其单独的存在。因此，人的感性就是形体化的时间，就是感性世界的存在着的自身反映”①。按照马克思的思路，真正的时间不是冰冷的机械刻度，而是内化为人的感性，离开了个人的感性经验，也就不存在真正的时间。海德格尔也指出，时间性的本质是在诸种绽出的统一中到时。线性的流俗时间“被当作一种纯粹的、无始无终的现在序列，而在这种作为现在序列的时间中，源始时间性的绽出性质被敉平了”②。因此，时间的问题就是感性的问题，即人的现实存在的问题。

感性、个性、自由这三个概念是紧密相连的。感性的内涵包含感觉、欲望、情感、情绪、意志、冲动等等。感觉是感性的基础，甚至在马克思看来，人的感觉也不是生理性的，而是社会性的，人的感觉天然地体现了人的感性本质，“因为对我说来任何一个对象的意义(它只是对那个与它相适应的感觉说来才有意义)都以我的感觉所能感知的程度为限”③。感觉又是与“刹那”联系在一起的，由于倏忽而逝的特质，感觉才显得真切而鲜

---

① 马克思：《德谟克利特的自然哲学和伊壁鸠鲁的自然哲学的差别》，见马克思、恩格斯：《马克思恩格斯全集》(第一卷)，人民出版社 1995 年版，第 53 页。

② 海德格尔：《存在与时间》，陈嘉映、王庆节译，商务印书馆 2018 年版，第 405 页。

③ 马克思：《1844 年经济学—哲学手稿》，刘丕坤译，研究出版社 2021 年版，第 112 页。

活。在刹那中，过去与未来被悬置起来，被纳入“当下”的存在，而“当下”就是鲜活的感性体验，这些感性体验组成了我们的意识。生活中的每一刻都受到我们对时间的感知的支配，感性体验的每个瞬间都是由对时间的知觉所统摄，从而形成不同的时间之流，构成对时间的感受。换句话说，时间是一种意识，它由不同感觉过程中形成的意识组成。我们对时间的感觉体验，使我们对时间本身形成一种理解——越丰富的感性体验，越能够造就切合人的生命原则的时间意识。“这种感觉的经验创造了时间，但只有当我们能够理解时间产生的过程时，我们才能意识到时间的本质。然而，在对这一过程的一瞥中，我们认识到自己对时间的构建负有责任，也认识到自身蕴含着超越时间局限的可能性。”①时间的短暂性唤起人们对个体生存之价值与意义的追问，唯美主义对“刹那”的关注，正是“感性解放”的呈现。在对感性可能性的探索中，与人无关的流俗时间观念逐渐褪去，对生命当下状态的关注以感觉的形式呈现出来，在对当下的直观把握中，时间被还原为生命本身，人生的意义就在于充实刹那间的感受。从这个意义上说，对“刹那”的关注，并不是佩特独创的，而是所有具备唯美主义特征的作品都不可避免要涉及的。

我们可以联系波德莱尔在《感应》一诗中对“通感”的描绘：感官之间的“感应”是受到“自然”（这里的“自然”指的是理念世界）的启发，抑或说感官在与理念世界的“感应”中打开了独立封闭的疆界。由于理念世界是向诗人敞开的，因此，“感应”是诗意的，也就是说，只有“感应”的感官才能体会诗意的感觉，才是真正的属人的感官。倘若我们暂且剥开神性的外壳，将其还原到人本身，就可以看出除了诗人与理念世界之间的“感应”（通灵）外，还有嗅觉、触觉、视觉、听觉等各个感官之间的“感应”。可以

① Leon Chai：*Aestheticism：The Religion of Art in Post-Romantic Literature*，Columbia University Press，1990，p. 216.

说,“感应”真正要传递的是呼吁感性解放的信息,感性解放伴随着感官的解放,感性之丰富性必然以感官之丰富性为前提。这里包含了让人的感性的丰富性,“即感受音乐的耳朵、感受形式美的眼睛,简言之,那些能感受人的快乐和确证自己是属人的本质力量的感觉”①,发展起来的意义。与唯美主义一起构成“世纪末”文学现象的象征主义、颓废主义等文学思潮与现象都与“感觉”发生联系,这绝非偶然,而是文学领域对“感性解放”的呼唤。感性体验的每个瞬间都是由个人丰富、鲜活、流动的时间感统摄的,这些瞬间构成了不同的时间之流。唯美主义文学对感觉的极致描写正是对感性之丰富性的重塑,在充分解放了的感觉世界中,蕴含了时间观念的变革和人的解放的路径。

唯美主义诗学理论与创作之间存在明显的“对应中的错位”,这种错位往往导致评论者对唯美主义评价的“失焦”,在理论与创作两端“顾此失彼”。但任何文学思潮的理论与创作都无法“无缝对接”。通过对美学视域的分析,我们可以发现唯美主义诗学理论与创作之间的“错位”并非“断裂”,而是在“错位”中蕴含了逻辑转换关系,对逻辑转换关系的解读为我们探究唯美主义的本质提供了“钥匙”。因此,“对应中的错位”也可以被视为“错位中的对应”。

---

① 马克思:《1844年经济学—哲学手稿》,刘丕坤译,研究出版社2021年版,第112—113页。

| 第八章 |

现象学视野中的唯美主义

唯美主义是综合性的文艺思潮,它在表现形态上有三个层次:一是唯美主义诗学理论,二是具有唯美主义特征的文学创作,三是旨在美化生活与推动审美教育的社会艺术运动。从唯美主义诗学理论与文学创作之间的对应与错位中我们可以发现,文艺思潮内在的诗学理论与创作实践往往并不一致。这样一来,“究竟什么是唯美主义”这个问题似乎更加错综复杂了,以至于我们很难找到能够把握唯美主义诗学理论、创作实践、社会艺术运动三位一体的内在本质的某种“第一原理”。因此,尽管大众公认唯美主义具有“为艺术而艺术”的明确宗旨,但历来没有对其本质给出明确结论,或者只对其内涵与外延的某些方面做了一定程度的阐释。唯美主义似乎仍是一个既熟悉又陌生的概念。

第一节 “感性”之显现

现象学的观点告诉我们,本质就蕴藏在“显现”出来的现象之中,通过现象显现出来的本质是直接给予的,具有自我明证性。它不需要概念、逻辑等附加物的证明,反之,它是其他附加物能够成立并得以理解的基础。为了在现象中直观本质,我们需要"回到事物本身",也就是"看到"我们的"看"本身,即直观。换言之,我们要将那些预设的、超验的、独断的、对象化的附加物悬置起来放进"括号"。被悬置的东西并不是无价值的,而是为了获得最纯粹的直观才将其存而不论,从而还原出摆脱独断论束缚的现象领域。

唯美主义关于"艺术高于生活""艺术自律""形式主义""艺术拯救世俗人生"等诗学理论当然是唯美主义思潮的重要组成部分。从某种程度上说,这些诗学理论对后世文艺观念影响深远,其影响力在某种意义上说要超过唯美主义文学创作和社会艺术运动。但由于这些观念性的东西带有强烈的预设性和超验性意味,它们无法自证自身合法性问题,容易陷入独断论以致遮蔽唯美主义的本质。相比之下,创作者借重这些观念产生的艺术创作和艺术行为向人们展现出活生生的现象(艺术作品),也许只有将唯美主义诗学理论先放进"括号"里,调整我们看待艺术创作现象的角度,直观艺术作品,才有可能回到唯美主义本身,切中它的本质。

唯美主义推动的社会艺术运动涉及建筑、装饰、绘画等非文学艺术门类,而唯美主义文学创作则要单纯得多。美是人的本质力量最完整、最现实的体现,人的本质的对象化就是艺术。如果说其他艺术门类更需要物质载体实现"对象化"目的,那么文学相对来说更接近"人的本质"方面。与其他艺术门类相比,文学创作最大限度地弱化了对物质性手段(包括单纯技术性手段)的依赖,完全向人的精神敞开。可以说,文学是所有艺术门类中最直接触及人性本质的类型——文学即人学。作家不需要和异己的物质手段打交道,只需要和语言文字打交道,而语言不是别的,就是他自身的存在,语言的目的就是自身。维科和海德格尔等人认为,在原始初民那里,最初的语言都是诗性(隐喻性)的,也就是文学性的——神话与诗歌是文学的滥觞。今人在语言方面的想象力和比喻、拟人等修辞方式在原始初民的语言中是自然而然地存在的,“文学所使用的语言本身,本质上就是文学性的”①。因此海德格尔说:“存在在思中形成语言。语言是存在的家。人以语言之家为家。”②人的存在表现为语言,而语言的本质就是诗意,诗意是审美活动最本质的内容,也是艺术活动最本真的追求。因此,文学不仅是艺术门类中的“一种”,而且是最能体现艺术本质的艺术。顺着这个思路我们可以想到,唯美主义的本质就蕴含在文学作品之中,一旦把握住唯美主义文学创作的“真相”,也就能够掀开“唯美”的面纱。

在人们的传统观念中,唯美主义几乎等同于广义上的文学形式主义,唯美主义也被普遍认为是追求形式的文艺思潮。唯美主义文学倡导的形式化理论指的是完善文章的结构安排,讲究谋篇布局与起承转合吗?显然不是,这种对“形式”的理解虽然也属于“形式”范畴,但并非唯美主义文学创作极力追求的。经过近代经验派美学的洗礼,美学已从客观的认识论美学转向人本主义对自由创造力的呼唤,哪怕是20世纪的形式主义者克莱夫·贝尔也认为“艺术是形式的创造,而非形式的模仿”③。从浪漫主义思潮冲破古典主义原则的桎梏开始,所谓文章结构安排的“典范”已然失去往日的神圣光辉,现代文学更是做着各种形式革新的实验,甚至出现“无形式”“非形式”的先锋创作。站在现代主义文学门口的唯美主义必定不是重返古典主义的形式原则。

唯美主义的形式追求指的是对语言的华丽极尽雕琢吗?好像也不尽然,在西方文学史上,希腊化时期的“亚历山大里亚派诗歌”、古罗马晚期

① 邓晓芒:《文学的现象学本体论》,《浙江大学学报(人文社会科学版)》2009年第1期,第11页。

② 海德格尔:《关于人道主义的书信》,见孙周兴主编:《海德格尔选集》(上),生活·读书·新知上海三联书店1996年版,第358页。

③ 克莱夫·贝尔:《艺术》,薛华译,江苏教育出版社2005年版,第149页。

“衰颓”阶段的文学、西班牙贡戈拉派的夸饰主义文学、意大利马里诺诗派的诗歌等，都是追求语言形式的文学创作。那么，唯美主义与它们的区别在哪里？由于上述种种问题，我们还需要找到唯美主义和其他形式主义文学观念的区别。

事实上，没有可以脱离内容的形式，任何形式都和内容相互联系，甚至相互转化。恰当的形式是由某种特定的情感所支配的，以某种独特的方式组合起来的特定形式关系能激发人的情感。后结构主义认为，单个文本只能在由众多文本构成的互文网络中获得意义。唯美主义的独特性就在于其形式背后的“意味”，即它的形式中承载的情感内容。任何艺术都是借助某种形式寄托可以普遍传达的情感的，欣赏者在艺术形式上体验到自己的情感，而这种情感又是从他人的创造中得到的，这就是人与人之间情感的共鸣。审美就是对这种寄托在形式上的情感的共鸣，它之所以是愉快的，是因为它可以让人确证自己与他人的共性，即人的社会性。哪怕是艺术创造亦如此，因为创造者将自己的情感寄托在对象（艺术形式）之上，这种凭借形式固定下来的情感已经是社会性的了，它潜在地呼唤着他人的审美。假如没有情感的共鸣，形式就是一堆异己的材料而已。如果我们承认，任何历史时期的情感除了拥有普遍的共性（共同的人性）之外又都有其独特性与时代性的话，那么唯美主义文学所传达的独特的美感（情感）就是它与其他形式主义文学的本质区别。

唯美主义的美感（情感）是什么？

我们还得回到美学对“美”的理解的发展中寻找线索。“aestheticism”（唯美主义）来源于“aesthetic”，该词源来自希腊语“aisthetikos”，本义为“感觉、感知”，后经鲍姆嘉通阐释，才转变为“美学的”“审美的”的意思。并且从鲍姆嘉通开始，美学（Aesthetics）与美感（Aesthetic）紧密关联。在康德那里，“感性”与“审美”使用的是同一个词“aesthetisch”，广义的“感性”包含“审美”的意思。克罗齐认为，自18、19世纪以来，美学的发展主要有两个趋势：一是将丑纳入审美研究的视野并作为美的内在部分；二是对美的认识从抽象转向具体，也就是从抽象的美的理念转向具体的艺术形式。[①] 无论是审丑的“介入”还是艺术形式的受重视情况，都标志着鲜活的审美感受在美学研究中的地位的确立。既然美学是研究审美的学科，“感性”是审美的基础，美学自诞生以来主要的研究对象就是感性认识的规律，美学也被称为感性学。由此我们可以发现唯美主义与感性认识的关系。如果我们将形形色色、风格各异的唯美主义文艺作品的社会背景、宗教情怀、伦理道德与政治立场(不介入政治也是一种政治立场)先放入“括号”里，直观地从其描写对象上观察，就可以发现唯美主义文学作品极力展现的是叙事者对审美对象的各种感性直观，即人的“感性认识”。

从哲学上说，感性认识是一种直观，是感性对外部对象做出反应、产生表象的能力，它不是被动地反映感觉材料，而是具有主动的统觉能力。因此，感性认识不同于认识论话语中的认识某种对象属性的能力，而是调动主体自身感性体验的能力，即感性能力。感性认识是审美的基础，感性能力是艺术鉴赏力的基础。作为基本的思维活动，感性认识在很多时候是无意识展开的，伴随艺术的创造过程。从心理学领域来说，感性认识包含感觉(官能刺激)、知觉与直觉，感觉是感性认识的基础。当然，人的感觉无法脱离知觉、直觉而单独存在，没有脱离知觉的感觉。因此，在日常语境中，往往将人的感觉等同于感性认识，这有哲学上的依据。康德在《判断力批判》第一导言中认为，长期以来，广义上的“感性”包含“感官性”(Sinnlich)的含义，“感官性”与狭义的“感性”，即“审美鉴赏”相混淆而产生歧义，因为由感性带来的感觉“绝不是对一个客体的感官表象，但它毕竟由于自己主观上与知性概念通过判断力而来的感性化(Versinnlichung)结合起来，而可以作为被那种能力的一个行动所刺激起来的主体之状态

---

① 克罗齐：《美学的历史》，王天清译，商务印书馆2017年版，第201—203页。

的感官性表象而被归于感官性之列"①。但康德指出，如果刨去"感性"在广义上包含的质料、知性直观与官能快适的内容，"把 aesthetisch 这个术语既不是用于直观上，更不是用在知性的表象上，而只是用在判断力的活动上，那么上述歧义毕竟是可以消除的"②。虽然在康德的美学框架中，感性的感官判断包含质料的合目的性，审美的反思判断包含形式的合目的性，但在具体的审美实践中，我们很难完全剔除感官的作用。因此，康德认为，审美鉴赏究竟是直观的还是判断的，从不同角度可以形成不同的视野。"所以一个审美的(aesthetisch)判断就是这样的判断，它的规定根据在一个与愉快和不愉快的情感直接结合着的感觉中。在感性的(aesthetisch)感观判断中这就是这样一种感觉，它是从对象的经验性直观中直接产生出来的，但在审美的(aesthetisch)反思判断中则是这样一种感觉，它在主体中引起判断力的两种认识能力即想象力和知性的和谐的游戏……"③当然，在康德的理性主义逻辑中，更注重审美过程中想象力和知性对官能感觉(杂多)的统觉作用，这是一种研究美的科学的思维。但在文学中，重心应该是倒置的，文学应该呈现的不是"统觉"，而是"杂多"。因此，官能感觉是感性认识的前提，它有着更为明晰的特质与边界，更适合成为文学描写的题材；而所有的感觉都是一瞬间的，我们能够凭借语言文字将其记录下来，这是对"感觉"的回忆，即"感觉的印象"。

我们从唯美主义诗学理论对文学音乐化的追求中就可以发现这个端倪。声音的无形和弥散具有不确定性，容易使人产生不同的想象与感觉，产生多样的可能性。音乐是经过形式化的声音，它的旋律与节奏给予人一种纯形式的"印象"，是作用于感性认识的"形式结构"——流动的音符。"'肌肉'和'精神'两个维度的存在赋予了节奏一种生理和情感的双重目

---

① 康德：《康德三大批判合集》(下)，邓晓芒译，人民出版社 2009 年版，第 539 页。
② 康德：《康德三大批判合集》(下)，邓晓芒译，人民出版社 2009 年版，第 539 页。
③ 康德：《康德三大批判合集》(下)，邓晓芒译，人民出版社 2009 年版，第 540 页。

的，并将其与人的神经和感觉连接起来。”①然而，如果要表达对音乐的欣赏，人们只能借助语言将音乐（形式）给予人的感觉表达出来，而无法直面音乐本身，因为它是“不可视”的形式艺术。“叙事并不存在于音乐中，而是存在于听者被对象所激发的想象与虚构的情节中。”②虽然声音稍纵即逝，但它带给人的印象是可以“存储”的，我们能够凭借语言将“感觉的印象”表现出来。哪怕这种印象是作家虚构的，但组成虚构的感觉材料仍然是储存在作家印象中的，他可以随时“调取”。这里蕴含了“形式—感觉（印象）—语言”的转化过程，尤其是在以语言为媒介的文学艺术之中。文学是语言的艺术，语言相对于意指对象而言是纯粹的形式，同时，语言具有向内容转化的倾向性和能动性，是一个有待充实的事物。感觉（印象）自然不等于美，也不是形式，但在文学中，经由语言媒介，对感觉（印象）的描写成为对感性经验形式上的探索；又因为语言文字和意指对象之间不是无缝对接的，具有灵活的裂隙、朦胧的错误、永恒的矛盾，对感觉（印象）的描写就转化成了陌生化的美感。于是，“形式—感觉（印象）—语言”的转化过程就形成了一个“正—反—合”的发展逻辑，通过文学语言将形式和感觉（印象）在更高的层次上统一在一起。

事实上，所有的艺术审美都含有这样的过程，但音乐是最典型的，“可视艺术的美和音乐的美一样，它从根本上说是印象性的”③。因此，随着唯美主义思潮的来临，音乐与文学结合得越来越紧密。从近现代西方美学的发展趋势中我们可以看到，随着理性主义王座的动摇，非理性主义、神秘主义的兴起，以及东方哲学的西进，西方人对音乐的认知也在发生转

① Angela Leighton：*On Form：Poetry，Aestheticism，and the Legacy of a Word*，Oxford University Press，2007，p. 151.

② Jean-Jacques Nattiez："Can One Speak of Narrativity in Music?"，*Journal of the Royal Musical Association*，Vol. 115，No. 2，1990，pp. 240-257.

③ Oscar Wilde："Intentions"，in Josephine M. Guy，ed.：*Complete Works of Oscar Wilde*，Vol. 4，Oxford University Press，2007，p. 157.

变。音乐不再是古典时期所认为的“数的和谐”与“流动的建筑”,也不是对世界本原的模仿,而是象征某种生命意志和生命感受并作为一种“元艺术”渗透在各个艺术门类中。在此基础上,我们在对唯美主义者大谈“形式”的同时又大谈“感觉(印象)”就不足为奇了。

第二节　唯美主义的实质

借重胡塞尔的现象学视野,直观不是以对象是否客观存在为判断真假的依据,而是以直观本身是否自明、是否能建立意向对象来判断真假。比如天使、魔鬼、理念世界、绝对自由等观念并不存在于现实世界,但人们能够在意识活动中建立意向对象,并对此加以理解和交流,甚至那些非理性的、自相矛盾的东西都能够成为意向对象,从这个意义上说,它们都是真实的。也就是说,人的意识活动不是去反映(模仿)实在的东西,而是去构成(激活)感觉材料。胡塞尔认为,直观的要义在于对现象做想象的“自由变更”[①],因为意向活动不断地激活意识之流,即便在最基本的感觉中,意识也以潜伏的、边缘的隐蔽方式知觉着一般性,从变动不居的现象中找到所维持的稳定结构。例如在对各种不同色差的红色的直观中,我们可以发现,不同程度的红色虽然都与其他不同,但都蕴含共同的红的类型。在这个类型基础上,我们可以发挥想象的自由变更,从最深的红到最浅的红,其间有许多红是在现实生活经验中未见过的,但它们都属于“红”的类型的变种。也就是说,它不是现实存在的“具体的红”,而是“可能存在的红”。但现实存在恰恰是以可能存在为基础的,即便某种红色在世界上从

---

① 胡塞尔:《经验和判断——逻辑谱系学研究》,邓晓芒、张廷国译,生活·读书·新知三联书店 1999 年版,第 394 页。

未有过，我们也可以根据这个系统把它想象出来，艺术家就是这样创造出了无限丰富的色彩效果。因此，“红”不依赖经验事实，而是直观到的本质，根据它，我们可以创造出更多的红色。

我们用现象学的思路观照唯美主义就能发现，由于语言艺术的特殊性，唯美主义对感性认识的描写在文学中表现得最为充分与典型。尤其是那些公认为最具唯美主义特质的作品，最能呈现出感性认识的各种形态，其中不乏变异、怪诞、偏执甚至变态的官能感受，远远超出大众的日常生活感受和美感经验。由于这些高蹈的、“无中生有”的感性描写的存在，唯美主义文学才能进行“感性实验”，不断打破官能的生理阈限，打通各种官能体验的壁垒，从而超越自然主义文学等同样经常涉及感官描写的文学技巧，打破生理感官的局限，使“通感”成为一种审美对象。从作者的角度而言，他们想呈现超越庸常世俗的艺术家、审美家式的感性能力，有些感性经验可能在现实性上是存疑的，但只要它们被作者写出来，就意味着它们在作者的意向活动中被构成了。既然作者能够构成、激活这些感觉材料，那么读者也完全有可能在自己的意识中构成、理解它们，从而激活自身的感性能力。可见，唯美主义文学作品中永远在变的是感觉能力的强弱、感官印象的不同内容，不变的是对感性认识能力和可能性的永恒探索，艺术家对大众的审美教育就这样在暗中进行。

这种对感性认识的描摹，由于描写的对象是主观意识领域，往往被认为是浪漫主义遗风。与浪漫主义的区别在于，唯美主义对感觉的描写是细致、冷静的，它将主观的感觉用一种客观、准确甚至某种科学（医学、病理学）式的话语加以描摹，而不再是某种观念、欲望、情绪的抒发、宣泄。从广义上说，感性认识是文艺的基础，所有的文艺体裁都包含某种感性认识的范式。将感性认识作为文学的母题，这在唯美主义中是首次出现的，并在发展中形成了一种普遍的文学现象。当然，人是社会的动物，人的感知模式也是社会历史的产物，它已经镶嵌在整个社会结构中了，那么唯美主义式的感性认识有什么特殊性呢？

首先，唯美主义式的感性认识对象从自然物转向了人造物（艺术品）。自然物作为审美对象一直都是艺术史的主流，但在19世纪，人造物逐渐取代自然物成为艺术家主要表现的对象，美学本身对“美”的理解也经历着这种变化。这无疑是城市化与工业化带来的人的感知模式与经验对象的变化。

其次，由于这种“恋物癖”或“拜物教”式的感觉偏离了自然界，因此唯美主义式的感性认识不再是“天人合一”式的田园牧歌，也不同于追求崇高的古典美。唯美主义式的感觉往往表现为精神的紧张、内心的震惊与生命力的衰竭，对疾病和病态身体感知的呈现也是围绕“感觉”的可能性展开的，病态的身体与身体的病态感知能带来陌生化的感官想象。一方面，这种美感来源于现代化过程中的生存体验：快节奏的都市生活、消费型的商品经济、疏离的人际关系、日新月异的物质奇观、飞速拉开的贫富差距、不断颠覆的男女关系……正如本雅明在分析波德莱尔时所指出的：“其中最重要的是神经衰弱者的经验、大城市居民的经验和消费者的经验。”[①]另一方面，唯美主义对感性认识的审美又与19世纪自然科学的发展相互关联。科学技术与仪器将官能无法感知的物质信息转化和放大为可供感知的形式，这导致人的感知能力和模式越来越受到技术设备的影响，人的感性认识也不再囿于自然官能的生理阈限。“斯蒂格勒说道：‘正如人发明了技术一样，技术也同样发明人。’人这个主体是其客体的延续，反之亦然。”[②]新的感知技术不仅增强了人的感性认识的能力，使感性认识日益个性化，同时还为许多敏感的艺术家提供了创作的素材。

再次，个性化的感性认识传达的是“情调”。情调是一种高级的审美

① 瓦尔特·本雅明：《巴黎，19世纪的首都》，刘北成译，商务印书馆2013年版，第188页。

② 雷吉斯·德布雷：《图像的生与死》，黄迅余、黄建华译，华东师范大学出版社2014年版，第108页。

情绪，是美感的体验和表现所采用的形式。它和情绪一样有直接性，与感觉、知觉直接相连，不需要从对象(形式)返回来体验自我情感的联想与移情过程，也没有体验旁人或一般社会情感的意向，好像是一种直觉体验。因此，情调是一种高度自我意识的心理体验，看起来似乎不像是体验，而是一种认识，即对对象形式结构的一种纯客观的冷静的整体把握。[①] 但与无意识对象的情绪不同，情调仍然伴随着情感对象化的过程，它需要更为熟稔的感性能力，以便在对象上体验自我最微妙的内心感触。情调在审美活动中的特殊性导致人们对形式美产生误解，认为审美只是对某种客观形式的认识与分析，情感本身并不重要。其实，形式美只是情调的相对独立化的表现，唯美主义探索形式，更注重表现蕴含在形式后面千差万别的情调，它表现的不是直白的、大众化的表达形式，而是时常显得怪异的——"'为艺术而艺术'的诗人希望首先把自己——带着自身的全部怪癖、差异和无法估量的因素——交付给语言"[②]。这是唯美主义作品中出现大量看似"不那么美的"感受、意象与趣味的原因。作家有意识地体验和展现背离大众与传统审美趣味的情调，正是现代性的萌芽。

因此，唯美主义文学指的是这样一类作品：在19世纪后期西方现代化转型过程中，一些敏感的艺术家怀着对工业文明、城市文明的震惊与好奇的矛盾心态，表现与探索感性认识可能性的写作。需要再次强调的是，唯美主义在文学创作实践中代表一种创作风格，在具体的文本中只能接近或远离上述风格，而不可能"无缝对接"。因此当我们面对具体的文学文本时，不能削足适履地将它等同于唯美主义，而剥夺文本内在的丰富性，只能说它有没有唯美主义风格特征。事实上，那些我们认为具有典型唯美主义风格的文学作品就是指这一类作品，越接近这一概念的文学作

① 邓晓芒、易中天：《黄与蓝的交响：中西美学比较论》，武汉大学出版社2007年版，第364—365页。

② 瓦尔特·本雅明：《巴黎，19世纪的首都》，刘北成译，商务印书馆2013年版，第187页。

品就越具有唯美主义风格，只不过以往由于缺少现象学的眼光而无法把握它们的本质，只能浮于表面的描述。这个风格特征可以从以下五个方面加以理解：

第一，由于唯美主义的描写对象是人的感性认识，因此从出发点上说无关宗教、政治、伦理，这是“为艺术而艺术”的根据。

第二，由于唯美主义处于现代化的初期，因此保留了对传统的留恋，在题材的选择上带有浪漫主义的余晖（描写主观精神领域、异国情调、贵族化与宗教情怀），但其观察与表现对象的方式已经是科学化、工业化与城市化的了，于斯曼将这种自然主义式的冷静与精确称为“精神自然主义”①(Spiritual Naturalism)。这种矛盾状态在宗法制影响深广、现代化转型更加艰难的 19 世纪俄国的“纯艺术派”作家身上表现得更加明显。

第三，唯美主义对感性领域的深耕开拓了文学意识的内转向趋势。虽然唯美主义总是反复抒写人的感官，呈现出感觉对象的某些范畴与特质，但它描写的是通过感官媒介形成的印象，而非对象的客观属性。因此，唯美主义的真正审美对象并非外部世界，而是人的感觉本身。“敏感的艺术家和感觉刺激之间必须有一种至关重要的、动态的对应关系，没有对方，两者都没有意义。因此，唯美主义者为世界所提供的多重体验的敏感性是绝对必要的。”②具有无限丰富性的感性能力与其说是唯美主义者心目中的理想，毋宁说是艺术家式的感性，它具有超越常人的敏感、锐利、灵动，有时为了凸显感性的可能性，唯美主义文学甚至会以过犹不及的姿

① 于斯曼说：保存各种文档记录、精确的细节与现实主义式的严肃准确的语言很重要，但是对灵魂深处的挖掘、保持精神病症的神秘性同样重要……沿着左拉的路径继续深入开掘很有必要，但开创一条新的路径——精神自然主义——同样很有必要。Arthur Symons：*The Symbolist Movement in Literature*，E. P. Dutton & Co.，1919，p. 76.

② Paul Fox：“Dickens À La Carte：Aesthetic Victualism and the Invigoration of the Artist in Huysmans's Against Nature”，in Kelly Comfort，ed.：*Art and Life in Aestheticism De-Humanizing and Re-Humanizing Art，the Artist，and the Artistic Receptor*，Palgrave Macmillan，2008，p. 65.

态刻意展现极端、怪异甚至病态的感性体验。

第四，从 19 世纪末到 20 世纪初，在意大利、西班牙、日本、中国等后发国家经历城市化、工业化带来的社会巨变之际，随着文艺思潮的传播与接受，在这些国家与地区也开始出现具有浓郁唯美主义风格的文学作品，如意大利的颓废派、日本和中国的感觉派文学等等。这说明唯美主义思潮不是某国、某地区所独有的精神现象，它具有时代性与普遍性，或者说人文性。

第五，唯美主义文学的人文价值在于使人的感性成为审美对象，作品中描写的审美对象的感官属性只是为了反身确证感性的无限可能，使异化了的人的感性脱离抽象的单一维度，重新呈现其丰富的内涵并确证人的本质力量。物对人而言不再是自然主义式的存在，而是具有情感意义的存在，物成为观念中的另一个“人”，人与物的关系成为人(小我/个性)与人(大我/类本质)的关系。正如马克思所言：“全部历史都是为了使‘人’成为感性意识的对象和使‘作为人的人’的需要成为(自然的、感性的)需要所做的准备。”①感性的解放标志着“自然向人生成”的历史过程，也是克服人的异化的标志和途径。

当我们把握住唯美主义文学创作实践的真相——感性认识的可能性时，也就把握住了整个唯美主义思潮的本质。如果说美学是用哲学探究感性认识的规律，那么唯美主义文学创作就是用文学拓展感性认识的可能性。于是，我们可以将抽象的唯美主义诗学理论和具体的社会艺术运动从“括号”中解放出来，从“感性认识的可能性”这个第一原理出发，更加准确地理解诗学理论和社会艺术运动：从唯美主义诗学理论层面来说，如果我们将感性认识理解为审美，那么探索感性认识的可能性就意味着提升感受美的能力，获得更多审美愉悦的可能，意味着扩大审美力在自我意

① 马克思：《1844 年经济学—哲学手稿》，刘丕坤译，研究出版社 2021 年版，第 116 页。

识中的比重,极限之处便是艺术自律。强大的美感能力使人可以从对象的形式结构中一下子把握住主体微妙深邃的情感,并要求不断变化形式结构以维持鲜活的情感(美感)的阈值,这便是形式主义追求。形式主义并非寻找某种固定的美的客观形式,而是不断探索新的可能形式,即形式的解放。艺术家、审美家对自身感性能力具有高度的认同感和自豪感,对缺乏感性能力的环境与现状感到不满和愤怒,从而产生"艺术高于生活"和"艺术拯救世俗人生"的观念。从社会艺术运动层面来说,探索感性认识的可能性主要针对相对而言缺少审美感受力的普罗大众,这已经内含审美教育的诉求了。如何提升大众的美感能力?社会艺术运动是美育的一种形式,可以让普罗大众的审美能力向艺术家靠近。

综上,我们尝试对唯美主义下一个定义:唯美主义是试图通过艺术的方式自觉探索并提升感性认识能力的文艺观念。唯美主义的根本宗旨是高扬审美与艺术的价值和影响、提升人的美感与鉴赏力。唯美主义的出现受西方美学观念发展的直接影响,也是社会分工、城市化、工业化、生产力提升和大众生活水平提高等社会因素的综合结果。

第三节 唯美主义的人文意蕴

作为一种哲学方法,现象学试图改变西方传统哲学观察世界的主客二分法。它提出"朝向事情本身",即不脱离对现象的直接体现,不用某些抽象的逻辑、先验的预设和干瘪的概念去把握所谓的本质或理式。在现象学看来,我们生活的此在世界现象,远比这些预设的逻辑、概念、实体更鲜活、丰富、完整、生动,只是我们观察世界的方法不对,盲目相信自然科学和传统哲学关于思维与存在、主体与客体、主观与客观的诸多预设,导致现象被遮蔽,以致我们无法把握意识和认识的本质。现象学的目的就是将现象“去蔽”，还原生活世界中使经验得以可能的视域结构。

传统的认识论是主客二元对立的，比如理性主义认为，个人感性经验是偶然、个别和不可靠的，具有普遍必然性的科学知识不可能建立在感性经验的基础之上。理性主义试图预设人脑中存在“放之四海而皆准”的理性原则，只要沿着理性原则的“车辙”向前推演，就能得出关于外在对象的可靠的知识。经验主义认为，人的认识是通过感官被动接受外在的感觉刺激，继而形成印象材料，再对这些单一、个别的感觉材料加以组装，使之成为一个复杂的观念。但胡塞尔认为人的感知方式并非如此机械，而是通过内时间意识（意识之流）的综合作用，在意向活动中将实项（Reell）内容（感觉材料）激活，从而构造出超出实项内容的意向对象（内在的被给予者）。人们能够直接感知对象本身，并且范围远远超出对象被人的感官感知的那些物理刺激和印象材料。因此，意识之所以可能，是因为意识对象是被给予的，它在意向活动中不断激活感觉材料而构建自身，在直观的现象中显现自己。所有的意向性活动都运作于视域（边缘域）中，在视域中的“看”已经潜在参与对意向对象的感知。比如我们看一盏灯，不会只看到它面向自己眼睛的物理光线，还会以一种原初的方式“看到”围绕灯的整个背景。这个背景的显隐面随着注意力的游移而渐次发生变化，它由原印象、滞留和前摄交融成一种“时间晕”，凸显出意识对象不同的面向——胡塞尔称之为“侧显”①。只要变更“看”的方式和角度，对象永远会有新的形态侧显。更为重要的是，我们在边缘域中觉察到电灯所处的整个境域，它与我们共存于一个广大的生活域，具有无限的生发可能。因此，任何现象都不是“僵死”和孤立的，而是不断地更生，伴随着保持和消隐的动态趋势。“现象学的单个体（本质单个体）就是在其完全充实的具体化中的物想象，正如它在体验流中流逝着，以规定性和非规定性使该物

① 胡塞尔：《纯粹现象学通论》，李幼蒸译，中国人民大学出版社 2013 年版，第 73 页。

有时从一侧、有时从另一侧显现，在明晰性或模糊性中，在来回变动的明晰性和断续的晦暗性中显现……”①正是由于“时间晕”的存在，意识的行为与当下的物理刺激和印象材料相互交织，或者说，当下的物理刺激和印象材料已经获得了“时间晕”的加持，融入意识之流中。

意识之流就是时间之流，它是意识的“活水”，不同形态的“侧显面”经由意识的综合显现出对象的立体性，同时也塑造着意识流本身。感知活动在意识之流中保持开放“活性”，也就是说，它有“时间感”。胡塞尔认为，对一个意识对象的感知本身就具有时间性，延续的感知是以感知的延续为前提的，对任一时间形态的感知本身也具有时间形态。意识之流的“时间感”并非用钟表刻度的客观时间，也不是经过反思得出的主观时间经验。它比这二者都更为本原，是一种现象学的时间，即内时间意识。因为是意识流，所以必然是一种前经验的内时间视域，即原生活（原时间之流）。其实目的是去刻度化，展现一种流状：预持着的前视域、保持着的后视域以及由这两者交织而成的“当下”视域。意向活动的被给予性正是建立在内时间意识之上的，这样意识的对象才能在延续中维持统一性。

以唯美主义最爱提及的“音乐”为例。音乐是时间的艺术，但音调不是一个一个被“挤压”进耳朵的音符，而是在捕捉到的每一个声音的瞬间都包含即将过去的声音滞留和马上到来的声音趋势。随着声音的进一步“涌入”，注意力在声音的滞留与趋势之间辗转，形成多维度、多种可能性的“声音场”。声音场是“时间晕”的外在表现。在声音场中，每一个音调都包含前后音调的交织和螺旋，过去、当下、未来没有明确的界限，这种现象靠事后联想是跟不上意识活动的脚步的。音乐没有过去时态，它的呈现是现在时的，但所有的现在时都是以过去时的状态被接受。过去、未来、现在的相互敞开，呈现为时间性的绽出。这就能够解释为什么我们可

① 胡塞尔：《纯粹现象学通论》，李幼蒸译，中国人民大学出版社2013年版，第134页。

以反复聆听一首熟悉的旋律，并仍然陶醉其中，甚至越来越感觉“有滋味”——声音场随着音调交织和螺旋而形成的晕圈越来越大（那些“不辨音乐的耳朵”在声音场的构造方面就薄弱得多）。音乐的存在状态转瞬即逝，它尽管是一次性的，但又能在意识中留下“余音绕梁不绝于耳”的效果。唯美主义对音乐的推崇实际上是对“时间感”的推崇，它不再追求传统西方乐论讲究的科学主义的形式，而追求一种现象学的内时间形式。这种形式永远包含新内容，每一个当下的声音都滞留住刚过去的声音，并流畅地预期下一个声音，每一个以前的声音又在滞留的意义上作为一个现在而映射出来，连接新的绵延点，“……声音在时间河流中穿越它的各个相位而构建起自身”①。

换句话说，我们“看到”的电灯不仅是向眼睛呈现的“这一个”而已，而且是由“时间晕”构造而成的包含了更多可能性维度的“那一个”，因为对于那些没有呈现在视网膜上的电灯的维度，我们也在做出预期——比如它的背面形象、内部构造、质量、价格等等。由此看出，人的“看”本身就含有自由变更的可能空间，无时无刻不在有意或无意地塑造意向对象。我们看到一盏电灯，就能看到其他电灯，而且能看到无数种电灯的可能性，从而能在之前没有见过的电灯面前一下子“统握”它，认出电灯的本质。正如胡塞尔所言：“如果没有那种将目光转向一个‘相应’的个体的自由可能性以及构造一个示范性意识的自由可能性，那么任何本质直观都是不可能的……”②

相较而言，传统经验论者所说的现象是由人的感官受到外界刺激而产生的经验反映，由于缺乏生存境遇和边缘域的视野，这些反映只是无生机、呆板、现成的感觉材料的拼凑。而人的意识本就含有自由构造、无限、

---

① 胡塞尔：《内时间意识现象学》，倪梁康译，商务印书馆 2017 年版，第 110 页。

② 胡塞尔：《现象学的方法》，倪梁康译，上海译文出版社 2016 年版，第 94 页。

丰富的感性能力,并非机械地组装感觉印象。我们所感觉到的也不是感觉材料或生理官能的刺激,而是通过意向活动从感觉材料中激活的意向对象,因此,意向活动的价值在于可能性和构成性,而非现实性。我们切身的存在体验必然也是晕圈状和流动式的,而非线性、点状的感觉材料之物理组合。现象学视域中的"现象"是由人的完全投入其中的活生生的体验构成的。在海德格尔那里,存在体验是境遇化、发生性、完全投入的,"存在者的存在被把握为'在场',这就是说存在者是就一定的时间样式即'现在'而得到领会的"①。其渊源则是潜伏着的无限可能的原发境域,它在生发的原初时刻是以"时间晕"的状态存在的,超出了过去、当下、未来的线性时间刻度,也就不受主客二元对立的思维禁锢。比如在《马利乌斯——一个享乐主义者》中,佩特借助声音和音乐(性)描写人的听觉结构的真相:"捕捉同一时刻中的运动和停滞——在动态中维持顿悟、悬停。听觉域使这个边缘过程得以实现,甚至产生它。"②追寻主客统一的美感正是最鲜活的切身体验与最原发的意向活动的表现,这就是唯美主义文学创作总是涉及"通感"的根本原因,因为感觉对象本就是被各种感觉生发的意向对象,同时,单一的生理感觉也必定汇入意识的晕圈和流动之中,成为随时被调取和激活的感觉材料。请看《莎乐美》中的描写:

> 你的身子是一根象牙的柱头,镶在一双银质的腿上;是一座花园,园里满是鸽子和银色的百合花;是一座有象牙盾徽装饰的银塔。世界上就没有东西比你的身子更白。世界上就没有东西

---

① 海德格尔:《存在与时间》,陈嘉映、王庆节译,商务印书馆2018年版,第32页。

② Elicia Clements: "Pater's Musical Imagination: The Aural Architecture of 'The School of Giorgione' and *Marius the Epicurean*", in Elicia Clements, L. J. Higgins, eds.: *Victorian Aesthetic Conditions: Pater Across the Arts*, Palgrave Macmillan, 2010, p. 158.

比你的头发更黑。世界上就没有东西比你的嘴唇更红。你的声音是一个散发着异香的香炉，我望着你便听见了奇妙的音乐。①

莎乐美的视线在约翰的身体上游移，带有强烈的感性欲望，她用华丽的辞藻赞美约翰的身体，在遭到拒绝后又用刻薄的比喻、同样华丽的语言羞辱约翰。她欲望的视线与感性化的语言相互拱火：在声音中闻到香味，“看见”香味便听见音乐……五官感觉也随着情欲视线的游移而流动。再看邓南遮在《火》中描写的威尼斯景色：

在我的眼里整个城市都点燃着欲望之火，那千百条震颤着的蓝色水道露出焦急的神情，有如情人等待着她欢乐的幽会时刻。她那雄伟的建筑像是张开双臂迎接旷野的秋色，那湿润的海风带着秋意向她徐徐拂来，远处的乡间沉浸在美妙的秋的荒寂之中。她窥视着从寂静的远海升起的薄薄的雾霭，犹如瞬间即逝的气息向她飘逸而来。在寂静中她聆听着自己生发出来的最微弱的响声；在她那丰饶的菜园里轻轻吹过的微风像是从修道院里传出来的音乐。围墙内苍白荒凉的林木，就像突然烧着了似的，闪光发亮，令人惊异不止。落在岸边破损石板上的一片枯叶，像是一块宝石似的闪烁着；在布满金黄色枝条的墙头上，那饱满的石榴果实像突然迸发出热情欢笑的一张嘴似的咧开了……②

《火》中充满了类似的描写，这显然不是普通人眼中的城市生活，也不是社会学家、经济学家眼中的城市现象，而是诗人眼中的城市“风情画”。

---

① 奥斯卡·王尔德：《莎乐美　道林·格雷的画像》，孙法理译，译林出版社 2000 年版，第 42 页。

② 邓南遮：《火》，沈萼梅、刘锡荣译，花城出版社 2005 年版，第 46 页。

诗人在极其强烈的情感的支配下，将心中火焰般的激情喷向威尼斯，使整个威尼斯笼罩在罕见的表现力（感性能力）之中。仿佛所有的感官都打开了，所有的思绪都流动起来了，所有的想象都飞扬起来了，所有的城市景观都“活”了。

现象学并非一套封闭的哲学体系，而是一种关于人与世界关系的新视野和方法论，它用原发性的、构成性的意识活动冲毁了传统二元对立的机械认识论，直接或间接地影响了包括存在主义哲学在内的20世纪人文学科的方法和观念。而在唯美主义文学对感觉、感性的表现主题和表现方式中，就已经潜藏着现象学的视野了。

正如唯美主义的宗旨“为艺术而艺术”那样，唯美主义诗学试图悬置一切功利、实用、实证的东西，将它们放进“括号”里，同时也使主体“生活世界”得以显现。主体凭借想象力的“自由变更”构建意向对象，主体与意向对象之“物”处在原发的充满各种可能的境域关联中。意向对象摆脱了功利主义与实用主义的羁绊而返回到原发想象的自由空间中，从而向“我”显现出各种面相，而这些面相是在“我”的观念中直观到的，是具有“主体间性”的“艾多斯”（相），释放出现象本身具有的非对象化的、缘在性的生存意蕴。“现象本身即包含着审美的自由空间，悬中而现的现象与美和美感的特质是统一的：现象本身就是美的。”①当然，对于唯美主义文学对艺术家式的感性之可能性的探索，尽管作者可能凭借记忆，用类似“写实”的手法将其记录下来，但经过回忆的印象是一个“再造的”意识，并且在作者将其落实为文字，经由读者阅读和理解之后，必然和真实发生的那段感性体验有了区别。因此，唯美主义文学描写的感性体验从本质上讲是想象的、虚构的。但是，从现象学的视野出发，对曾经的感觉印象的想象和回忆（不可避免地包含虚构）也可以是非常生动的，因为它们本就是

① 张祥龙：《为什么现象本身就是美的？》，《民族艺术研究》2013年第1期，第4页。

由充满前摄、滞留的内时间意识构造的，同时它们也汇入意识之流中，成为“再造”其他感觉印象的想象和回忆的构成材料。越是无遮蔽的、物我一体的、非功利的意向活动，越是能够调动本就充分“在场”的感性、感觉材料，进而激活现象，直观本质。而且，在内时间意识中被创造的意向联系对意向对象来说是时间联系，它是在绵延的意识之流中作为一个时间的对象被给予的，因此，“时间是感性的形式”①。也正如前文所述，唯美主义文学借由“感性解放”达到“时间解放”，直至“人的解放”。

① 胡塞尔：《关于时间意识的贝尔瑙手稿（1917—1918）》，肖德生译，商务印书馆2015年版，第421页。

| 第九章 |

中国文学与唯美主义

第一节　中国古典文学的审美自觉

唯美主义彰显了文学的审美自觉。虽然中国古典文学的主流是“文以载道”，即认为文学的目的是阐明事理，为政教服务，但中国古典文学的审美自觉意识较西方出现得更早，发生、发展于魏晋六朝时期，成为“文以载道”的“异数”和补充，为唐宋文学的高峰奠定了基础。通过对中西古典文学审美自觉的比较分析，既可以发现中西古典文学在诗学理论上的异同，又可以由此寻找某些文学现象的内在美学规律，并重新审视文学自觉的本原性内涵。

一、形式的自觉

文学的审美自觉最直观地反映为文学形式的自觉，形式自觉在中西具有不同的内在逻辑，却殊途同归。

六朝时期是中国诗学大发展时期，无论是《典论 · 论文》《文赋》《诗品》对诗文韵味的重视，还是“四声八病”“言意关系”“形神关系”等一系列诗学观念的提出，无不说明文学形式的自觉。在文学创作上，六朝诗歌普遍重辞藻、用典、对偶与声韵，求言外之意、象外之趣。像唯美主义大谈文学与音乐的关系一样，六朝时期的音乐理论得到了巨大的发展，当时对形式的探讨集中体现在文学与音乐的关系上，即文学的音乐性上。

尽管中国古代的“乐”并非纯音乐，而是乐、文、舞的统一体，但其核心载体仍是音乐。儒家传统历来重视音乐的政教作用，音乐被赋予政教伦理的教诲功能。通过音乐的熏陶，百姓同心同德不逾矩。在中国传统乐教观念中，音乐的形式（审美）和音乐的内容（政教）之间存在密切的对应关系，这是一种客观论美学的观念。阮籍的《乐论》尽管在思想内核上没有突破儒家的“乐教”藩篱，但他提出“夫乐者，天地之体，万物之性也”①，将音乐形式上的和谐视为自然界万物和谐的体现。阮籍将道家的“自然”观作为儒家礼乐观的补充，在某种程度上突破了政教伦理的形而下范畴。嵇康的《声无哀乐论》从本体论的角度将音乐的本质归为“和”：音乐与人性相同，都符合自然的和谐之道。陆机以音乐类比文学的形式美：“其会意也尚巧，其遣言也贵妍。暨音声之迭代，若五色之相宣。”②对文学音乐性的追求推动了诗歌在节奏和音韵上的发展。

《声无哀乐论》虽然还带有儒家政教伦理的残余，但已经突破了客观论美学的藩篱。嵇康认为：音乐本身是一种独立的存在，能够激发生理上的烦躁和宁静的情绪，但音乐本身的形式与人之哀乐的情感之间不存在对应关系；通过音乐可以表达情感，但音乐本身的形式不是情感，是人的内心先有哀乐之情，然后在欣赏音乐的过程中被触发。“夫内有悲痛之心，则激切哀言。言比成诗，声比成音。”③嵇康并不否认音乐具有移风易

① 阮籍：《阮籍集校注》，中华书局 2014 年版，第 65 页。
② 陆机：《陆机集校笺》，上海古籍出版社 2016 年版，第 21 页。
③ 嵇康：《嵇康集校注》，中华书局 2015 年版，第 316 页。

俗的作用,但他认为这一作用不是通过音乐的形式产生的,而是用音乐来宣导本就藏在人心中的情感。“夫言移风易俗者,必承衰弊之后也……故歌以叙志,儛以宣情。”①不是音乐改善了民风,相反是民风改善了音乐,国家政通人和,才用“雅乐”叙志宣情,而所谓的“郑声”则是礼崩乐坏之后百姓在音乐审美上的自然选择而已。这种乐论极大地冲击了儒家的乐教思想。如果我们顺着嵇康的思路再向前一步,就能看到超越乐教思想的契机。事实上,自阶级社会出现以来,音乐欣赏就成为区分阶级归属的重要标志。不同阶级的人所能使用的乐器具有严格的区分:天子诸侯多使用钟、鼓、磬,士大夫多为琴、瑟、竽等丝竹类乐器,至于老百姓所使用的只能是盆瓴之类。古人所谓的金、石、丝、竹、匏、土、革、木这“八音”中,金石对应的是天子诸侯欣赏的钟磬,金石所奏之音即官方认定的宫廷雅乐。与金石之音的浑厚悠远相比,盆瓴这样的介质所发出的声音具有活泼轻快、任性不羁的特点。政治地位的高低决定了德性的优劣与乐器的贵贱,德性的优劣与乐器的贵贱决定了音声的雅俗。在意识形态的规训中,这个顺序被加以逆转,音声的雅俗反过来被认为能够决定社会与政治的风气。因此,老百姓喜闻乐见的音乐形式被官方视为“淫”而受到排斥也就不奇怪了。

反例便是,当政治权力被削弱的时候,传统的雅乐就逐渐被社会所抛弃,再也无法引起民间的兴趣。通过音乐的例子是要说明,六朝文艺的审美自觉确实表现出对形式的自觉,然而它的落脚点并非找到某种“美(雅)”的形式,而是要打破关于“美(雅)”之标准的垄断,从而形成文学形式创新与发展的契机:五言、七言古体相较以往更加丰富多彩,还出现了作为律诗的滥觞的“永明体”,五绝、五律、七绝、七律等都在这一时期具备了雏形。

---

① 嵇康:《嵇康集校注》,中华书局 2015 年版,第 327 页。

唯美主义诗学理论将文学音乐化，旨在探索形式上客观存在的美感，甚至为此不惜掩盖作家的主观情感。但要指出的是，虽然西方形式主义传统在 19 世纪唯美主义诗学中被重新激活为“形式的自觉”，但是这一自觉是个人化的(区别于 20 世纪的形式主义文论)，它无法通过宗教或世俗政权的强力支持而达成某种共识，所以每个创作者都在探索自己的“客观”形式，这反而促进了文学形式的多样性，为 20 世纪文学形态的变革提供了理论准备。因此我们可以认为，形式的自觉就是形式的解放！

二、情感的自觉

文学的形式与内容、理论与创作之间存在诸多错位。透析形式与内容的张力，我们可以探究审美自觉的另一层面——情感自觉。六朝时期，审美自觉的重要推动力之一是作家创作意识的自觉。文学创作成为作家抒发个人情感、展现独特性情的载体，即所谓“诗缘情而绮靡”[①]。因此，审美自觉从某种程度上说是情感自觉。当然，文学从本质上说都是表现情感的，但在魏晋之前，文学表现更多的是建立在血缘关系基础上的政治化的伦理情感。正如汉赋极尽铺叙华美之能事，它从某种程度上说也是“形式主义”的，但那是为了润色鸿业、点缀升平，以致这种丰辞缛藻的文风退化为形式上的僵化，因此我们不会将汉赋的“形式主义”指认为文学自觉。

魏晋文人展现出与汉代文人不同的个性情感。曹植改变了乐府诗的叙事传统，使诗歌转向抒情，完成了乐府诗向文人诗的转变。“至于建安，曹氏基命，二祖陈王，咸蓄盛藻，甫乃以情纬文，以文被质。”[②]西晋太康诗人追求诗歌的形式主义，表现出“繁缛”的诗风，这与他们对感伤情绪的推

① 陆机：《陆机集校笺》，上海古籍出版社 2016 年版，第 17 页。

② 沈约：《宋书》，中华书局 2000 年版，第 1176 页。

崇是不可分的。裴頠对西晋士风的评价是“时俗放荡,不尊儒术……遂相放效,风教陵迟”①。正是个体情感的萌发与充盈,使得文人观照“自然”的角度也发生了变化:从“仁者乐山、智者乐水”的伦理眼光中超脱出来,进入宇宙意识的“玄学”视野,形成玄言诗;继而又从抽象的“玄理”中解放出来,以自然天性的视野建立起人与自然的情感契合状态,让“山水”成为独立的审美对象,形成山水诗。“山水审美”中蕴含的是魏晋玄学“天人合一”的思维方式,但与汉代儒学“通古今之变”的“天人合一”已经大异其趣。后者是将“天”看作封建伦理秩序的理想化,前者是群体关系的自然化,是个体融化在群体中的“太一”境界。自然山水以其“无为”的自然形态向审美主体展现出“生生不息”的生命活力,而生命活力的原动力则是道的本体——无。“天下之物,皆以有为生。有之所始,以无为本。将欲全有,必反于无也。”②刘勰从理论上将文学的美感归结为情感,“情以物迁,辞以情发”③,而且意识到形式是为情感服务的,空洞的形式没有审美价值,“繁采寡情,味必厌之”④。这里的“情感”主要是个体的情感,与“诗缘情而绮靡”一脉相承。可见,经过对诗学和创作的探索,六朝文人已经注意到文学的情感本体。

六朝文学的情感自觉表现为:从先秦两汉的伦理美(群体)转变为形式美(客观)再转变为情感美(个体),形成“正—反—合”的轨迹。随着六朝的结束,大一统政权的重新确立,中国古典文学进入成熟期,文人个体情感的抒发重新融于伦理与自然之中。

西方文学审美自觉的发展过程伴随着情感的隐退。隐退并非意味着消失,只是与浪漫主义式夸张、外显的情感抒发相比,文学语言日趋冷静,

---

① 房玄龄等撰:《晋书》(第二册),汉语大词典出版社 2004 年版,第 823 页。
② 王弼:《王弼集校释》(上册),中华书局 1980 年版,第 110 页。
③ 刘勰:《文心雕龙选译》,中华书局 1980 年版,第 180 页。
④ 刘勰:《文心雕龙选译》,中华书局 1980 年版,第 172 页。

重视象征和隐喻,回避直抒胸臆。这是西方文学现代性转向过程中的一个趋势。传统的文学情感范式和语言载体逐渐成为"烂套",人们迫切呼唤新的文学形式。唯美主义思潮推动文学语言意识的变革,作家有意识地打破符号能指与所指之间的直接对应关系,力图增加其距离与张力,以达到陌生化效果,在后期象征主义那里更是发展出了"客观对应物"的概念。通过"对应物"媒介,情感不再是世俗化的情感,也不是情感的自然流露,而是克制、抽象和个性化的"情调"。

三、"感物"与"恋物"

情感范式的变化导致审美主体与对象关系的变化。中西文学在"解放"与"隐退"的不同范式中又生成了"感物"与"恋物"(Fetishism)的不同审美心理。

唯美主义文学崇尚人体美,又崇尚人工美,不像古典文学那样用自然寄托人体美,而是用人造物烘托人体美,从而隐含了"恋物"的心理趋向。"感物"由《礼记·乐记》首次明确提出:"人心之动,物使之然也。感于物而动,故形于声。"①刘勰认为"感物"是人的自然天性:"人禀七情,应物斯感,感物吟志,莫非自然。"②钟嵘也说:"气之动物,物之感人。"③这些例子都说明,"感物"作为一种物我之间的审美状态,描述的是人与对象之间产生的情感状态。"感物"催生了诗歌写物,山水诗对自然山水的形、色、光都做了极为细致的描写。继山水诗而兴起的南朝咏物诗,开始注重描摹物质对象的外形特征。永明体诗歌开拓了咏物诗的意象,比如沈约的诗歌,开始侧重感官描写,视觉、听觉、触觉等感觉都成为诗歌的表现对象。宫体诗在永明体基础上继续推进。在描写女性形体美方面,宫体诗并非

① 杨天宇:《礼记译注》(下),上海古籍出版社2004年版,第467页。
② 刘勰:《文心雕龙选译》,中华书局1980年版,第57页。
③ 钟嵘:《诗品集注》,上海古籍出版社2011年版,第1页。

直指肉体,而是在妆饰(人造物)上极尽笔墨,以"闺房""衽席"等与女性有关的内容为表现对象,如"迎风时引袖,避日暂披巾。疏花映鬟插,细佩绕衫身"①。又如"妆成理蝉鬓,笑罢敛蛾眉。衣香知步近,钏动觉行迟"②。宫体诗对女性妆饰的描写,既展现了超越政教伦理的审美眼光,也表现了望而却步(禁欲)的矛盾心理。宫体诗沉迷于咏物,从表面上看是对物象的呈现,实际上表现的是"感物"主体的感觉能力。

我们可以将六朝文学表现的感性解放之轨迹总结为:从"感"自然山水到"感"人体之美再到"感"人工之物。这个轨迹与六朝文学自觉的发展趋势是相统一的,作为宫体诗的先驱,萧衍、何逊、刘孝绰等人在诗歌中就已经表现了这样的趋势。由此我们认为,并非宫体诗带来了对"人造物"的审美,而是宫体诗的出现本就是这种趋势的发展必然。

弗洛伊德认为,"恋物"产生于男孩对母亲缺失的阳具的替代。拉康从语言学角度将"阳具"理解为具有象征功能的"菲勒斯"(Phallus),它象征永远的匮乏,迫使主体寻找理想的他者,这就是欲望的原动力。"恋物"是关于欲望的心理趋向,是维持匮乏与满足、本质与表象、能指与所指之间的平衡点。从"拜物教"的角度来看,由于商品的符号化,商品被编织进各种意识内容从而超出使用价值而成为欲望的能指。如果我们将精神分析话语中具有泛性欲色彩的"欲望"置换为"意向性",那么欲望的结构就表现为自我意识的结构——自我意识和对象意识。欲望的匮乏与满足之间的关系就是自我意识与对象意识的辩证关系。因此,自我的对象化与对象的人化是两位一体的,人与物的关系体现了人与人的关系。拜物教与恋物癖也在这个意义上相互融合:拜物教(人与物)的基础是在生产资

① 萧纲:《率尔成咏》,见徐陵编:《玉台新咏》,吴兆宜注,上海古籍出版社 2013 年版,第 306 页。

② 萧纲:《登颜园故阁》,见《萧绎集校注》(上),陈志平、熊清元校注,上海古籍出版社 2018 年版,第 284 页。

料私有制基础上建立起的生产关系(人与人),恋物癖(人与人)是以人造物为媒介(人与物)的情欲冲动。

从审美心理机制来看,“感物”与“恋物”是同构的,两者都体现了情感的意向性结构,审美对象的“人工化”是自我意识日益深化的美学表现:并非简单渴求审美主体与客体的直接同一,而是努力在两者之间的陌生化中达到情感共鸣。“感物”与“恋物”的不同之处在于:首先,“感物”的情感主体是“被动”的,“人生而静,天之性也;感于物而动,性之欲也”①。“感物”的出发点与理想归宿是达到“物我合一”的“大道自然”。其次,“感物”的被动性中蕴含了“德性”的追求。在儒家的语境中,“静态”是道德的理想状态,“感物”后则成“欲”,即人的私情,私情使人变质。因此,在“感物”的过程中,应该加强道德修养,节制一己私情,保持“静”的本原状态,这就和上文提到的道家“虚静”思想殊途同归了。六朝文学对闺房、女红、妆饰的抒写仍然隐藏了“德性”的考量,通过写物表现女性含羞温婉的“闺阁之态”,从而避免流露出直白的肉欲。与“感物”的被动性相比,“恋物”的情感主体是“主动”的。“恋物”的心理趋向是由自我生发出的“纯粹的欲望”,它骚动不安且永远无法满足,被伦理禁忌却不断犯禁,然而主体欲罢不能,从中我们可以看到古希腊—罗马“原欲型”文化的基因——充满骚动的个体本位。

四、“有”与“无”:审美感知基点的差异

审美感知对象和审美旨趣的变迁与感知方式有很大关系。由于文学自觉过程中个体意识和个性情感的注入,作家的审美感知方式被赋予了很强的时间属性,产生了注重“瞬时”的时间感。

“瞬时”在唯美主义中被称为“刹那”,而在魏晋六朝美学中则被称为

---

① 杨天宇:《礼记译注》(下),上海古籍出版社2004年版,第471页。

“妙悟”。随着佛教观念的渗透，佛教思想开始进入魏晋士人的思想中，同时和道家思想合流，进入玄言诗的创作中。玄言诗的玄理主要来自道家和佛教。在玄学的影响下，魏晋六朝产生了“妙”的审美旨趣——“妙音感人，犹美色惑志”①“曲尽其妙”②等等，“妙”成为魏晋六朝时期的一大审美范畴。“妙”既是写形的，也是写神的，故含有直觉感悟表象背后宇宙本体的含义。随着佛教思想的进入，“妙”更多与“悟”相联系。“妙悟”原意为人们通过参禅从而达到本心清净、空灵清澈的精神境界，参悟佛教“中道”（“中道”意为摆脱非此即彼的思维模式，抹除差别、圆融统一、非无非有、既无既有）。在《涅槃无名论》中，僧肇对“妙悟”有如下的强调：“然则玄道在于妙悟，妙悟在于即真。”③“即真”含有“触事而真”“目击道存”“当下成真”等意思。④ 因此，“妙悟”不是知性的逻辑分析，而是一种类似直觉的心理机制，凭借悟性和佛心瞬间把握真谛。对于佛理而言，既然万物的存在是虚幻的，那么把握宇宙的本质便不必观照整个时空，如已悟道，只需直观一点，在瞬间便可把握宇宙奥妙。

“妙悟”之“妙”既在于深刻、透彻，也在于即刻、当下，它与唯美主义推崇的“刹那”有异曲同工之妙。两者不仅内含感知视角的时间维度，还容纳超越此岸（现实、世俗）世界的诉求。但是，通过“瞬时”这一时间维度，中西文学产生了根本性的差异，形成了截然相反的审美体悟。

唯美主义的作品描写人的感性直观，确证人的感性的无限可能，使异化了的人的感性脱离抽象的单一维度，重新呈现丰富的内涵并确证人的本质力量。可以说，“刹那”放大了主体的感性力量，投射出个体的“有”，从中我们可以看见个体的存在，包含个性、感性、情绪等不可通约

① 嵇康：《嵇康集校注》，中华书局2015年版，第329页。

② 陆机：《陆机集校笺》，上海古籍出版社2016年版，第21页。

③ 僧肇：《僧肇全集》，九州出版社2017年版，第188页。

④ 盖晓明：《佛学与六朝文论》，浙江大学出版社2016年版，第86页。

的因素。

魏晋六朝的“妙悟”同样是通过审美对象反身求证，但求证的结果是个体感性的“空无”。无论是道家（至人无己）还是佛家（万物归空），在魏晋六朝会聚到玄学的熔炉后都可通约为“无”，将“无”作为最高的审美价值。魏晋山水田园诗展示了“得意忘言”的境界，实际上是承认宇宙自然本体的无限。作为感知对象的物事实上并不存在，或者说没有任何实体存在，因为道法自然、诸法皆空、无形无相，最终是为了取消物我之界限，达到内向的圆融性。不只山水田园诗体现“无我”的价值追求，哪怕到了最具“颓废”色彩的宫体诗，其内核仍然是“无”，而非“有”。这一点在那些以“影像”为意象（包括水中倒影、烛影等）的宫体诗中得以呈现。宫体诗擅于将实体化为光影，比如“相随照绿水，意欲重凉风。流摇妆影坏，钗落鬓花空。佳期在何许，徒伤心不同”①，意思是，繁华已逝、孤冷寂寞，水中美丽的妆影随着钗落的瞬间摇曳破碎，流水成空。又如“重焰垂花比芳树，风吹水动俱难住。春枝拂岸影上来，还杯绕客光中度”②，意思是，烛影虽像花样美，但在风吹水动中转瞬即逝，一切都不能久留，皆是虚妄。再如“殿上图神女，宫里出佳人。可怜俱是画，谁能辨伪真。分明净眉眼，一种细腰身。所可持为异，长有好精神”③，意思是美人如画，人画难分，但画中人毕竟不会老去。艺术提供的美丽表象具有“欺骗性”，就像现实世界的表现那样只是一种幻象。“在佛经里，绘画是世象虚幻的最常用比喻之一：画似真而非真。”④

---

① 萧纲：《照流看落钗》，见徐陵编：《玉台新咏》，吴兆宜注，上海古籍出版社 2013 年版，第 293 页。

② 庾肩吾：《三日》，见蒲积中辑：《古今岁时杂咏》（一），徐敏霞校点，辽宁教育出版社 1998 年版，第 201 页。

③ 萧纲：《咏美人观画》，见徐陵编：《玉台新咏》，吴兆宜注，上海古籍出版社 2013 年版，第 308 页。

④ 田晓菲：《烽火与流星：萧梁王朝的文学与文化》，中华书局 2010 年版，第 229 页。

唯美主义也描写“影像”,在《道林·格雷的画像》《莫班小姐》《阿芙洛狄特》《中国皇后之死》等作品中都存在着艺术与现实之间的影像结构。如果说魏晋六朝文学在“影像”中看到的是“色即是空”,是主体欲望的虚无,是艺术与感性的虚假幻想,那么唯美主义在“影像”中看到的则是感性的充盈,是主体欲望的焦灼,是艺术与感性改变现实的力量。

第二节 唯美主义的“五四”传播

虽然魏晋时期已经出现了文学审美自觉意识的萌芽,但中国的文学传统并没有孕育唯美主义的土壤,更没有出现严格意义上的唯美主义理论体系与唯美主义者。作为文学思潮的唯美主义进入中国是在五四新文化运动时期,当时它和象征主义、颓废派等“异类”文学一起被统称为“新浪漫派”,成为中国新文学的“武库”。由于五四运动的复杂性、中西文化的差异性以及唯美主义思潮本身的多层次性,唯美主义在五四运动之棱镜中折射出多重面相,这些面相有助于我们更深入地认识唯美主义并反思中西文化融通的某些规律。

纵观唯美主义的“五四”传播,大致存在四组矛盾的话语、视角,我们可以将其归纳为:为人生—为艺术、乡土—都市、旧形式—新形式、群体—个体。唯美主义思潮在五四运动前后的独特境遇正是在这四组矛盾的张力中展开的。

一、为人生—为艺术

受到欧洲批判现实主义和苏俄革命文学的影响,人生派成为当时文坛的主旋律。与传统知识分子最大的不同在于,“为人生”的知识分子赋予了文学更多的认识功能——剖析和批判社会、文化。与人生派文学对立的是艺术派，他们与社会现实问题保持距离，主张作者审美旨趣的自我表现，保持艺术的纯粹，追求作品的形式美，更具审美自觉意识。比如新月派代表人物闻一多，他非常欣赏济慈“美即真、真即美”的思想，认为济慈作为艺术的殉道者，不仅是“艺术底名臣”，更是“艺术底忠臣”“诗人底诗人”[①]。新月派诗人周作人提倡诗歌的格律，讲究形式美，提出“为诗而诗”的唯美诗学。

唯美主义思潮在很大程度上是经过日本文学这一中介才与中国新文学产生联系的。许多新文学作者都有留日的经历，比如创造社的主要成员郭沫若、成仿吾、郁达夫、张资平、郑伯奇、田汉等。创造社的成员也受到日本文学的影响，译介唯美主义文学并借鉴其创作观念和技巧，以田汉的戏剧为代表的中国戏剧的唯美风同样受到日本“新剧”及其代表的“纯粹戏剧”观念的影响。田汉为唯美主义戏剧的译介和中国化做出了重要的贡献，他改编的《莎乐美》带动了中国新戏剧创作的“莎乐美热”和“王尔德热”。田汉一方面主张暴露人生的黑暗面，另一方面提倡艺术至上主义，将生活艺术化，将人生提升至艺术的境界，从而忘却现实的痛苦，这显然具有唯美主义的特质。

郭沫若也主张“生活的艺术化”，即“用艺术的精神来美化我们的内在生活……养成美的灵魂”[②]。他推崇佩特，在1923年的《创造周报》上译介了佩特的《文艺复兴》序言。他的历史剧《王昭君》《卓文君》和《聂嫈》受到王尔德的《莎乐美》的影响。成仿吾持文学“无目的的合目的性”观点，他在《新文学之使命》中说：“至少我觉得除去一切功利的打算，专求文学的全 Perfection 与美 Beauty 有值得我们终身从事的价值之可能。”[③]郑伯

① 闻一多：《闻一多全集》(一)，湖北人民出版社1993年版，第71页。

② 郭沫若：《郭沫若全集》(第十五卷)，人民文学出版社1990年版，第207页。

③ 成仿吾：《成仿吾文集》，山东大学出版社1985年版，第94页。

奇也说:“艺术的王国里,只应有艺术至上主义,其他的主义都不能成立。”[1]梁实秋认同文艺的独立价值,指出:“文艺的价值,不在做某项的工具,文艺本身就是目的。”[2]

郁达夫最先向国内介绍了英国《黄面志》作家群和唯美主义画家比亚兹莱。英国唯美主义作家对社会的疏离、对艺术世界的营造正好切合了以郁达夫为代表的“零余者”的心理诉求。唯美主义对郁达夫的影响来自日本唯美派作家谷崎润一郎和佐藤春夫等人。从郁达夫的某些自传小说中就可以看到日本唯美派作品的独特气质——呈现无处安放的畸形肉欲。《黄面志》美术编辑比亚兹莱对于中国文坛而言充满了吸引力。鲁迅、梁实秋、田汉、周作人、邵洵美、张闻天、张竞生等人都对比亚兹莱的画颇感兴趣。

人生派文学关注的重心在于文学的认识功能和批判功能,难免忽视文学的艺术追求,导致新文学形式的粗糙。新文学在丢弃旧文学已经日趋僵化的形式的同时,还没有形成新的形式上的自觉。艺术派文学带来的是与人生派文学不一样的高蹈气质,他们重视文学的形式美,探索新文学的形式,改变了新文学诞生初期粗糙的形态。更为深刻的是,他们带来了一种新观念,即艺术高于人生,可能世界高于现实世界,个体(可以)超拔于群体。这种观念的形成固然离不开现实因素和文化传统的驱动,但它借由唯美主义思潮“艺术高于生活”的理论命题打开了中国文学与文化的另一种可能性,填补了传统文化的缺失,拓展了国人意识的深度和广度,从某种程度上说,其启蒙意义并不亚于“为人生”的文学。

“艺术高于生活”是唯美主义的世界观,它在呼吁艺术自律的同时自

① 郑伯奇:《新文学之警钟》,《创造周报》,1923年12月9日(第31号)。

② 梁实秋:《梁实秋文集》(第六卷),鹭江出版社2002年版,第436页。

然地衍生出“生活模仿艺术”的观念,试图在生活领域进行审美启蒙,将生活艺术化,使普通人的感性能力向艺术家/审美家靠近。因此,在唯美主义思潮展开过程中,往往伴随“美育”的潮流。受此启发,五四时期也掀起了关于“美育”的讨论和呼吁,蔡元培、鲁迅、朱光潜、梁实秋、田汉、王统照等人都曾论述过“美育”对国民教育的重要性。区别在于:西方唯美主义的“美育”着眼点是改善工商文明和工具理性对人性的异化,用审美弥合由于劳动分工和阶级分化引起的社会分裂,在“艺术”与“生活”之间更偏向“艺术”;五四运动倡导的“美育”是对国民进行现代性启蒙,用审美中蕴含的“个人/个性”“自由/自我”元素加速传统文化的现代化转型,更加迫切和世俗,在“艺术”与“生活”之间更偏向“生活”。从这个意义上说,艺术派并没有与人生派根本对立。

二、乡土—都市

从20世纪20年代末开始,上海逐渐成为新文化运动的大本营,当时的上海有《真善美》《狮吼》《金屋月刊》《幻洲》和《文艺画报》等具有唯美主义背景的刊物。繁荣的上海文学界形成了独特的海派文学。海派文学在当时具有明显的“现代性”,它是由都市的发展和商业文化的形成带来的。田汉曾说:“这都市和乡村的冲突在我们也曾感到,这意义的确很重大,并且是国际的。这点我们南国很感到苦闷。”①田汉在创作、推广他的戏剧时遇到的现实问题便是城乡的二元对立导致的人生观、艺术观方面的巨大差异。因此,唯美主义在中国的接受过程中,贯穿着另一对现代中国的二元话语:乡土与都市。

从时间上讲,海派文学分为两代。第一代海派文学作家主要由狮吼社、绿社等社团成员构成。第一代海派作家的留日经历使他们和唯美主

① 田汉:《田汉文集》(第十四卷),中国戏剧出版社1983年版,第196页。

义“一拍即合”,尤其是日式唯美派文学。狮吼社的滕固曾留学日本,在此期间,他阅读了西门斯、王尔德、戈蒂耶等人的作品,也接触到日本唯美派文学,接受了唯美主义倡导的“感官享乐”的理念,他的作品具有浓厚的官能享乐主义情调。滕固也是一位文艺评论家,他的专著《唯美派的文学》(1927)对英国唯美主义进行了专题研究。邵洵美曾留学英国和法国,他羡慕摩尔和王尔德注重仪式感的唯美生活方式,在日常生活中也穿着奇装异服。章克标从日本留学回国后加入狮吼社,他的创作将人体的感官能力拓展到极限,并以此为美。

新感觉派是第二代海派。新感觉派最显著的特质便是对“感官”的呈现。新感觉派认为面对新世界,人们要调动各种感官去认识和表现世界,依靠感觉、直觉、联想等感性认识来把握主体观念中的事物,捕捉刹那的感受。他们表面上是在感觉外部对象,实际上通过感觉对象表现了作家的感觉能力以及用语言捕捉感觉的能力。这让人想起郁达夫的话:“在物质文明进步、感官非常灵敏的现代,自然要促生许多变态和许多人工刺激的发明。”①

都市的崛起是唯美主义产生的现实语境,也是“现代感”的温床。首先,在第一代海派和第二代海派身上表现出唯美主义“以丑为美”的特征,这是中国文学传统所没有的基因。“审丑”意识成为“现代感”的特征,也是以城市作为温床的。其次,新感觉派文学捕捉“瞬间”的感受,与唯美主义推崇的“刹那主义”有异曲同工之妙,它来源于都市因缘际会、稍纵即逝的生存体验,时间日趋个人化,每个人都是潜在的“时间的不感症者”②。最后,当时上海蓬勃出现的报刊等传媒机构以及新式学校、社团、沙龙、咖啡馆、酒吧等公共空间催生了数量可观的职业作家、专业撰稿人、评论家

① 郁达夫:《郁达夫文论集》,浙江文艺出版社 1985 年版,第 287—289 页。
② 出自刘呐鸥的小说《两个时间的不感症者》。

等新式知识分子，文学创作和评论的职业化提升了作家的地位。

正是出于商业因素的考量，海派作家的创作天然地带有商业色彩，难免具有“媚俗”的倾向。在五四新文学的语境中海派往往与京派互为“镜像”。与海派创作的商业意图相比，京派在创作出发点上更加倾向于“为艺术而艺术”，他们也更有理论上的支撑，比如朱光潜就从西方美学的角度谈道：“美感的世界纯粹是意象世界，超乎利害关系而独立。……艺术的活动是‘无所为而为’的。”[①]对艺术“无功利”的追求正是沈从文、周作人等京派作家批评海派的一大原因。如果说海派的创作视角是“都市”，那么许多京派的作家则是“乡土”传统的继承者。这并不是说京派作家在农村生活，而是他们的创作内容以家乡为背景，并且在价值取向上批判城市文明，感怀乡土的淳朴之美。比如沈从文笔下的湘西、废名笔下的湖北黄梅、师陀笔下的河南等等。事实上，文学领域的“乡土”概念同样是五四运动以来的产物，它是伴随着京沪等城市的出现而产生的。京派作家往往借助“乡土”资源，以“怀旧”的视角和口吻呈现日渐远离的乡土中国的自然美、人性美，对都市商业文化嗤之以鼻。“在纯文学中还有一批以膜拜艺术为己任的‘为艺术而艺术’者，他们倾向‘唯美’而以‘美的使者’自居。”[②]这些京派作家倡导“美化了”的乡土淳朴爱情及其代表的人伦关系，以此为意象营造不受都市商业氛围“污染”的纯美境界，颇似某些西方唯美主义者“高蹈”的审美态度。

由于农业传统和半殖民地半封建社会的特殊性，乡土与都市的复杂关系使唯美主义在中国的传播呈现出独特的面貌。西方唯美主义本身蕴含的“艺术自律”之高蹈气质与“生活艺术化”的都市消费逻辑间的内在矛盾在“乡土—都市”的对立话语中得以清晰呈现。西方唯美主义的“纯艺

---

① 朱光潜：《朱光潜文集》（第二卷），安徽教育出版社 1987 年版，第 6 页。

② 范伯群：《中国近现代通俗文学史》（上卷），江苏教育出版社 2010 年版，绪论第 6 页。

术"理想被置换为中国式的"乡土环境",而唯美主义创作的感官倾向经日本唯美派的放大后被上海这一中国"异类空间"的土壤滋养。

三、旧形式—新形式

新文学的基础是白话文,语言的变革呼唤文学形式的革新,新文学之"新"除了体现在思想内容的变革上外,还体现在对文学形式的探索上。唯美主义对形式美的重视为新文学的形式探索注入了养料,这首先体现在新诗的创作理念中。

梁实秋于 1931 年在《诗刊》创刊号上评论中国新诗的形式追求,他认为由于汉字的特殊性,新诗不能完全模仿英文诗,要创造自己的格律。闻一多提出新格律诗的理论,并浓缩为著名的"三美"主张。穆木天受到西方"纯诗"概念的启发,首次提出中国新诗的"纯诗"概念:在形式上有统一性、持续性的时空间的律动,是数学(造型)和音乐(韵律)的结合体,诗的形式就是"律"。从穆木天的理论可以看到唯美主义强调形式美(音乐美)的渊源,同时也能看出中国古典诗歌的形式传统——严格的格律要求。或者说,他是用中国传统诗歌的格律之美来理解外来的"纯诗"。穆木天的理论针对的是当时中国白话新诗在形式上的散漫,许多新诗既丢掉了中国古典诗歌的格律要求,又缺少西方现代诗歌的形式自觉。他认为,诗歌得在造型美上下功夫,造型美不仅要依靠诗行的组合,还要靠意象营造官能感受,他将杜牧的《泊秦淮》视为具有象征和印象色彩的诗歌形式之典范:"他官能感觉的顺序,他的情感激荡的顺序,一切的音色律动都是成一种持续的曲线的。"①

王独清将穆木天关于造型美和音乐美的观点进一步精细化,提出"纯

---

① 穆木天:《谭诗——寄郭沫若的一封信》,见杨匡汉、刘福春编:《中国现代诗论》(上编),花城出版社 1995 年版,第 96 页。

诗"的公式:(情+力)+(音+色)=诗。与穆木天相似,王独清的纯诗理论同样是"中西合璧"的。他认为,由于中西文字在表意、表音倾向上的差异,这个公式中最难应用的是"音"和"色",他以自己的诗歌《玫瑰花》为例表明:"色"落实在文字上,就表现为与感官有关的词,和韵律结合形成心理上的"音画"效果(令人想起拉斐尔前派"诗画一体"特征)。事实上,诗歌的造型、韵律以及诗歌的内容构成的是一个整体,它作用于人的意识形成情感、情绪上的"场",这个"场"并非由诗本身产生,而是感性的作用。王独清推崇兰波,认为兰波的诗"实在非一般人所能了解。但要是有人能用很强的 sensibility(感性能力)去诵读,我想定会得到异样的色彩"①。梁宗岱也提到"纯诗"的概念,他更突出"纯诗"的"音乐性":"所谓纯诗,便是……纯粹凭借慰藉那构成它底形体的元素——音乐和色彩——产生一种符咒似的暗示力,以唤起我们感官与想象底感应。"②对感官能力的锻造是唯美主义的诗学宗旨。

唯美主义还催生了"美文"意识。汉语中"文学"一词是舶来品,来源于近代日本对英语"literature"的翻译。"literature"在英语中也有"文献""著作""资料"等意义,它包含的"文学艺术"之审美含义是随着近代美学的发展而产生的。受此影响,汉语中的"文学"一词才有了"文学艺术"的含义,而在此之前,中国的"文"主要是指与诗词歌赋相对的"杂文",人们只看到文学的实用性,或是某种"奇技淫巧",甚至"作文害道",其审美价值是被长期忽略的。周作人、朱自清、林语堂、王统照、何其芳、废名等在理论建构和实际创作中将"纯文学"的概念引入白话散文中,使白话散文"艺术化",这说明国人开始自觉追求文学的审美价值和自身规律。如果

① 王独清:《再谭诗——寄给木天、伯齐》,见杨匡汉、刘福春编:《中国现代诗论》(上编),花城出版社 1995 年版,第 107 页。

② 梁宗岱:《谈诗》,见杨匡汉、刘福春编:《中国现代诗论》(上编),花城出版社 1995 年版,第 186 页。

说梁实秋在新诗形式的探索中还没有意识到文学的语言本体，那么“美文”的出现和创造不但更新、拓展了“新文学”的观念和内涵，同时也推动了白话文自身的完善。新文学理论者已经看到，新形式建构的出路不是找到另一种客观的美的形式来取代旧文学的僵化形式，而是发挥艺术家的自由创造力，兼容并包中西文学。

四、群体—个体

人生派的创作具有朴素的人道主义思想，与国情相关，也与来自欧洲的批判现实主义文学的影响密不可分。但细究起来，这种“为人生”的态度很大程度上源于传统知识分子的“家国情怀”：为天地立心，为生民立命。王统照曾说，新文学中关于“为艺术的文学”和“为人生的文学”的讨论并无必要，“文学、艺术，影响于社会非常之大，支配人心的力量，比一切都要加重。……最是治疗中国麻木病的良药”①。“为人生”和“为艺术”最终都是为了疗救现实，以提升国人的思想层次。田汉等人的戏剧通过创造美好的艺术世界来反衬和影射现实的恶劣、政治的黑暗和人心的丑陋，从某种意义上说，也并非追求西方唯美主义式的纯美，而是表达传统文人“出世”思想和“自哀/自怜”的情结。成仿吾在谈到艺术的作用时，指出艺术的社会价值(无目的的合目的性)——“同情的唤醒”和“生活的向上”。② 他用中国知识分子的眼光看到了唯美主义思想的某些内在方面，但他又时刻返回“启蒙”的语境，将时代的使命和国语的使命也赋予了新文学，认为这是文学家的重大责任，文学家既是“美的传道者”③，又是真与善的勇士。似乎可以说，人生派和艺术派的矛盾既是现实与艺术的张力，也是传统文化儒道之间的互补结构。儒道之所以能够互补，是因为其

① 王统照：《王统照全集》(第六卷)，中国工人出版社 2009 年版，第 314 页。
② 成仿吾：《成仿吾文集》，山东大学出版社 1985 年版，第 167 页。
③ 成仿吾：《成仿吾文集》，山东大学出版社 1985 年版，第 91 页。

内在价值观的一致——个体融于群体。

西方的人道主义是建立在个体本位基础上的，是对每一个抽象的个体人格的“同情”，这与群体本位的“民胞物与”有着本质的不同，后者并没有独立于现实之外的抽象“自我”，有的是融入大众的“无我”。郭沫若在阐述“美的灵魂”的概念时借用叔本华的哲学观点，认为天才是纯粹的客观性，是忘掉小我，融合于大宇宙之中，又借用《庄子·达生》的故事来印证叔本华：艺术的精神就是无我，就是把自我变为艺术，抛弃一切功利的考量。郭沫若对叔本华哲学中关于“艺术与意志”关系的理解是道家式的，即放弃自我意志的“无我”才能达到唯美的境界，这就和唯意志论哲学南辕北辙了。由于中国稳定的小农经济以及建立在农耕文明之上的中央集权政体，构成了封建时期皇帝、官员和平民的三级社会秩序，基于群体意识之上的平民意识深入普罗大众的内心深处。“人”“群(众)”“平民”往往是同义词，人道主义几乎等同于平民主义。因此，在五四新文学倡导者们看来，个人主义和人道主义(平民主义)往往是冲突的，“人的文学”变为“平民文学”，这便注定两者最终都将汇入“群众的文学”的结局。此种“错位”源于中西方对“个体”理解的文化差异。

因此，哪怕是“为艺术”的“五四”文学家，他们也不可能真正和群体、现实保持精神上的距离。田汉指出：“艺术家少有代表个人痛苦的，这样便是个人主义的艺术。代表多数的是社会主义的艺术，we 的艺术……”①他在创作具有唯美主义风格的戏剧时又希望“尽力作‘民众剧运动’”②，突出反抗主题，将唯美主义对纯粹美的追求转换为号召民众不妥协地抵抗现实不公的时代话语。

由于五四运动对唯美主义的接受从一开始就带有功利目的，当时的

---

① 田汉:《田汉文集》(第十四卷)，中国戏剧出版社 1983 年版，第 200 页。

② 田汉:《田汉文集》(第十四卷)，中国戏剧出版社 1983 年版，第 329 页。

人文环境也不具备咀嚼消化唯美主义思想的条件，随着革命运动日趋激烈，唯美主义很快被淹没。不过，通过中西文化的碰撞和融通，唯美主义思潮的诸多层次和内在矛盾在五四运动的棱镜中得以展现。五四运动前后的知识分子在唯美主义的接受过程中“各取所需”，使唯美主义融入新文化、新文学的“武库”。

参考文献

一、中文文献

[1] 阿尔文,哈塞尔贝里.瑞典文学史[M].李之义,译.北京:外国文学出版社,1985.

[2] 阿姆斯特朗.现代主义:一部文化史[M].孙生茂,译.南京:南京大学出版社,2014.

[3] 艾布拉姆斯,哈珀姆.文学术语词典[M].北京:北京大学出版社,2014.

[4] 昂纳,弗莱明.世界艺术史[M].吴介祯,等译.7版修订本.北京:北京美术摄影出版社,2013.

[5] 布莱克波恩.牛津哲学词典[M].上海:上海外语教育出版社,2000.

[6] 陈顺智.魏晋玄学与六朝文学[M].武汉:武汉大学出版社,1993.

[7] 陈晓辉.论西方“风景如画”的意识形态维度[J].东南大学学报(哲学社会科学版),2013(1):80-85,132.

[8] 陈众议.西班牙与西班牙语美洲文学通史[M].南京:译林出版社,2017.

[9] 邓晓芒. 实践唯物论新解:开出现象学之维[M]. 武汉:武汉大学出版社,2007.

[10] 杜加斯特. 存在与喧哗:19、20 世纪之交的欧洲文化生活[M]. 黄艳红,译. 北京:中国人民大学出版社,2015.

[11] 杜吉刚. 世俗化与文学乌托邦:西方唯美主义诗学研究[M]. 北京:中国社会科学出版社,2009.

[12] 冯寿农. 法国文学批评史[M]. 上海:上海外语教育出版社,2019.

[13] 冈特. 拉斐尔前派的梦[M]. 肖聿,译. 南京:江苏教育出版社,2005.

[14] 高建平. 美学的当代转型:文化、城市、艺术[M]. 保定:河北大学出版社,2013.

[15] 贡布里希. 艺术的故事[M]. 范景中,译. 南宁:广西美术出版社,2008.

[16] 顾梅珑. 现代西方审美主义[M]. 北京:中国社会科学出版社,2018.

[17] 哈比布. 文学批评史:从柏拉图到现在[M]. 阎嘉,译. 南京:南京大学出版社,2017.

[18] 韩瑞祥,马文韬. 20 世纪奥地利、瑞士德语文学史[M]. 青岛:青岛出版社,2004.

[19] 何畅. 19 世纪英国文学中的趣味焦虑[M]. 北京:中国社会科学出版社,2018.

[20] 基西克. 理解艺术: 5000 年艺术大历史[M]. 水平,朱军,译. 海口:海南出版社,2003.

[21] 蒋承勇,马翔. 错位与对应:唯美主义思潮之理论与创作关系考论[J]. 社会科学战线,2019(2): 139-150,282.

[22] 蒋承勇,马翔. 揭开“唯美”的面纱:西方唯美主义中国传播之反思[J]. 文艺理论研究,2019(3): 48-58.

[23] 利罕. 文学中的城市:知识与文化的历史[M]. 吴子枫,译. 上海:上海人民出版社,2009.

[24] 李永毅.艾略特与波德莱尔[J].外国文学评论,2011(1):67-79.
[25] 林崇德,杨治良,黄希庭.心理学大辞典[M].上海:上海教育出版社,2003.
[26] 林立树.美国文化史[M].北京:中央编译出版社,2014.
[27] 刘春成,侯汉坡.城市的崛起:城市系统学与中国城市化[M].北京:中央文献出版社,2012.
[28] 罗斯金.现代画家[M].唐亚勋,等译.上海:上海三联书店,2012.
[29] 马翔.《道林·格雷的画像》:一种拉康式的解读[J].浙江社会科学,2014(6):136-141,97.
[30] 马翔.感性之流的理性源头:唯美主义之德国古典哲学思想渊源探析[J].浙江学刊,2019(2):26-36.
[31] 平松洋.美的反叛者:拉斐尔前派的世界[M].谢玥,译.南昌:百花洲文艺出版社,2017.
[32] 任卫东,刘慧儒,范大灿.德国文学史:第3卷[M].南京:译林出版社,2007.
[33] 萨弗兰斯基.荣耀与丑闻:反思德国浪漫主义[M].卫茂平,译.上海:上海人民出版社,2014.
[34] 上官燕.游荡者,城市与现代性:理解本雅明[M].北京:北京大学出版社,2014.
[35] 沈石岩.西班牙文学史[M].北京:北京大学出版社,2006.
[36] 王焕宝.意大利近代文学史:17世纪至19世纪[M].北京:外语教学与研究出版社,1997.
[37] 韦勒克.近代文学批评史[M].杨自伍,译.上海:上海译文出版社,2009.
[38] 卫茂平.德语文学词典[M].上海:复旦大学出版社,2010.
[39] 新玉言.国外城镇化:比较研究与经验启示[M].北京:国家行政学

院出版社,2013.

[40] 徐玉凤.济慈诗学观研究[M].北京:光明日报出版社,2019.

[41] 薛家宝.唯美主义与中国现代文学[M].北京:中国社会科学出版社,2015.

[42] 余匡复.德国文学史[M].上海:上海外语教育出版社,2013.

[43] 张鹤琴.瑞典文学史[M].台北:黎明文化事业股份有限公司,1978.

[44] 赵澧,徐京安.唯美主义[M].北京:中国人民大学出版社,1988.

[45] 郑克鲁.法国诗歌史[M].上海:上海外语教育出版社,1996.

[46] 周小仪.唯美主义与消费文化[M].北京:北京大学出版社,2002.

[47] 朱刚.新编美国文学史:第二卷[M].上海:上海外语教育出版社,2002.

[48] 朱立华.拉斐尔前派诗歌的唯美主义诗学特征研究[M].天津:南开大学出版社,2013.

[49] 朱秋华.西方音乐史[M].北京:北京大学出版社,2002.

二、外文文献

[1] BLANNING T C W. The Oxford history of modern Europe[M]. New York: Oxford University Press, 2000.

[2] BOLUS-REICHERT C. Aestheticism in the late romances of William Morris[J]. English literature in transition, 1880-1920, 50(1): 73-95.

[3] BROOKS P. Henry James goes to Paris[M]. Princeton: Princeton University Press, 2007.

[4] CHEYFITZ E. The poetics of imperialism: translation and the colonization from The Tempest to Tarzan[M]. New York: Oxford University Press, 1991.

[5] ELLIOTT E. The Columbia literary history of the United States [M]. New York: Columbia University Press, 1988.

[6] FELSKI R. The gender of modernity[M]. Cambridge,MA: Harvard University Press, 1995.

[7] FREEDMAN J L. Professions of taste: Henry James, British aestheticism, and commodity culture[M]. Stanford, Calif. : Stanford University Press, 1990.

[8] GEORGE L. The native and the fop: primitivism and fashion in romantic rhetoric[J]. Nineteenth-century contents, 2002, 24(1): 33-47.

[9] GLUCK M. Interpreting primitivism, mass culture and modernism: the making of Wilhelm Worringer's abstraction and empathy[J]. New German critique, 2000(80): 149-169.

[10] GREIF M. Flaubert's aestheticism[J]. Raritan,2005,24(3): 51-75.

[11] HESTER E J. Aestheticism: a selective annotated bibliography of dissertations and theses [M]. North Charleston: Create Space Independent Publishing Platform, 2014.

[12] JAMES H. The painter's eye: notes and essays on the pictorial arts[M]. Cambridge, MA: Harvard University Press, 1956.

[13] KENNEDY J G. A historical guide to Edgar Allan Poe[M]. New York: Oxford University Press, 2001.

[14] MORRIS W. The collected works of William Morris[M]. London: Routledge, 1992.

[15] POCHMANN H A. German culture in America, 1600-1900: philosophical and literary influences[M]. Madison: University of Wisconsin Press, 1957.

[16] PYLE F. Art's undoing: in the wake of a radical aestheticism [M]. New York: Fordham University Press, 2014.

[17] SMALL I, GUY J M. The "Literary", aestheticism and the founding of English as a discipline[J]. English literature in transition, 1880–1920, 1990, 33(4): 443-453.

[18] THOMAS E. Walter Pater: a critical study[M]. London: M. Seeker, 1913.

[19] TROLLOPE A. An autobiography of Anthony Trollope[M]. Oxford: Oxford University Press, 1980.

[20] WEIR D. Decadence and the making of modernism[M]. Amherst: University of Massachusetts Press, 1996.

[21] WILCOX J. The beginnings of l'art pour l'art[J]. Journal of aesthetics and art criticism, 1953, 11(4): 360-377.